AF189071

Autor

Jürgen Vogler wurde 1946 in der Holsteinischen Schweiz geboren und wohnt heute an der Ostseeküste. Nach seinem Dienst als Pressesprecher bei der Bundespolizei arbeitet er seit 1988 als Freier Journalist und Autor.

Seine wöchentlichen Zeitungskolumnen über die Vergangenheit Ostholsteins erschienen 2007 als Buch unter dem Titel "Ostholstein gestern" - 100 Geschichten über Land und Leute -.

2009 entstand der Seeräuber "Bottelpott" - Der beste Pirat aller Zeiten -. Er erlebt zehn wundersame Abenteuer, die Jürgen Vogler zur Freude kleiner Zuhörer und großer Vorleser auch illustrierte. Ebenso wie "Jan-Peter, das Deichlamm", fünf aufregende Geschichten von der Küste für die Kleinsten unter uns.

Seine augenzwinkernden Kurzkrimis, die er seit 2011 schreibt, hat er in „Kopflos im Strandkorb" (2018) zusammengefasst. Nach seinem ersten Kriminalroman „Schwarzer Nebel" (2017) erschien 2018 „Verhängnisvolle Schatten", in dem der Kriminalschriftsteller Karl-Magnus Lindberg in Lübeck unkonventionelle Wege bei der Recherche für seine Romane geht. In „Tödlicher Zorn" stürzt er sich erneut in atemberaubende Abenteuer.

Jürgen Vogler ist ebenfalls Autor der historischen Romane "Der Mohr von Plön" (2012), "Der Narr von Eutin" (2014) und "Der Marquis von Lübeck" (2016).

www.juergenvogler.de

Jürgen Vogler

Tödlicher Zorn

Ein Ostsee-Krimi

Bibliografische Information der Deutschen Nationalbibliothek:
Die Deutsche Nationalbibliothek verzeichnet diese Publikation in der Deutschen Nationalbibliografie; detaillierte bibliografische Daten sind im Internet über http://dnb.dnb.de abrufbar.

Herstellung und Verlag: BoD – Books on Demand, Norderstedt
ISBN: 978-3-7481-1867-1

Kapitel 1

Ein Giftmord trägt eindeutig eine weibliche verbrecherische Handschrift. Der Mörder ist immer der Gärtner. Das Tatwerkzeug bei einem Mord auf dem Golfplatz kann nur das Eisen 7 sein. Der Privatdetektiv weiß mehr als die Polizei und es sind immer Jacky Brown und Baby Miller, die den Kriminaltango tanzen. So oder so ähnlich funktionieren Kriminalromane. Hoch lebe das Klischee!

Oh, entschuldigen Sie, liebe Leser, wenn ich Sie so unvermutet mit meinen provokativen Thesen überfalle. Ich habe mich noch gar nicht vorgestellt. Mein Name ist Karl-Magnus Lindberg und ich bin Kriminalromanschriftsteller. Natürlich sind meine eingangs erwähnten Sätze dummes Zeug. Doch ein bisschen Wahrheit verbirgt sich schon dahinter. Quasi im übertragenen Sinne. Denn glauben Sie alles, was Sie in einem Kriminalroman lesen? Ich behaupte in meiner Allmacht als Autor: Ja! Sie glauben es! Schütteln Sie bitte nicht den Kopf. Ich werde es Ihnen beweisen. Während Sie meinen Kriminalroman lesen, folgen Sie auch meinen beschriebenen Gedankengängen. Nur so bin ich in der Lage, Sie auf eine falsche Fährte zu locken. Auch wenn Sie irgendwann erahnen mögen, dass in diesem Fall der Gärtner nicht der Mörder seien kann, haben Sie es mir anfangs doch geglaubt. Wenn es nicht so wäre, könnte ich Sie am Ende nicht mit der Lösung der Bluttat überraschen, dass letztlich doch die liebenswerte Blumenhändlerin die Mörderin war. Keine Angst, liebe Leser, ich habe ihnen nicht das Ende dieses Romans, den Sie in der Hand halten, verraten. Das können Sie mir glauben. Oder vielleicht doch nicht?

Die Hansestadt Lübeck zeigte sich an diesem Morgen von ihrer besten Seite. Ein strahlend blauer Himmel, verziert mit ein paar Schäfchenwolken, ließ die imposanten Kirchtürme der Stadt noch höher erscheinen. Eine sommerliche Leichtigkeit schwebte heute durch die Straßen, die sich oft genug mit ihren mächtigen Giebelhäusern von enger und bedrohlicher Seite zeigten. Vielleicht lag es auch daran, dass Lübeck an diesem Tag ein wenig von seiner bedrückenden Würde verlor, weil eine große Anzahl von Gästen bereits in den frühen Morgenstunden durch die Straßen bummelte und die Fassade des repräsentativen Rathauses bestaunte, zugleich aber auch über die Bedeutung der großen Löcher in der Giebelwand über ihren Köpfen rätselte. Für sie war kein Motiv zu schade, um die Details der alten Gemäuer der ehrwürdigen Hansestadt zu bewundern. Sie fingen sie mit ihren Kameras und Smartphones ein, hielten sie fest und trugen sie sicher mit nach Hause.

Karl-Magnus Lindberg liebte diese Tage. Es waren Kostbarkeiten, die man genießen musste. Viel zu schnell würden hier im hohen Norden des Landes wieder die Ostseestürme durch die Gassen fegen, sich sturzbachartig schwere Regenwolken entladen und das Ufer der Trave überschwemmen. Mit einem wohligen Seufzer streckte er seine langen Beine aus und betrachtete die Menschen, die in der Breiten Straße, Lübecks Fußgängerzone, an ihm vorbeizogen. Wie so oft an solchen Tagen leistete er sich den Luxus eines Frühstücks im Café am Kanzleigebäude. In dem langgestreckten Backsteinhaus im Schatten der allesüberragenden Marienkirche hatten über Jahrhunderte Notare und Ratsschreiber gewirkt. Es lag nur wenige Minuten von Lindbergs Haus in der Hüxstraße entfernt, das er von seinen Eltern geerbt hatte und in dessen

Untergeschoss Meister Mahrenholz eine Goldschmiede betrieb. Auch wenn das alte Giebelhaus mit dem kleinen Innenhof sein Refugium war, in dem er sich wohlfühlte und wo er seine schriftstellerische Leidenschaft ungestört pflegen konnte, entfloh er doch zu gerne diesem Idyll. Lindberg war kein Autor, der im stillen Kämmerlein fern der Außenwelt seine Fantasien zu Papier brachte. Er brauchte die Menschen, ihre vielschichtigen Erscheinungsformen, ihre Eigenarten und Auffälligkeiten. Auf welche einfache und komfortable Weise konnte er sich doch inspirieren lassen, wenn er nur die Figuren beobachtete, die sich wenige Meter vor seinem Caféhaustisch vorbeischoben. Der Schnauzbärtige mit dem verwaschenen T-Shirt über dem gewölbten Bauch, der sein modisches Outfit noch mit Hosenträgern krönte, amüsierte ihn ebenso, wie auch die verhärmte Bohnenstange, die unaufhaltsam auf ihren genervten Begleiter einredete, da dieser offensichtlich den Stadtplan verkehrt herum hielt. Die Großen und Kleinen, die Lauten und Verschreckten, die Aufgeblasenen und Verhuschten, sie alle inspirierten ihn und hatten die Chance, auf irgendeine Weise in einem seiner nächsten Kriminalromane eine Nebenrolle zu erhaschen. Es war ein Laufsteg des Homo sapiens in allen facettenreichen Ausprägungen. Kostenlos und zum Greifen nahe.

Wehmütig erinnerte Lindberg sich an die Zeit, als er sich noch gemeinsam mit Katja, seiner langjährigen Freundin, über die Unzulänglichkeiten der Menschen erfreuen konnte. Doch Katja gab es nicht mehr in seinem Leben. Sie war mit ihrem Kamerateam über dem Regenwald des Amazonas abgestürzt. Eine Frau, für die er so innige Gefühle empfunden hatte wie bei Katja, war ihm danach nie wieder begegnet. Die Zeit hatte auch wie so oft im Leben die Wunden geheilt. Zum

Einsiedler war er in der Vergangenheit nie geworden, aber in Momenten wie diesen vermisste er ihre Nähe sehr.

Noch bevor Lindberg in Trübsal verfallen konnte, erblickte er eine Person, die seine Stimmung urplötzlich ins Gegenteil umwandelte. Eine sportliche schlanke Frau mit kurzen braunen Haaren eilte mit schnellen Schritten dem Rathaus entgegen.

„Anna! Halt, stehen bleiben und Hände hoch!", rief Lindberg, als sie auf seiner Höhe war.

Abrupt blieb die so barsch Angesprochene stehen und starrte Lindberg überrascht an.

„Lindberg. Wie kannst du mich so erschrecken? Ich war ganz in Gedanken." Lachend kam sie auf ihn zu. Er stand auf und beide umarmten sich freudig. Anna Severin war Kriminalhauptkommissarin bei der Mordkommission und Lindbergs Freundin. Sie beide verband ein eher geschwisterliches Verhältnis, doch es gab kaum etwas, was sie nicht voneinander wussten. Sie trafen sich regelmäßig und besprachen alles, was sie irgendwie bewegte oder berührte. Berufliche ebenso wie auch private Sorgen. Mit großem Interesse verfolgte er auch Annas Kriminalfälle, die er allzu gerne in seinen Romanen verarbeitete. Nicht selten hatte er in der Vergangenheit auf unkonventionelle Weise zur Aufklärung mancher Taten beigetragen. Nicht immer zu Annas Zufriedenheit, wie er wusste, da sie sich dadurch stets in Erklärungsnot ihren Vorgesetzten gegenüber befand. Seine außerhalb der polizeilichen Ermittlungen liegenden Aktionen konnte sie nicht selten nur mit großer Mühe und viel Kreativität erklären.

„Wie ich sehe, geht es dir richtig gut, du fauler Autor", stellte Anna lächelnd fest.

„Alles nur im Dienste der schriftstellerischen Recherche, liebe Anna. Hast du ein paar Minuten Zeit?"

Anna sah auf ihre Armbanduhr und setzte sich. „Kein Problem, der Mensch kann warten. Augenblick nur."

Sie holte ihr Smartphone hervor, wählte eine Nummer und wartete. „Hallo, Herr Bergholz. Anna Severin hier. Es tut mir leid. Ich verspäte mich um eine halbe Stunde. Ist das okay für Sie? Sehr schön. Dann bis gleich." Anna steckte ihr Smartphone schmunzelnd wieder in ihre Handtasche. „Jetzt darfst du mir einen Milchkaffee ausgeben, Lindberg."

„War das der Mensch, der meinetwegen nun warten muss?", fragte Lindberg scheinheilig.

„Genau. So eine graue Büromaus im Rathaus. Es ist nur eine lästige Befragung. Wie du weißt, haben Ermittlungen ihre eigenen Gesetze."

„Und die bestimmst du wie immer ganz allein, oder?"

„Natürlich. Wer sonst?", antwortete Anna selbstbewusst.

So kannte Lindberg die Kommissarin. Von ihrem attraktiven Äußeren durfte man sich nicht täuschen lassen. Auch wenn sie den Menschen stets freundlich und aufgeschlossen begegnete, so konnte sie wenn nötig sehr schnell eine ganz andere Gangart einschalten. Chefermittlerin der Mordkommission in der Polizeidirektion Lübeck wurde man nicht durch Höflichkeit und Großmut. Anna Severin zählte zu den Beharrlichen und Unnachgiebigen. Personen, die ihr nicht ganz wohlgesonnen waren, verglichen sie mit einem Terrier. Sie konnte sich in einen Fall verbeißen, bis sie ihn gelöst hatte. Wer sich mit der Kommissarin anlegte, zog in den meisten Fällen den Kürzeren. Ihre Sportlichkeit und Reaktionsschnelligkeit hatten in der Vergangenheit schon so manchen schweren Jungen verblüfft. Ihre Ermittlungsfolge gaben ihr recht.

Nur Lindberg wusste, dass sich hinter der Fassade der durchsetzungsfähigen und robusten Anna ein sensibles Wesen verbarg. Mit Sehnsüchten und Wünschen, die jeder auf seine Weise an das Leben stellte.

Lindberg beobachtete Anna aufmerksam, als sie gedankenverloren in ihrem Milchkaffee rührte. Kaum zu glauben, dass aus diesen rehbraunen ausdrucksvollen Augen in Bruchteilen von Sekunden gnadenlose Blitze schießen konnten. Die kleine Falte zwischen ihren Augenbrauen kannte Lindberg nur zu gut.

„Deine Kummerfalte ist wieder da", sagte er und strich ihr zärtlich mit dem Daumen darüber. „Wer ärgert dich, Anna? Doch nicht etwa der Mensch im Rathaus?"

„Nein, natürlich nicht. Du kennst mich viel zu gut, Lindberg. Das gefällt mir gar nicht. Ich glaube, du hast Hexen in deiner Familie gehabt."

„Wer weiß das schon so genau? Aber in deinem Gesicht kann ich lesen wie in einem Buch", antwortete Lindberg grinsend, „nun erzähl schon, was beunruhigt dich?"

Anna sah Lindberg eine Weile schweigend an. „Die Dienstaufsicht wird mir wohl in absehbarer Zeit auf den Zeh treten. Ich nehme an, es geht immer noch um den Fall der Toten auf dem Friedhof in Altenkrempe."

„Ich dachte, das wäre längst alles erledigt. Der Fall ist doch abgeschlossen. Da müsste in absehbarer Zeit auch die Gerichtsverhandlung anstehen. Oder steckt etwa Oberstaatsanwalt Reichenbach dahinter? Ist der es, der keine Ruhe gibt?"

„Ich weiß es nicht genau. Aber zu vermuten wäre es schon. Immerhin ist aufgrund seiner Freundschaft zum Vater der Toten auf ihn kein gutes Licht gefallen."

Lindberg runzelte die Stirn. „Und du meinst, jetzt versucht

er sich reinzuwaschen und dir einen klebrigen Bonbon ans Hemd zu hängen?"

„Zuzutrauen wäre es ihm. Aber lassen wir uns den schönen Tag nicht von einem missgünstigen kleinen Glatzkopf verderben. Ich muss jetzt. Was hältst du übermorgen von einem zwanglosen Abendessen bei mir?" Anna erhob sich und küsste Lindberg auf die Wange.

„Ich bin da. Vielen Dank. Pünktlich um sieben. Wie immer?"

Anna nickte, drehte sich um und entschwand Richtung Rathaus.

Es war nicht das erste Mal, dass er die Gastfreundschaft von Anna genoss. Von ihrer Dachterrasse in dem Haus an der Untertrave konnte man nicht nur die Kirchtürme der Stadt sehen, sondern ganz beschauliche Abende bei einem Glas Wein verbringen. Zudem war Anna eine ausgezeichnete Köchin. Lindberg freute sich auf den übernächsten Tag.

„Lindberg, Sie kommen wie gerufen", begrüßte Anton Eberhard den Schriftsteller überschwänglich, als er das Antiquariat in der Beckergrube betrat.

„Womit habe ich den roten Teppich verdient, Professor? Sie werden doch wohl nicht behaupten, dass meine Bücher jetzt auch schon bei Ihnen zu finden sind?", entgegnete Lindberg lachend.

Er war seit Jahren ein gern gesehener Kunde in dem renommierten Antiquariat. Anton Eberhard, den alle Professor nannten, obwohl keiner genau wusste, ob der alte Mann wirklich einmal eine Professur inne gehabt hatte. Möglicherweise wurde er auch nur aufgrund seines unerschöpflichen Wissens so genannt. Niemand wollte diese Illusion zerstören, deshalb fragte ihn auch niemand danach. Der Professor und Lindberg mochten sich. Sie verband die grundsätzliche Begeisterung für die Literatur. Aber der Professor wusste auch um die unablässige Suche Lindbergs nach antiquarischen Besonderheiten. Eine Leidenschaft, die sich bei ihm nach einigen Semestern Literaturwissenschaft entwickelt hatte.

„Sie wollen doch wohl nicht ernsthaft behaupten, dass ihre intellektuell begrenzten Kriminalromane jemals den Weg in ein Antiquariat finden werden", entrüstete sich der Professor gespielt kopfschüttelnd.

„Ich weiß gar nicht, Professor, weshalb ich regelmäßig Ihren verstaubten Mottenkäfig aufsuche, wenn meine Arbeit hier nie anerkannt wird?", entgegnete Lindberg demonstrativ beleidigt.

„Wie ich sehe, geht es uns beiden gut", stellte Anton Eberhard lachend fest, „aber jetzt im Ernst. Ich glaube, ich habe einen interessanten Auftrag für Sie. Gehen wir in mein Büro."

Das, was der Professor als Büro bezeichnete, war für den Besucher nicht erkennbar. Der Raum bestand nur aus Büchern. Erst, wer genau hinsah, konnte unter der ungeordnet wirkenden Wucht des geschriebenen Wortes mühsam die Konturen eines Schreibtisches erkennen. Der Stuhl dahinter, auf den sich der Professor setzte, war nicht mit Büchern belegt.

„Nehmen Sie doch Platz!", forderte er Lindberg auf, in dem er auf einen Stapel Bücher vor dem Schreibtisch zeigte, unter dem verzweifelt die Rückenlehne eines Stuhls auf sich aufmerksam machte. Lindberg befreite das Sitzmöbel von seiner Last und setzte sich.

„Was gibt es denn so Aufregendes, Professor, dass Sie mich in Ihr Heiligtum eindringen lassen?", fragte Lindberg gespannt. Er war sich der Ehre bewusst, die ihm der Professor zuteilwerden ließ, wenn er ihn in seinen Hort des Wissens einlud. Ein Privileg, dessen sich nur wenige rühmen konnten, denn der Professor fürchtete nichts mehr, als das ein Unbesonnener Unordnung in sein Reich bringen könnte.

Der Professor faltete die Hände und sah Lindberg bedeutungsvoll an. „Sagt Ihnen der Name Alexander Hardenberg etwas?"

„Ja. Schon. Das ist doch der Besitzer der Hardenberg Hotelkette. Was ist mit ihm?"

„Herr Hardenberg ist seit Jahren ein treuer Kunde. Jetzt benötigt er Hilfe, die neben Fachwissen auch eine gewisse Diskretion erwartet. Und dabei kommen Sie ins Spiel, verehrter Lindberg."

„Welch eine Ehre für mich, aber wie darf ich das verstehen?"

Der Professor lächelte sein Gegenüber an, als würde er ihm nun ein wohlgehütetes Geheimnis anvertrauen. Lindberg hätte sich nicht gewundert, wenn der Professor sich auch noch verschwörerisch umgeguckt hätte, um ganz sicher zu sein, dass keiner sie belauschen würde.

„Herr Hardenberg verfügt über eine einmalige Sammlung antiquarischer Bücher aus dem 18. Jahrhundert. Vor einigen Tagen ist das St. Annen-Museum an ihn herangetreten, da dort in absehbarer Zeit eine Ausstellung stattfinden soll. ‚Lübeck 1800' wird sie wohl heißen und soll unsere liebe Hansestadt als damalige Kunstmetropole des Ostseeraumes präsentieren."

„Und was hat das nun mit dem Hotelier und seinen Büchern zu tun?", unterbrach Lindberg den Professor, da er einen längeren Vortrag ähnlich einer Vorlesung über die

Bedeutung der Kunst im Ostseeraum im Allgemeinen und im Besonderen befürchtete.

„Nicht so ungeduldig, junger Freund. Neben prächtigen Skulpturen und Gemälden sowie exklusiven Goldschmiedearbeiten sollen auch aufwändig gestaltete Buchdrucke aus dem Ostseeraum ausgestellt werden. Herr Hardenberg wünscht nun eine Expertise darüber, welches Buch seiner Sammlung diesem Zweck am ehesten nahekommt und den hohen Ansprüchen eines bedeutungsvollen Hauses wie dem St. Annen-Museum entsprechen kann."

„Wenn ich Sie richtig verstehe, weiß der Hotelier nicht, was in seinem Bücherregal steht und ich soll nun für ihn eine Entscheidung treffen." Lindberg schüttelte ungläubig den Kopf.

„Es ist etwas banal ausgedrückt, wie ich es von Ihnen ja nicht anders erwarte, aber es kommt der Realität doch sehr nahe. Was sagen Sie dazu?"

Lindberg runzelte die Stirn. „Wie Sie wissen, Professor, betrachte ich Menschen mit einer gewissen Skepsis, die sich einer vermeintlichen Passion zuwenden, nur weil sie das nötige Kleingeld dafür übrig, aber von der Sache keine Ahnung haben."

„Seien Sie nicht so gnadenlos und anspruchsvoll in Ihrem Urteil. Alexander Hardenberg ist durchaus bewandert auf dem Gebiet antiquarischer Kostbarkeiten. Er braucht lediglich einen fachlichen Rat. Außerdem würden Sie mir persönlich einen großen Gefallen tun, wenn Sie diesen kleinen Auftrag annehmen könnten. Der übrigens auch großzügig honoriert werden soll. Was angesichts Ihres beschränkten Autorenhonorars vermutlich nicht ungelegen kommt."

„Mit zwei Übernachtungen in seinem Hotel in New York

bei eigener Anreise oder ähnlich?"

Anton Eberhard fing meckernd an zu lachen. „Sie sind ein hoffnungsloser Zyniker, Lindberg. Ich schreibe Ihnen hier einmal die Telefonnummer von Hardenberg auf. Die meiste Zeit befindet er sich in seinem Haus in Travemünde. In seiner Villa am Stadtpark hier in Lübeck trifft man ihn eher selten an." Der Professor kramte einen Zettel unter den Büchern hervor, kritzelte eine Nummer darauf und reichte ihn Lindberg, der ihn ungelesen in die Jackentasche steckte.

„Kümmert er sich denn nicht um seine Hotels?"

„Man erzählt sich, dass er sich aus dem aktiven Geschäft zurückgezogen haben soll. Aber das ist die offizielle Version. Das glaubt in der Branche keiner so recht. Sein Sohn und seine Tochter mischen zwar im Management der Hotels mit, aber die Fäden hat der Alte nach wie vor in der Hand, wissen Insider zu berichten."

„Alle Achtung, Professor, Sie sind gut informiert. Man könnte meinen, Sie lesen regelmäßig ‚Gala' und ‚Bunte'."

Der Professor blinzelte Lindberg missmutig an. „Eigentlich hatte ich vor, Ihnen jetzt ein Glas Sherry anzubieten. Da Sie jedoch meine Gastfreundschaft verbal derart mit Füßen treten, werde ich darauf verzichten."

„Das trifft mich zwar tief, verehrter Professor, aber ich glaube für einen solchen Tropfen ist es ein bisschen zu früh für mich." Lindberg verabschiedete sich von dem Professor mit der Zusicherung, ihn über das Gespräch mit dem Hotelier umfassend zu informieren.

Noch am selben Nachmittag wählte Lindberg die Telefonnummer, die der Professor ihm gegeben hatte. Nach viermaligem Klingeln wurde abgehoben und es meldete sich eine

Frauenstimme. „Bei Hardenberg."

„Hier spricht Karl-Magnus Lindberg. Guten Tag. Ich hätte gern Herrn Hardenberg gesprochen."

„Erwartet Herr Hardenberg Ihren Anruf?", fragte die weibliche Stimme nach.

„Ich denke schon. Richten Sie ihm bitte aus, es geht um die Bücher. Dann weiß er schon Bescheid."

Bitte warten Sie einen Augenblick." Nach kurzer Zeit meldete sich der Hotelier. „Wer sind Sie?", blaffte er ins Telefon, ohne seinen Namen zu nennen.

Lindberg atmete tief durch. „Mein Name ist Karl-Magnus Lindberg. Der Antiquar Anton Eberhard sagte mir, sie benötigen einen fachlichen Rat im Zusammenhang mit antiquarischen Büchern."

„Und Sie halten sich dafür kompetent oder wie darf ich Ihren Anruf verstehen?"

Lindberg musste sich entscheiden. Sollte er dem unfreundlichen Knurrhahn kurzerhand sagen, dass er sich offensichtlich verwählt hatte oder wollte er den Kampf gegen Anmaßung und Arroganz aufnehmen? „Herr Hardenberg. Kompetenz ist relativ und manifestiert sich ausschließlich im Auge des Betrachters. In dieser Hinsicht unterwerfe ich mich gänzlich Ihrem Urteil. Vorausgesetzt, Sie dulden mich in Ihrer Nähe."

Für einen Augenblick herrschte Stille in der Leitung. Wie es schien, musste der Hotelier Lindbergs irritierende Replik erst einmal erfassen und verdauen.

„Ich erwarte Sie morgen früh um zehn Uhr in meinem Haus in Travemünde. Auf Wiederhören." Die Verbindung war unterbrochen. Lindberg sah den Telefonhörer an, als ob er noch andere wundersame Dinge aus ihm erwarten würde. Was war das denn für ein seltsamer Heiliger? Diesen komischen Kauz wollte er sich unbedingt genauer ansehen.

Auch am nächsten Tag machte der Sommer seinem Namen alle Ehre. Blauer Himmel und Schäfchenwolken. Lindberg entschloss sich, den Ausflug an die Küste mit einer kleinen Motorradtour zu verbinden. Rechtzeitig warf er sich am Morgen ins Leder und brummte auf seiner Kawasaki VN 1500 Classic Tourer Richtung Travemünde.

Zielgerichtet lenkte Lindberg sein Motorrad zur Segelschule Mövenstein. Das Haus des Hoteliers hatte er sich schon am Abend vorher auf Google Earth angesehen. Helldahl hieß die Straße, über die man auch auf den Wanderweg gelangte, der über das Brodtener Steilufer bis zum Ostseebad Niendorf führte. Er stellte seine Maschine vor der weißen Villa ab, erklomm die Stufen zum Eingang und klingelte.

„Ja, bitte", erklang sehr bald eine weibliche Stimme durch die Sprechanlage.

„Hier ist Lindberg", meldete er sich.

„Treten Sie bitte ein", hörte er, während gleichzeitig der Türsummer ertönte. In einer offenen Glastür erwartete ihn eine Frau mittleren Alters, die ihn lächelnd empfing. „Ich bin Frau Carstensen, die Haushälterin", begrüßte sie Lindberg, „Herr Hardenberg erwartet Sie bereits."

„Ich bin doch nicht zu spät?" Lindberg guckte auf seine Uhr.

„Nein, nein. Es ist alles in Ordnung", versicherte die Haushälterin eilig. „Ich gehe dann mal vor."

Nachdem sie durch ein großzügiges Foyer gegangen waren, betraten sie einen zweigeteilten Wohnraum. Zur Rechten lud eine lederne Sitzgarnitur zum gemütlichen Verweilen ein, während die linke Seite des Raumes einer Bibliothek ähnelte. Bücherregale reichten vom Boden bis zur Decke. In der Mitte dieses Teils des Raumes stand ein überdimensionaler Schreibtisch mit umfangreichen geschnitzten Verzierungen, den Lindberg dem Neobarock zuordnete und der ihm auf Anhieb nicht gefiel. Beindruckt war er hingegen von dem gepflegten Rasen mit den kugelförmigen Buchsbäumen. Die Panoramafenster erlaubten einen freien Ausblick in den geschmackvoll gestalteten Garten.

„Wie sehen Sie denn aus?", wurde Lindberg in seinen Betrachtungen unterbrochen. Aus dem Nebenzimmer war Alexander Hardenberg getreten und musterte Lindberg mit abfälligem Blick. „Halten Sie diese Kleidung für angemessen?"

„Auch ich wünsche Ihnen einen schönen guten Morgen, Herr Hardenberg. Darf ich mich vorstellen? Ich bin Karl-Magnus Lindberg."

„Sie schreiben Kriminalromane. Ich habe mich über Sie erkundigt. Und Sie sind der Meinung, das prädestiniert Sie, fachliche Expertisen über antiquarische Werke abzugeben? Etwas hoch gegriffen oder nicht?"

„Herr Hardenberg. Wir beide haben jetzt zwei Möglichkeiten. Entweder wir bewegen uns ab sofort auf Augenhöhe mit dem gebührenden Respekt voreinander. Unbeeinflusst von meinem Outfit und meiner Profession. Oder Sie suchen sich einen anderen Scheuerpfahl, an dem Sie Ihren offensichtlichen Frust an der Menschheit uneingeschränkt austoben können. Sie haben die Wahl."

„Sie kommen hier in mein Haus und bilden sich ein ..."

„Stopp!", unterbrach Lindberg den aufbrausenden Hotelier in scharfem Ton. „Nur zu Ihrer Erinnerung. Sie haben um Hilfe gebeten. Hier bin ich. Auch ich weiß meine Zeit anders zu nutzen, als mir unqualifizierte Anzüglichkeiten und Beleidigungen anzuhören. Können wir zur Sache kommen?"

Alexander Hardenberg starrte sein Gegenüber fassungslos an. Wie es schien, war er es nicht gewohnt, dass ihm jemand in diesem Ton begegnete. Lindberg kannte solche Menschen nur zu gut, die aufgrund von Geld und Macht der Auffassung waren, alle anderen nach ihrer Pfeife tanzen lassen zu können. Nicht mit ihm. Herausfordernd sah er den Hotelier an und wartete auf seine Reaktion. Mit einer gewissen Genugtuung registrierte er, dass Hardenberg kurzzeitig mit sich rang, aber dann doch widerwillig klein beigab. Er nickte kurz, wandte sich um und ging auf den Schreibtisch zu.

„Es geht um diese Bücher hier." Der Hotelier zeigte auf drei Exemplare, die auf dem Schreibtisch lagen. „Eines davon soll eine Ausstellung im St. Annen-Museum zum Thema ,Lübeck als Kunstmetropole im 18. Jahrhundert' ergänzen. Ich gehe davon aus, dass Ihnen diese kunsthistorischen Zusammenhänge geläufig sind."

Lindberg reagierte nicht auf diese erneute Provokation, sondern trat näher und betrachtete die drei alten Bücher genauer. Lederrücken, Einbände und Goldschnitt ließen bei oberflächlicher Betrachtung bereits erkennen, dass es sich um Kostbarkeiten handelte.

„Wenn es Ihnen recht ist, Herr Hardenberg, werde ich Ihre Schätze erst einmal genauer unter die Lupe nehmen, um mich über den Inhalt der jeweiligen Werke zu informieren", stellte Lindberg fest, während er eines der Bücher in die Hand nahm.

„Tun Sie, was Sie nicht lassen können. Frau Carstensen kann Sie mit Kaffee, Tee oder was immer Sie wollen versorgen. Wie lange werden Sie brauchen?" Lindberg konnte sich ein Lächeln kaum verkneifen. Hardenberg schien wirklich einer dieser äußerst liebenswerten Zeitgenossen zu sein, die sich für den Nabel der Welt hielten und denen man möglichst aus dem Weg ging.

„Wie schon gesagt, ich werde mir einen ersten Überblick verschaffen. Eine konkrete Empfehlung ist erst nach weiteren sorgfältigen Recherchen möglich. Ich muss den Kontext der Bücher ins Verhältnis zur Epoche bringen, zudem eine Expertise erstellen, die dem Thema der Ausstellung gerecht wird. Das dauert ein paar Tage."

„Dafür habe ich keine Zeit. Das Museum erwarten von mir bis spätestens übermorgen ein Antwort, da sie ihre Werbeflyer für die Ausstellung drucken müssen."

Lindberg zögerte nur kurz. „Nun denn. Dann eben ein Schnellschuss. Ich werde eine Nachtschicht einlegen und Ihnen morgen das Ergebnis präsentieren."

„Ich erwarte Sie morgen spätestens um zehn Uhr hier. Jetzt entschuldigen Sie mich, ich muss noch dringende Telefonate führen." Ohne ein weiteres Wort drehte sich Alexander Hardenberg um und verließ den Raum. Lindberg schüttelte den Kopf und wandte sich den Büchern auf dem Schreibtisch zu.

Kapitel 2

Als Anna Severin am frühen Morgen ihr Büro im Hochhaus der Polizeidirektion in Lübeck betrat, stellte sie erstaunt fest, dass ihre beiden unmittelbaren Mitarbeiter bereits an ihren Schreibtischen saßen und sie freudig anstrahlten.

„Mein Gott, was ist denn passiert? Seid ihr aus dem Bett gefallen?"

„Nein, wir waren bloß der Meinung, dass Feste gefeiert werden müssen, wie sie fallen." Kriminaloberkommissar Clemens Korthals zauberte hinter seinem Schreibtisch einen bunten Sommerstrauß hervor.

Anna sah ihren Kollegen fragend an. „Womit habe ich das verdient? Geburtstag habe ich nicht."

„Du bist heute auf den Tag genau fünf Jahre meine Chefin. Bockmann und ich sind uns darüber einig, es hätte uns schlechter treffen können. Und deshalb wollten wir dir auf diesem Weg einfach nur einmal Danke sagen." Clemens Korthals streckte ihr den Blumenstrauß mit schelmischem Grinsen entgegen.

„Ihr seid vollkommen verrückt." Anna musste schlucken. So kannte sie ihren Kollegen. Kriminaloberkommissar Clemens Korthals war ein absolut zuverlässiger Kollege, ein unnachgiebiger Ermittler, aber auch ein Mann mit Ecken und Kanten, der sich nicht in ein Schema pressen ließ. Zudem war er immer wieder für Überraschungen gut. So wie auch an diesem Morgen.

„Ist nicht ein bisschen verrückt eine Grundvoraussetzung für unseren Beruf, Frau Severin?", wagte sich jetzt auch Kommissar Bockmann vor. Er gehörte noch nicht sehr lange zum Team, ergänzte die beiden aber durch seine Akribie und Beharrlichkeit sehr gut.

„Ich danke euch ganz herzlich. Ihr versteht es wirklich, diesen sonnigen Morgen noch ein wenig mehr strahlen zu lassen." Anna nahm den Strauß lächelnd entgegen und setzte sich hinter ihren Schreibtisch. „Gibt es denn auch irgendwo eine Vase?"

„Kommt sofort." Malte Bockmann eilte davon.

Anna sah den Oberkommissar mit kritischem Blick an. „Ich dachte schon, Clemens, du hattest wieder etwas ausgefressen und musstest um gutes Wetter betteln."

„Ich bin erschüttert, Chefin, wie du über mich denkst", zeigte sich Clemens Korthals gespielt entrüstet, „aber ich glaube unsere fröhliche Stimmung wird heute Morgen nicht von Dauer sein."

„Was gibt es denn? Haben wir 'ne Leiche, von der ich noch nichts weiß?"

„Nein, nein. Aber die Sekretärin von Oberstaatsanwalt Reichenbach hat bereits vor Acht angerufen und gefragt, wann du voraussichtlich im Büro sein wirst."

Anna schüttelte missmutig den Kopf. „Er lässt einfach nicht locker. Wie ein tollwütiger Hund. Was verspricht er sich davon?"

„Geht es immer noch um die Leiche vom Friedhof in Altenkrempe und seine Freundschaft zum Vater der Toten?", wollte Clemens Korthals wissen.

„Ich vermute ja. Lassen wir uns überraschen. Wir haben uns nichts vorzuwerfen."

Malte Bockmann unterbrach ihr Gespräch mit einer Vase im Arm. „Gefüllt mit frischem Quellwasser aus der Leitung."

Noch während sie die Blumen in die Vase stellte, klingelte Annas Telefon. Auf dem Display sah sie, dass es der Anschluss von Lieselotte Pantaenius, der Vorzimmerdame von

Kriminaldirektor Mertens, war. Sie griff zum Hörer und meldete sich.

„Der Chef möchte Sie sprechen, Frau Severin. Könnten Sie es einrichten?"

„Ich komme sofort, Frau Pantaenius. Ein paar Minuten nur." Den Chef der Lübecker Kriminalpolizei konnte sie nicht warten lassen.

„Ich überfalle Sie ungern so früh am Morgen, Frau Severin, aber es gibt unerfreuliche Nachrichten", begrüßte Kriminaldirektor Wolfgang Mertens wenig später die Chefermittlerin der Mordkommission. „Ich habe einen Anruf von Oberstaatsanwalt Reichenbach erhalten. Er wird noch heute mit einem internen Ermittler der Dienstaufsicht aus dem Innenministerium auftauchen, um ungeklärte Fragen im Fall Henriette von Bahrenfeld aufzuklären."

„Ich habe schon so etwas befürchtet. Die Spatzen haben es bereits von den Dächern gepfiffen."

„Sie müssen sich keine Sorgen machen, Frau Severin. Der Fall ist ordnungsgemäß abgeschlossen worden. Ich habe mir noch einmal die Mühe gemacht, die Akte zu studieren. Es gibt nicht den geringsten Zweifel. Der Mord an der Toten vom Friedhof ist aufgeklärt. Wir haben den Täter überführt. Es liegt ein unterschriebenes Geständnis vor. Sie und ihr Team haben wie immer gute Arbeit geleistet."

„Vielen Dank für die Blumen. Aber was bezweckt der Oberstaatsanwalt denn mit dieser Aktion?"

„Nun, der Oberstaatsanwalt gehört ja bereits seit geraumer Zeit nicht unbedingt zu ihren Freunden. Vermutlich will er ganz sicher gehen, dass seine enge persönliche Bindung an die Familie der Toten und die etwas undurchsichtigen Ereignisse in seiner Vergangenheit ihm in der Zukunft nicht noch das Genick brechen könnten."

„Es ist einfach nur lästig, sich mit solchen Nichtigkeiten beschäftigen zu müssen. Ich würde lieber ungestört meine Arbeit machen."

„Ich verstehe Sie nur zu gut, Frau Severin. Sollte es nur ansatzweise Probleme geben, Sie wissen, wo Sie mich finden." Kriminaldirektor Mertens erhob sich und nickte seiner Chefermittlerin ermutigend zu. Anna mochte ihren Vorgesetzten. Hinter seiner väterlichen Art steckte ein brillanter Kriminalist, aber auch ein feiner Mensch, der seine Mitarbeiter mit Respekt und Anerkennung für ihre nicht immer ganz leichte Arbeit behandelte.

Anna hatte kaum wieder in ihrem Büro Platz genommen, als Oberstaatsanwalt Reichenbach mit einem Mann in seinem Schatten herein rauscht kam.

„Frau Severin, ich darf Ihnen Herrn Polizeioberrat Bartsch vom Innenministerium aus Kiel vorstellen. Er wird unter meiner Aufsicht die internen Ermittlungen in der Angelegenheit Henriette von Bahrenfeld leiten …"

„Moment, Moment, Herr Oberstaatsanwalt!" Anna stand auf und erhob abwehrend die Hände. „Für einen ‚Guten Morgen' wird ja wohl noch Zeit sein."

Oberstaatsanwalt Reichenbach starrte die Kommissarin verstört an. Eine solche respektlose Unterbrechung schien er nicht gewöhnt zu sein. Auch der Polizeioberrat hob irritiert die Augenbrauen.

„Außerdem habe ich hier ein Kommissariat zu leiten", fuhr Anna fort, „das wahrhaftig nicht auf zeitraubende und überflüssige Unterbrechungen wartet."

Der Oberstaatsanwalt holte tief Luft. „Frau Severin, Sie überschätzen Ihre Position", stieß er entrüstet hervor. Gleichzeitig erhob er sich auf die Zehenspitzen. Ein Imponiergehabe, das er sich aufgrund seiner begrenzten Körpergröße angewöhnt hatte. Für Anna kam der kleine, glatzköpfige Mann, den sie ohne Mühe um eine Haupteslänge überragte, wie eine Witzblattfigur vor. „Für mich genügte ein winziger Fingerzeig und Sie würden in Kürze wieder den Verkehr auf der Straßenkreuzung regeln ..."

„Und um dieses Ziel zu erreichen, hetzen Sie mir jetzt die Dienstaufsicht auf den Hals?", unterbrach Anna den aufbrausenden Oberstaatsanwalt erneut. „Welch eine Ehre für mich."

„Könnten wir uns doch bitte um einen sachlicheren Ton bemühen", schaltete sich jetzt der Polizeioberrat ein.

„Nein, das können wir nicht, da es schon seit längerem nicht mehr nur um die Sache geht", fuhr Anna ihn an. „Aber um das Ganze klarzustellen, bedarf es wohl einiger grundsätzlicher Erörterungen. Nehmen Sie Platz, meine Herren." Anna zeigte einladend   auf ihren Besprechungstisch. Die beiden Männer sahen sich verblüfft an, folgten aber dann doch der Aufforderung.

Anna fixierte den Oberstaatsanwalt. „Nun Klartext, Herr Reichenbach, welchen sachlichen Grund gibt es, den Fall Henriette von Bahrenfeld nachträglich untersuchen zu lassen?"

„Ich muss Ihnen gegenüber doch wohl keine Rechenschaft ablegen", plusterte sich der Oberstaatsanwalt erneut auf, kaum nachdem er sich gesetzt hatte.

„Vielleicht darf ich da einmal eingreifen." Polizeioberrat Bartsch versuchte, zu vermitteln. „Nach meinen Kenntnissen gibt es einige Unstimmigkeiten und Fragen zum allgemeinen

Ermittlungsvorgang in der besagten Angelegenheit."

Anna schüttelte den Kopf. „Das macht doch alles keinen Sinn. Die Ermittlungen sind abgeschlossen. Die Akte liegt der Staatsanwaltschaft vor. Die Anklage ist bereits erhoben worden. Selbst der Gerichtstermin steht schon fest. Was gibt es denn da noch intern zu ermitteln?"

„Darüber haben Sie nicht zu befinden", schaltete sich jetzt der Oberstaatsanwalt wieder ein, „das wird das Ergebnis der internen Ermittlung zweifelsfrei ergeben. Fehler werden hier gnadenlos aufgedeckt."

Anna schüttelte erneut den Kopf und lächelte den Oberstaatsanwalt mitleidig an. „Auch auf die Gefahr hin, dass Sie mir vorwerfen werden, Herr Reichenbach, dass ich keine Juristin bin, gebe ich eines zu bedenken. Sollte die Verteidigung davon Wind bekommen, dass in dieser Sache intern ermittelt wird, während der Angeklagte bereits vor Gericht steht, können Sie ihre gesamte Anklageschrift in die Mülltonne werfen."

Polizeioberrat Bartsch runzelte die Stirn und sah den Oberstaatanwalt fragend an. Doch der ließ sich nicht beirren. „Sie haben absolut recht, Frau Severin, Sie sind keine Juristin. Die Staatsanwaltschaft ist die Herrin des Verfahrens. Wenn in dieser Sache noch Fragen sind, haben Sie sie zu beantworten. So einfach ist das Prozedere. Und um nicht noch mehr Zeit zu verlieren, werden wir damit unverzüglich beginnen. Bitte, Herr Bartsch." Oberstaatsanwalt Reichenbach lehnte sich demonstrative zurück, um seiner Aussage den nötigen Nachdruck zu verleihen.

Anna schmunzelte. „Sie wollen diese Posse ernsthaft spielen? Sie poltern unangemeldet in mein Büro und sind der Auffassung, dass ich die Hacken zusammenschlage und Ihre

Fragen demütig beantworte? Ohne mich, meine Herren. Alles was Sie wissen müssen, steht umfassend in den Ermittlungsakten. Ich habe für solche kindischen Spielchen keine Zeit."

„Sind Sie denn von allen guten Geistern verlassen?" Oberstaatsanwalt Reichenbach sprang auf und erhob drohend seinen Zeigefinger gegen die Kommissarin. „Sie werden unverzüglich meinen dienstlichen Weisungen folgen, sonst sehe ich mich gezwungen ..."

„Ich muss mal stören, Chefin!" In der Tür stand Oberkommissar Korthals. „Aber wir werden gebraucht. Wir haben einen Toten."

Anna nickte ihm zu. Sie musste sich ein Lächeln verkneifen. Auf Clemens konnte sie sich verlassen und sein Timing war geradezu brillant. „Ist gut, Clemens, ich komme gleich. Informiere schon mal KTU und die Rechtsmedizin."

„Schon erledigt. Wir können gleich los."

Anna wandte sich dem Oberstaatsanwalt und dem Polizeioberrat zu. „Sie sehen, meine Herren, die Pflicht ruft. Sie entschuldigen mich." Anna stand auf, ging hinter den Schreibtisch, ergriff ihre Jacke und wandte sich dem Ausgang zu.

„So kommen Sie mir nicht davon, Frau Severin", hörte sie noch die Stimme des Oberstaatsanwalts hinter sich.

Lindberg schlürfte genussvoll seinen Kaffee. Er brauchte den morgendlichen Wachmacher unbedingt, denn in der Nacht hatte er kein Auge zugemacht. Nach ausführlichem Studium und akribischer Bestandsaufnahme der alten Bücher in Travemünde, hatte er sich zu Hause noch am Nachmittag hinter seinen Laptop geklemmt. Er konnte sich der Faszination dieser literarischen Kostbarkeiten nicht entziehen. Eine Erstausgabe sämtlicher Schriften des Dichters Christian Fürchtegott Gellert von 1775 gehörte ebenso dazu wie auch ein Lesebuch für Kinder des Schriftstellers Karl Philipp Moritz von 1792. Doch in erster Linie konzentrierte er sich auf das Kleinste der drei Werke. Es handelte sich um den Abdruck einiger Briefe von 1784, die Katharina die Große mit dem französischen Philosophen und Dramatiker Voltaire geführt hatte. Auffällig war, dass in diesem Buch nur die ersten Briefe abgedruckt waren, während man in späteren Werken die umfassende Korrespondenz der beiden finden konnte. Zudem verfügte das Büchlein auch über zahlreiche kritische handschriftliche Randnotizen zu den Briefen Voltaires.

Die ersten Schritte bei der Suche nach weiteren Erkenntnissen über die Schriften verliefen schwerfällig und wenig erfolgreich. Gegen Mitternacht wollte Lindberg bereits resignierend aufgeben, als er zufällig einen Hinweis im Archiv der Universität St. Petersburg fand, der auf eine ganz besondere wissenschaftliche Arbeit aufmerksam machte. Ein russischer Graphologe und Historiker hatte die Handschrift von Katharina der Großen analysiert und zugleich mit unzähligen Dokumenten verglichen, die man bisher nicht zweifelsfrei zuordnen konnte. Dabei erwähnte er auch ein Buch über ihre ersten Briefe, das angeblich noch zu Lebzeiten der Zarin in geringer Auflage gedruckt worden war und von dem es derzeit welt-

weit nur noch ein Exemplar geben sollte. Lindberg war urplötzlich wieder hellwach.

Nach Ende der Nacht hatte er keinen Zweifel mehr daran,
dass das kleine Buch, das er bei Alexander Hardenberg in den
Händen gehalten hatte, dieses seltene Exemplar aus dem 18.
Jahrhundert sein musste. Einer Sensation käme es gleich,
wenn die handschriftlichen Notizen in dem Buch zudem
noch Katharina der Großen zuzuordnen wären. Von dem
historischen und materiellen Wert ganz zu schweigen. Lindberg hatte sich einige graphologische Ausschnitte der Zarin
aus dem Internet heruntergeladen. Jetzt musste er sie nur
noch mit dem Original in Travemünde vergleichen.

Wie verabredet stellte Lindberg sein Motorrad kurz vor zehn
Uhr vor dem Haus des Hoteliers in Travemünde ab. Obwohl
er die ganze Nacht durchgearbeitet hatte, verspürte er keine
Müdigkeit. Die Wahrscheinlichkeit, dass er unmittelbar vor
der Entdeckung einer kleinen Sensation war, schien vermehrt
Adrenalin durch seine Adern zu jagen.

Lindberg klingelte und wartete. Doch weder meldete sich
jemand über die Sprechanlage, noch erklang der Türsummer.
Nach einer Weile klingelte er erneut. Wieder kein Lebenszei-
chen. Lindberg kramte sein Smartphone hervor und wählte
die Nummer von Alexander Hardenberg. Durch die Haustür
hörte er das Telefon im Haus klingeln. Doch keiner hob ab. Er
steckte das Smartphone wieder ein und sah sich um. Kurz
hinter dem Eingang entdeckte er eine Tür in einer hohen
Mauer, die in den Garten führen musste. Sie ließ sich nicht
öffnen. Mit einem beherzten Schwung erklomm er die Mauer
und sprang auf der anderen Seite auf den Rasen. Zielstrebig
ging er um das Haus herum. Fenster und Türen waren ver-

schlossen. Das Haus vermittelte einen völlig unbewohnten Eindruck. Als er auf die Terrasse trat, glaubte er eine Bewegung hinter den Panoramascheiben zu bemerken. Vielleicht war es aber auch nur ein Lichtreflex. Er trat näher und klopfte an die Fensterscheibe. „Hallo, ist jemand zu Hause?"

Lindberg hob gegen die Blendung der Sonne die Hand und warf einen Blick in den Wohnraum. Zur Rechten sah er den Schreibtisch, an dem er am Vortag die Bücher untersucht hatte. Erschrocken zuckte er zusammen. Auf dem Teppich, halb vom Schreibtisch verdeckt, lag eine Person regungslos auf dem Bauch. Suchend blickte Lindberg sich um. Kurzentschlossen riss er den Sonnenschirm heraus, ergriff den schweren Ständer und schleuderte ihn gegen die Terrassentür. Die Scheibe zersprang mit einem berstenden Klirren. Mit seinem Motorradstiefel trat er gegen die im Rahmen übrig gebliebenen spitzen Scherben. Nach wenigen Schritten war er bei der Person am Boden. Es war Alexander Hardenberg. Er lag mit dem Gesicht auf dem Teppich vor dem Schreibtisch und war ohne Zweifel tot. Lindberg kniete sich nieder. Eine größere Blutlache war in den Teppich gesickert, verursacht durch eine klaffende Wunde am Hinterkopf des Hoteliers. Nach seiner Einschätzung musste der Tote hier schon einige Stunden liegen. Einem Impuls folgend legte Lindberg zwei Finger an den Hals des Hoteliers, wohl wissend, dass er keinen Puls mehr ertasten würde.

Ein gellender Schrei ließ Lindberg herumfahren. In der Wohnzimmertür stand Frau Carstensen, die Haushälterin. Kreischend hielt sie sich die Hände vor den Mund und starrte Lindberg an, als ob ihr der Teufel persönlich erschienen wäre. „Mörder! Sie Mörder!" stieß sie schrill mit weit aufgerissenen Augen hervor. Als Lindberg sich erhob und auf sie zuging, um sie zu beruhigen, floh sie laut schreiend aus dem Haus. Lindberg schüttelte den Kopf. Vermutlich würde sie die ganze Nachbarschaft aufhetzen. Er zückte sein Smartphone und drückte die Kurzwahl von Anna.

„Lindberg, Lindberg, was soll ich bloß davon halten? Jetzt sorgst du schon ganz persönlich für meine Kundschaft. Findest du nicht, du übertreibst etwas?", begrüßte Anna ihren Freund kopfschüttelnd, als sie nach einiger Zeit mit dem Team der Mordkommission in Travemünde eintraf.

„Auf diese Art von morgendlicher Überraschung kann ich auch gut verzichten, liebe Anna."

„Glaub ich dir gerne. Nun erzähl mal. Was war hier los?"

Lindberg berichtete Anna von seinem Auftrag und wie er den toten Hotelier am Morgen vorgefunden hatte. Auch den hysterischen Auftritt der Haushälterin ließ er nicht unerwähnt.

„Lindberg, was treiben Sie sich denn hier herum. Haben Sie nun schon die Ermittlungen übernommen, weil unsere so eifrige Kommissarin nicht mehr ohne sie auskommt?"

Anna und Lindberg drehten sich um. Vor ihnen stand Heribert Anderlecht, Kriminalhauptkommissar und Leiter der Kriminaltechnik. Ein aufgeblasener Wichtigtuer, der Lindberg nicht leiden konnte. Was durchaus auf Gegenseitigkeit beruhte, nachdem Anna ihm von den plumpen, wenn auch vergeblichen Annäherungsversuchen des Kriminaltechnikers erzählt hatte.

„Herr Anderlecht in seiner ganzen Pracht. Welch ein Vergnügen", antwortete Lindberg und musterte ihn dabei abschätzig. „Hat Ihnen schon einmal jemand gesagt, dass Sie in Ihrem weißen Overall aussehen wie eine aufgeblähte Salami? Allerdings ohne den delikaten Geschmack."

„Eines Tages werde ich …"

„Ich glaube, es gibt genug Arbeit für dich und deine Leute, Heribert", unterbrach Anna den Streit der beiden Kampfhähne.

„Dein Kollege ist einfach unerträglich. Ich ärgere mich jedes Mal, dass ich mich von diesem Idioten provozieren lasse. Tut mir leid, Anna" entschuldigte sich Lindberg, nachdem sich der Kriminaltechniker nicht ohne unflätige Worte dem Toten zugewandt hatte.

Anna lächelte verständnisvoll. „Ist schon gut, Lindberg. Er ist nun einmal ein unwiderstehlicher Menschenfreund."

„Moin! Herr Lindberg. Chefin, darf ich einmal kurz stören?", unterbrach Clemens Korthals die beiden. „Können wir davon ausgehen, dass Sie die Terrassentür eingeschlagen haben?"

„Das ist richtig, Herr Korthals. Als ich Alexander Hardenberg dort liegen sah und sich keiner im Haus rührte, habe ich den Ständer vom Sonnenschirm zweckentfremdet. Warum fragen Sie?"

„Wir suchen nur nach Einbruchsspuren. Bisher haben wir keine gefunden. Irgendwie muss der Täter ja ins Haus gekommen sein."

„Clemens", wandte sich Anna jetzt an ihren Kollegen, „kannst du dich bitte um die Haushälterin kümmern? Sie muss irgendwo in der Nachbarschaft aufzutreiben sein. Wie es aussieht, verdächtigt sie Herrn Lindberg, weil sie die Situation offensichtlich falsch eingeschätzt hat. Wo bleibt eigentlich unsere Rechtsmedizin? Du hast sie doch informiert, oder?"

„Schon zur Stelle", erklang eine Stimme von der Tür her. Alle Drei drehten sich um und sahen die Person erstaunt an.

Vor ihnen stand eine junge Frau von zierlicher Statur mit blonden kurzen Haaren.

„Ich bin Kim Matthiesen", stellte sie sich mit freundlichem Lächeln vor. Anna fing sich als erste wieder.

„Sie sind die neue Rechtsmedizinerin? Wie komme ich nur darauf, dass die Nachfolge von Doktor Fallhuber unbedingt ein Mann sein muss? Vermutlich hat mich Ihr Vorname in die Irre geführt. Willkommen, Frau Doktor. Ich bin Anna Severin und das ist mein Kollege Korthals. Herr Lindberg hat die Leiche gefunden und ist zudem ein guter Freund. Zufälle halt." Anna trat auf die Rechtsmedizinerin zu und schüttelte ihr die Hand.

„Dass Doktor Fallhuber in den Ruhestand geht, hab ich ja auch im Rundschreiben gelesen, dass seine Nachfolgerin allerdings eine Augenweide seien würde, stand da nicht", bemerkte Clemens Korthals mit einem Augenzwinkern.

Anna sah ihren Kollegen missbilligend an. „Ich glaube, angesichts eines Toten sollten wir uns auf das Wesentliche konzentrieren."

Lindberg musste schmunzeln. Jetzt schon Stutenbeißen?

„Na, dann will ich mich mal an die Arbeit machen." Die Rechtsmedizinerin ging die wenigen Schritte auf den Toten zu, stellte ihren Koffer ab, kniete sich nieder und begann mit ihrer Untersuchung.

„Grundsätzlich kann ich deinem Kollegen Korthals nicht widersprechen, Anna. Einem Vergleich mit seiner attraktiven Nachfolgerin kann der alte Grummelpott Fallhuber nicht standhalten", merkte Lindberg wie beiläufig an.

„Geht es hier um einen Schönheitswettbewerb oder um fachliche Kompetenz? Männer!" Anna schüttelte den Kopf. Sie schien von Lindbergs und Clemens` positiven Reaktionen auf die junge Rechtsmedizinerin nicht begeistert zu sein. Lindberg hob schützend die Hände.

„Zurück zur Sache. Hast du irgendetwas angefasst, nachdem du die Scheibe eingeschlagen hattest?"

„Du meinst wegen möglicher Fingerabdrücke? Da wird die Spurensicherung vermutlich einige von mir finden. Immerhin habe ich gestern hier am Schreibtisch gesessen, die alten Bücher inspiziert und mir dabei Notizen gemacht. Ich werde den Schreibtischstuhl bewegt und auch sicherlich einmal unbewusst einen Türrahmen angefasst haben. Heute Morgen allerdings bin ich nur kurz an den Toten herangetreten und habe am Hals nach seinem Puls getastet."

Anna nickte. „Apropos alte Bücher. Hast du die irgendwo schon gesehen?"

„Nein, hier im Wohnraum sind sie nicht. Hardenberg wird die Kostbarkeiten garantiert nicht einfach so herumliegen lassen. Ich vermute, es gibt hier im Haus irgendwo einen Safe", stellte Lindberg fest.

„Waren die Bücher denn so wertvoll?", fragte Anna nach.

„Ohne Frage. Ich war zwar noch nicht ganz fertig mit meinen Untersuchungen. Es sind ganz seltene Exemplare von unschätzbarem Wert. Wenn meine Vermutung stimmt, gehört mindestens eines davon eigentlich in ein Museum, wenn nicht sogar alle."

„Was Menschen alles so sammeln, wenn sie nur das nötige Kleingeld haben", bemerkte Anna kopfschüttelnd. Interessiert sah sie die Rechtsmedizinerin an, als die zu ihnen trat. „Nun, Frau Doktor, was verrät Ihnen denn unser Toter?"

„Der Mann ist unzweifelhaft erschlagen worden. Er hat am Hinterkopf eine klaffende Wunde. Die Calvaria, also die Schädelkalotte, ist in diesem Bereich deutlich eingedrückt. Er muss auf der Stelle tot gewesen sein", erläuterte die Rechtsmedizinerin ihre ersten Untersuchungen.

„Gibt es einen Hinweis auf die Tatwaffe?"

„Es muss ein schwerer, eher scharfkantiger Gegenstand gewesen sein, denn so leicht lässt sich das menschliche Haupt unter normalen Umständen nicht knacken."

Anna und Lindberg sahen sich überrascht an. Eine solche saloppe Ausdrucksweise aus einem studierten Mund waren sie nicht gewöhnt. Der alte Doktor Fallhuber hatte sich gerne in medizinischen Fachbegriffen ergangen, um dann die Unwissenheit seiner Zuhörer zu verhöhnen. Kim Matthiesen lächelte aufgrund der irritierten Reaktionen der beiden. „Ich hoffe, Sie sind nicht entsetzt wegen meiner Wortwahl, aber ich habe in meiner Ausbildung gelernt, dass wichtigtuerische Fachbegriffe keinem weiterhelfen und man mit einer bildhaften Sprache weitaus erfolgreicher ist."

Anna musste unwillkürlich lachen. „Sie glauben gar nicht, Frau Doktor, wie sehr sie uns beiden aus dem Herzen sprechen. Aber die Tatwaffe wurde bisher nicht gefunden, oder?"

„Oh, da müssen sie die Kriminaltechniker fragen. Das weiß ich nicht."

„Eine Frage nur noch", fuhr Anna fort, „was sagen Sie zum Todeszeitpunkt?"

„Er muss bereits gestern Abend erschlagen worden sein. Die Totenstarre ist vollkommen ausgeprägt. Ich gehe von circa zwölf Stunden aus. Also gestern gegen zweiundzwanzig Uhr. Was auch die Messung der Körpertemperatur unterstreicht. Alles Weitere dann nach der Obduktion."

„Vielen Dank, Frau Doktor. Wir sehen uns!", verabschiedete Anna die Rechtsmedizinerin. Lindberg nickte ihr freundlich zu.

„Chefin, ich hab die Haushälterin aufgetrieben." Oberkommissar Korhals trat mit sorgenvoller Miene auf die beiden zu. „Die ist vollkommen durch den Wind. Anfangs wollte sie partout nicht mit ins Haus, solange noch der Mörder darin ist, wie sie sagte. Damit meinte sie wohl Sie, Herr Lindberg."

„Wie ich schon berichtet habe. Sie hat mich angetroffen, als ich mich gerade über Hardenberg gebeugt hatte. Da mag bei ihrem Schreck schon der Eindruck entstanden sein, dass ich ihn auch umgebracht habe", erklärte Lindberg wiederholt die Situation.

„Ich halte es für besser, wenn wir uns alleine mit ihr unterhalten und du, Lindberg, dich ein wenig rarmachst. Nicht, dass sie uns noch bei deinem Anblick in Ohnmacht fällt. Ich bin gleich wieder bei dir. Wo ist die Haushälterin jetzt?", wandte sich Anna wieder ihrem Kollegen zu.

„In der Küche. Ich bringe dich hin." Die beiden Kommissare verließen das Wohnzimmer.

Lindberg beobachtete für eine kurze Zeit die Arbeit der Kriminaltechniker, bis ihn seine Neugier nicht länger stillstehen ließ. Langsam ging er den Korridor entlang und folgte den Stimmen. In einer Nische unmittelbar neben der Küchentür hielt er inne und lauschte. Die Haushälterin klang immer noch vollkommen aufgelöst. Nur zögernd, stets unterbrochen von heftigem Schluchzen, versuchte sie die grausame Tat, die sie so hautnah miterlebt hatte, in Worte zu fassen. Trotz Annas geduldiger Fragen konnte sie der Haushälterin kaum eine sachliche Antwort entlocken.

„Dieses Monster ... dieser Schriftsteller ... hat ihn umgebracht", stieß sie immer wieder hervor.

Lindberg beunruhigten diese überdrehten Ausfälle nicht.

Die Indizien, der Todeszeitpunkt und seine reine Weste verrieten eindeutig seine Unschuld. Außerdem würde Anna dem wahren Täter schon auf die Spur kommen. Erschrocken drängte sich Lindberg noch enger in die Nische, als er plötzlich Oberstaatsanwalt Reichenbach in der Haustür erblickte, der mit forschen Schritten den Stimmen in der Küche zustrebte.

„Der hat mir gerade noch gefehlt", kam es Lindberg in den Sinn.

Er hörte, wie Anna ihre Befragung unterbrach und den Oberstaatsanwalt begrüßte. An ihrem Tonfall war erkennbar, dass auch sie überrascht war, ihn hier anzutreffen.

„Von welchem Monster und von welchem Schriftsteller hat die gute Frau gerade gesprochen?", hörte er die fordernde Stimme des Oberstaatsanwaltes.

„Folgende Lage in kurzer Form, Herr Reichenbach." Das war jetzt Anna. „Heute Morgen gegen zehn Uhr wurde der Hotelier Alexander Hardenberg hier in seinem Haus tot aufgefunden. Nach Beurteilung der Rechtsmedizinerin ist sein Tod durch einen heftigen Schlag auf den Hinterkopf eingetreten ..."

„Und was ist nun mit dem Monster?", unterbrach der Oberstaatsanwalt die Kommissarin.

Anna ließ sich anscheinend nicht aus der Ruhe bringen. „Gefunden hat den Toten heute Morgen der Schriftsteller Karl-Magnus Lindberg."

„Was, Ihr Freund Lindberg?", schrie der Oberstaatsanwalt in schrillen Tönen auf, „was macht denn dieser windige Schreiberling in diesem Haus? Und die gute Frau hier hat ihn auf frischer Tat ertappt oder wie darf ich ihre Aussage verstehen?"

„Herr Lindberg wurde von Herrn Hardenberg zur Analyse wertvoller Bücher engagiert. Das ist der Grund für seine Anwesenheit im Haus", versuchte Anna die Lage zu erläutern.

„Also Raubmord. Es wird ja immer besser. Ich nehme an, die Bücher sind nicht auffindbar. Ich gehe davon aus, dass Sie Lindberg vorläufig festgenommen haben, Frau Severin."

Der Oberstaatsanwalt fühlte sich offensichtlich wohl in seinem Element Lindberg behagte die Entwicklung gar nicht.

„Der Mann wurde schon gestern Abend erschlagen und nicht von Lindberg heute Morgen", schaltete sich jetzt Oberkommissar Korthals ein.

„Das spricht den Lindberg nicht vom Tatverdacht frei. Wo befindet er sich gegenwärtig?"

Lindberg hatte genug gehört. Auch wenn er davon überzeugt war, dass Anna ihn nicht hinter Gitter bringen würde, aber gegen einen wütenden Oberstaatsanwalt wären auch ihr die Hände gebunden. Noch bevor er sein Versteck verlassen konnte, trat Oberkommissar Korthals in den Korridor und erblickte ihn. Seine erste Überraschung überspielte er sekundenschnell. Er blieb in der Tür zur Küche stehen, nickte Lindberg zu und schloss kurz verständnisvoll die Augen. Dann drehte er sich um und sagte laut: „Ich glaube, wir sollten zunächst die liebe Frau Carstensen sicher nach Hause bringen lassen."

Lindberg verstand das Signal sofort. Er eilte auf das Wohnzimmer zu, durchschritt es gemessenen Schrittes, um nicht die Kriminaltechniker auf sich aufmerksam zu machen, und verließ das Haus über die zerborstene Terrassentür. Niemand kümmerte sich um ihn. Keiner hielt ihn auf.

Auf der Rückfahrt nach Lübeck purzelten Lindbergs Gedanken ungeordnet durcheinander. Seltene Bücher! Erschlagener Hotelier! Mordverdacht gegen ihn! War er jetzt auf der Flucht? Machte er sich dadurch verdächtig? Waren denn alle verrückt geworden? Kurzentschlossen lenkte er sein Motorrad Richtung Schlutup. In dem ehemaligen Fischerdorf an der Trave wohnte sein Freund Tobias. Ein Rechtsanwalt, dessen berufliche Erfolge sich in Grenzen hielten. Das lag nicht an seiner mangelnden Qualifikation als Jurist, sondern an einem spektakulären Fall in der Vergangenheit. Der Freispruch einer potentiellen Mörderin hatte sich als Fehlurteil herausgestellt, weil seine Mandantin nach ihrem Ehemann wenig später auch ihren Liebhaber umgebracht hatte. Sein bis dahin tadelloses Image als erfolgreicher Rechtsanwalt war beschädigt. Folglich erklärte er sich nur zu gerne bereit, kleine Aufträge von Lindberg anzunehmen, wenn dieser einmal wieder auf kriminalistischer Spurensuche wandelte. Zudem war Tobias eine unerschöpfliche Quelle. Er wusste fast alles und wenn einmal nicht sofort, dann aber, wo man es schnell finden konnte. Er kannte Gott und die Welt und war ein Meister auf dem Computer. So mancher Hacker wäre vor Neid erblasst. Außerdem teilten Lindberg und er die Leidenschaft für das Motorradfahren.

Lindberg stellte seine Kawasaki vor der alten Fischerkate ab, in der sein Freund hauste. Verwundert registrierte er, dass neben Tobias` lacklosem betagtem Golf auch ein weißer Smart stand. Der Wagen gehörte Rosi.

Lindberg klopfte kurz an. Eine Klingel gab es nicht. Als er eintrat, hörte er aufgeregte Stimmen aus dem Wohnzimmer, das Tobias gleichzeitig als Büro nutzte.

„Ich hoffe, ich störe nicht?", platzte Lindberg hinein und

blickte in zwei erschrockene Augenpaare.

„Mensch, Lindberg, du kannst doch unsere traute Zweisamkeit nicht so brutal zerstören", begrüßte Tobias Richter seinen Freund und kam grinsend hinter seinem Schreibtisch hervor.

„Traute Zweisamkeit! Wovon träumst du nachts, du komischer Rechtsverdreher?", stieß Rosi entrüstet hervor, die vor dem Schreibtisch saß und sich jetzt auch erhob. Mit drei kurzen Schritten war sie bei Lindberg, umarmte ihn und küsste ihn auf die Wange. Rosemarie Kuchenbecker, wie Rosi vollständig hieß, war eine attraktive junge Frau. Selbst wer sie als Schönheit bezeichnete, würde nicht falsch liegen. Ihre welligen blonden Haare, die bis über die Schultern fielen, ihr sinnlicher Mund und die großen Augen unterstrichen ihre beeindruckende Erscheinung. Zudem betonte sie dezent mit ihrer modischen Kleidung ihre atemberaubende Figur. Rosi war eine Frohnatur, die wusste, wie sie auf Männer wirkte. Und sie nahm das Leben von der leichten Seite. Sie verband mit Tobias und Lindberg eine lockere Freundschaft, die allerdings nicht eine gewisse Herzlichkeit vermissen ließ.

„Rosi, du bist grausam. Kaum kommt ein anderer Mann in deine Nähe, schon wirfst du dich ihm an den Hals", begehrte Tobias angesichts Rosis begeisterter Begrüßung von Lindberg entrüstet auf.

„Das ganze Leben ist grausam, Tobias. Wobei wir wieder beim Thema sind", antwortete Rosi betont ernst. Lindberg sah sie verwundert an, nachdem er auch Tobias begrüßt und sich auf einen Gartenstuhl gesetzt hatte. Der einzige freie Platz, der nicht durch Akten oder Bücher belegt war.

„Was ist los, Ihr beiden? Habt ihr wahre Probleme oder sind es nur wieder Gewitterwolken zwischen zwei Herzallerliebsten?" Lindberg wusste, dass Rosi ständig wie eine Kratzbürste reagierte, wenn Tobias nur ansatzweise versuchte, ihr Komplimente zu machen.

„So wie es aussieht, gibt es einen Menschen, der unsere Hilfe benötigt. Aber Rosi erzählt dir am besten selbst, worum es geht." Tobias forderte Rosi mit einem Kopfnicken auf. Die ließ sich nicht lange bitten.

„Der Chef von meiner Freundin Sandra ist ein Kotzbrocken hoch drei. Gestern stand er endlich vor Gericht. Und was war? Sie haben ihn freigesprochen. Stell dir das einmal vor."

Rosi hielt es vor lauter Entrüstung kaum mehr auf dem Stuhl. Lindberg guckte ein wenig verständnislos von einem zum anderen.

„Vielleicht sollte ich das einmal übersetzen", klinkte sich Tobias ein. Rosi funkelte ihn wegen der Unterbrechung bissig an, verschränkte dann aber die Arme vor der Brust und lehnte sich wieder zurück.

„Der Chef von Rosis Freundin Sandra ist Dietmar Katzbach. Der derzeitige Vorsitzende des Hilfsvereins `Tutela`, der sich um Menschen in Not kümmert."

Lindberg nickte. „Von dem habe ich kürzlich in der Zeitung gelesen. War da nicht irgendetwas mit sexueller Belästigung oder so ähnlich?"

„Genau darum geht es. Er wurde angeklagt, weil Sandra Hammerich, also Rosis Freundin, ihn angezeigt hat …"

„Der ist ihr richtig an die Wäsche gegangen", fuhr Rosi dazwischen, „er hat sie in einen Nebenraum gedrängt, ihr unter den Rock und an die Brust gegriffen und wollte weitaus mehr von ihr. Sie hat sich gewehrt und auch geschrien. Bis ein Kollege von Sandra dazugekommen ist. Erst dann hat er von ihr abgelassen. Aber das soll sie euch lieber selber erzählen."

„Ja und gestern war die Gerichtsverhandlung", fuhr Tobias fort, „und da hat der Rechtsanwalt von dem Katzbach die Sandra derart auseinandergenommen und sie sogar der Prostitution bezichtigt, bis das Gericht den Katzbach letztlich freigesprochen hat."

„Eine Nutte hat er sie genannt, die für jeden die Beine breitmachen würde. Ich fasse es einfach nicht. Was haben wir eigentlich für Richter?" Rosi wollte sich nicht beruhigen.

Lindberg schüttelte den Kopf. „Wer war der Rechtsanwalt von Katzbach?"

„Dreimal darfst du raten, Lindberg. Unser spezieller Freund Maximilian Bauer", antwortete Tobias säuerlich lächelnd.

Lindberg hob die linke Augenbraue. „Dein Studienkollege, der mehr Dreck am Stecken hat als alle seine Mandanten zusammen? Na, dann wundert mich gar nichts mehr."

„Genau der. Und der Richter war Müller-Heckenrath, ein vertrottelter und erzkonservativer Holzkopf. Da hatte Sandra von vornherein keine Chance", wusste Tobias aus Erfahrung zu berichten.

„Sandra ist vollkommen am Boden zerstört. Die geht gar nicht mehr aus dem Haus, wo das Ganze auch noch in der Zeitung breitgewalzt wurde und der fiese Katzbach seinen Freispruch noch öffentlich gefeiert hat. Er, der brave Familienmensch. Die unschuldige Lichtgestalt, die der Menschheit nur Gutes tut. Einfach zum Kotzen", regte sich Rosi abermals auf.

„Wie du schon gesagt hast, Rosi, das Beste wird sein, dass deine Freundin Sandra Tobias und mir die ganze Geschichte einmal in Ruhe erzählt. Sprich einmal mit ihr, wann und wo wir uns treffen können und dann sehen wir weiter", schlug Lindberg vor. Anschließend wandte er sich Tobias zu.

„Es könnte sein, mein lieber Freund, dass auch ich in Zukunft deine Dienste benötige."

„Dein Dr. Watson ist stets bereit Sherlock Holmes." Tobias grinste Lindberg an.

„Nee, nee, Tobias, ich meine deine Fähigkeiten als Rechtsanwalt."

„Ach, du dickes Ei. Was hast du nun schon wieder angestellt?"

Lindberg erzählte den beiden in kurzen Zügen von seinem Auftrag für den Hotelier Hardenberg und der schrecklichen Entdeckung vom frühen Morgen.

„Und als der Reichenbach gesagt hat, Anna soll dich festnehmen, hast du dich einfach verkrümelt?" Bei Rosis Worten klang eine gewisse Anerkennung mit.

„Ich lass mich doch nicht einfach hinter Gitter bringen, bloß weil so ein aufgeblasener Wichtigtuer wie der Oberstaatsanwalt die Fakten ignoriert."

Tobias runzelte die Stirn. „Hast du schon mit Anna gesprochen?"

Lindberg schüttelte den Kopf. „Nein, ich bin auf direktem Weg zu dir gefahren."

„Dann rufe sie an und frage sie, ob inzwischen nach dir gefahndet wird. Nicht, dass schon unsere Freunde und Helfer bei dir vor Tür stehen, wenn du nach Hause kommst."

„Vielleicht hast du recht". Lindberg kramte sein Smartphone hervor und drückte Annas Kurzwahlnummer.

„Lindberg, wo steckst du?", war Annas erste Reaktion.

„Ist das wichtig? Willst du mich festnehmen?"

„Erzähl doch keinen Mist …"

„Aber der eifrige Oberstaatsanwalt sieht das wohl ganz anders", unterbrach Lindberg die Kommissarin, „der hätte mich doch am liebsten gleich in Ketten gelegt."

„Der ist zwar vollkommen ausgerastet, als er hörte, dass du gegangen bist. Aber irgendwann konnten Korthals und ich ihn davon überzeugen, dass gegen dich kein konkreter Tatverdacht vorliegt. Deine Flucht sah er natürlich als einen eindeutigen Schuldbeweis an. Eine taktische Meisterleistung deinerseits war es auch in meinen Augen nicht. Ich muss jetzt Schluss machen. Wir sehen uns heute Abend."

Lindberg sah noch eine Weile betreten auf sein Smartphone, nachdem Anna das Gespräch so abrupt beendet hatte.

Kapitel 3

Ein seichter Sommerwind bewegte das Laub der Bäume in Lübecks Stadtpark. Jener mehr als einhundert Jahre alten Parkanlage mit ihren Teichen, Wanderwegen und eleganten Villen nicht weit der Altstadt.

„Wieso bin ich jedes Mal fest davon überzeugt, dass ich den falschen Beruf erwählt habe, wenn ich solche Häuser sehe?" Clemens Korthals stellte den Motor ab und sah seine Chefin von der Seite an.

Anna schmunzelte. „Sieh` es einfach so, Clemens. Unser Beruf führt uns in verschiedene Welten. Würdest du am Fließband stehen, kämest du gar nicht in die Nähe solcher Prachtbauten. Und die Monotonie der Maschinen wäre das einzige Lied, das deine Ohren erreichen würde."

„Bevor du noch poetischer wirst, Chefin, lass uns lieber eine der Traumvillen von innen betrachten. Auch wenn der Grund unserer Besuche für seine Bewohner nicht immer erbauend ist", war der lapidare Kommentar des Oberkommissars.

„Na, dann wollen wir mal der jungen Witwe die traurige Nachricht überbringen", stieß Anna hervor und öffnete die Wagentür.

Die beiden Kommissare zögerten ein wenig, bevor sie den bilderbuchartigen Vorgarten der weißen Villa mit ihren Erkern und Zinnen betraten, die dem Hotelier Hardenberg gehörte. Kurze Zeit nach dem Klingeln öffnete sich die Haustür und ein junges Mädchen mit einer weißen Schürze sah die beiden ohne ein Wort zu sagen fragend an.

„Mein Name ist Anna Severin und das ist mein Kollege Korthals. Wir sind von der Kripo Lübeck und müssen Frau Hardenberg sprechen."

„Kripo, was soll das denn?", kam die patzige Antwort.

Anna warf ihrem Kollegen einen genervten Blick zu. Der Oberkommissar trat einen Schritt auf das Mädchen zu und sah ihr direkt in die Augen.

„Kripo heißt frei übersetzt Kriminalpolizei, junge Frau. Und die will immer noch Frau Hardenberg sprechen. Das ist doch nicht allzu schwer zu verstehen, oder?"

Das Mädchen wich unwillkürlich einen Schritt zurück und starrte Clemens Korthals mit großen Augen an.

„Vielen Dank, dass Sie uns hereingebeten haben", war dessen Kommentar.

„Bettina, was gibt es denn?", erklang jetzt eine Stimme aus dem Hausinnern. Gleich darauf erschien in der weitläufigen Diele eine schlanke attraktive Frau. Mit erhobenem Kinn musterte sie die Szene.

„Das ist die Kripo ... Die sind einfach so ...", stotterte das Mädchen verwirrt.

Anna stellte sich und ihren Kollegen erneut vor.

„Ist gut, Bettina. Du kannst gehen", fertigte die Hausherrin ihre Bedienstete kurz ab, bevor sie sich den beiden Kommissaren zuwandte. „Wenn Sie meinen Mann sprechen möchten, der ist gegenwärtig nicht im Haus."

„Das ist uns wohl bewusst, Frau Hardenberg. Wir möchten Sie persönlich sprechen", antwortete Anna freundlich.

Ann-Kathrin Hardenberg schien im ersten Augenblick irritiert zu sein, drehte sich dann aber mit einer einladenden Geste um. „Bitte folgen Sie mir."

Durch ein äußerst stilvoll eingerichtetes Wohnzimmer erreichten sie einen Wintergarten, in dem die Hausherrin die Kommissare bat, Platz zu nehmen.

„Darf ich Ihnen etwas anbieten?", fragte sie, nachdem auch sie sich gesetzt hatte.

„Nein, herzlichen Dank", verneinte Anna, „Frau Hardenberg wir haben eine sehr traurige Nachricht für Sie. Ihr Mann wurde heute Morgen in Ihrem Haus in Travemünde tot aufgefunden."

Ann-Kathrin Hardenberg sah Anna mit versteinerter Miene an. Keine Reaktion. Kein Erschrecken.

„Der Tod ist in diesem Alter etwas Alltägliches. Wieso interessiert sich die Kripo dafür?", stellte die junge Witwe nach kurzer Pause emotionslos fest.

„Es tut uns leid, Frau Hardenberg, aber wir müssen von einer Gewalttat ausgehen. Ihr Mann ist ermordet worden." Anna hatte das Gefühl, mit einem Eisberg zu sprechen. Die Witwe musterte die beiden Kommissare regungslos. Verzog keine Miene.

„Macht es Ihnen etwas aus, uns ein paar Fragen zu beantworten?", unterbrach Anna die erdrückende Stille.

Ann-Kathrin Hardenberg hob kaum merklich den Kopf. „Natürlich nicht."

„Wann haben Sie Ihren Mann das letzte Mal gesehen?"

„Vor zwei oder drei Tagen. Das weiß ich nicht mehr so genau", kam die unwillige Antwort. „Jeder von uns geht seiner Wege."

„Wollen Sie damit andeuten, dass Sie zwar verheiratet sind, aber sich Ihre Gemeinsamkeiten auf ein Minimum beschränken?", klinkte Clemens Korthals sich ein.

„Auch wenn es Ihre Vorstellungskraft überfordert, wir führen eine für beide erfüllte und zufriedenstellende Ehe."

Anna versuchte, das Verhalten von Ann-Kathrin Hardenberg richtig einzuschätzen. Unterkühltes Auftreten gepaart mit einer Portion Überheblichkeit war nicht selten nur ein Schutzschild. Doch von unterschwelliger Unsicherheit konnte sie bei der Witwe des Hoteliers nichts entdecken. Sie war erheblich jünger als ihr Ehemann. Anna schätzte sie auf rund vierzig Jahre.

„Verzeihen Sie, Frau Hardenberg, damit wir uns zunächst einen Überblick verschaffen können, wäre es hilfreich für uns, etwas über Ihre Familie zu erfahren. Wer wohnt in diesem Haus?"

„Mein Mann und ich natürlich, wenn er nicht gerade seine Hotels inspiziert oder sich nach Travemünde zurückzieht. Was er übrigens in der letzten Zeit immer öfter tat."

„Wie lange sind Sie schon mit ihm verheiratet?", wollte Clemens Korthals wissen.

„Seit knapp zehn Jahren. Ist das von Bedeutung?" Der Oberkommissar zuckte nur mit den Schultern und fuhr fort. „Wer gehört noch zur Familie?"

„Die Kinder aus der ersten Ehe meines Mannes und deren Partner. Also sein Sohn Constantin und Tochter Mareike." Anna hatte den Eindruck, dass Ann-Kathrin Hardenberg von völlig fremden Menschen sprach. Eine enge Familienbande konnte sie nicht entdecken.

„Wie alt sind die Kinder heute?"

„Die sind beide Mitte dreißig", kam die kurze Antwort.

„Gibt es noch Kontakt zur Mutter der Kinder?"

„Das ist wohl kaum möglich. Annabel Hardenberg hat vor rund zwölf Jahren Selbstmord begangen." Anna entging nicht der sarkastische Zungenschlag der Antwort. „Gab es eine Erklärung für diesen Suizid? Hat sie einen Abschiedsbrief hinterlassen?"

„Woher soll ich das wissen? Ich kannte meinen Mann zu

der Zeit noch nicht." Anna bohrte nicht weiter. Dieses Thema schien die Witwe noch weniger zu interessieren als der Tod ihres Mannes.

„Eine ganz andere Frage. Sind Sie, Frau Hardenberg, und auch die Kinder in irgendeiner Weise mit dem Hotelkonzern verbunden?"

„Gott bewahre!", stieß Ann-Kathrin Hardenberg hysterisch auflachend hervor. Das erste Mal, dass sie Emotionen zeigte. „Ich werde mir doch nicht an der heiligen Kuh die Finger verbrennen."

Anna und Clemens sahen sich fragend an. Was war das denn für ein unsinniger Vergleich?

„Wie dürfen wir das verstehen?", hakte Anna nach.

„Die Hotels gehören einzig und alleine meinem Mann. An dem Denkmal Alexander Hardenberg und seinen Edelsteinen wagte keiner auch nur zu kratzen. Er bestimmt die Politik des Konzerns und kein anderer. Selbst eine behutsame Souffleuse in der Person einer Ehefrau hätte nicht den Hauch einer Chance bei ihm gehabt und wäre gnadenlos in ihre Schranken gewiesen worden."

Anna runzelte die Stirn. „Haben die erwachsenen Kinder denn keine Funktion im Hotelkonzern?"

„Natürlich arbeiten beide im Konzern, aber nicht in leitenden Funktionen. Dafür gibt es einen Geschäftsführer, der alles genauestens nach den Vorgaben meines Mannes regelt."

„Hat der Mann auch einen Namen?", fragte Clemens Korthals nach.

„Der hört auf den klangvollen Namen Jean-Pierre Carmouflage". Ann-Kathrin Hardenbergs Gesichtsausdruck ließ deutlich erkennen, dass der Geschäftsführer nicht zu ihren Freunden zählte.

Der Oberkommissar schmunzelte. „Ein Franzose?"

„Nein! Nein! Ein Urgewächs aus dem Bayerischen Wald, das sich irgendwann das lächerliche Image einer hugenottischen Familie zugelegt hat. Was dem Ganzen zusätzlich eine groteske Nuance verleiht. Ich nehme an, Sie werden ihn bei Ihren Ermittlungen auch noch befragen müssen. Machen Sie sich auf etwas gefasst." Die Hotelierswitwe schien bei diesem Gedanken amüsiert zu sein.

Anna konnte die absonderlichen Reaktionen angesichts der Todesnachricht immer noch nicht richtig einschätzen. „Sind denn die Kinder von Herrn Hardenberg mit ihren untergeordneten Funktionen im Konzern einverstanden?"

„Natürlich nicht. Wenn man das Verhältnis zu ihrem Vater als belastet bezeichnet, ist das noch dezent formuliert."

Anna nickte verstehend. „Da drängt sich naturgemäß die nächste Frage auf. Hatte Ihr Mann Feinde?"

Ann-Kathrin Hardenberg begann erneut, abfällig zu lachen. „Fragen Sie lieber danach, wer ihm nicht die Pest an den Hals gewünscht hat. Mein Mann hat es von jeher verstanden, die Menschen innerhalb kürzester Zeit gegen sich aufzubringen. Manchmal hatte ich den Eindruck, er würde sich sogar in dem Glanz eines Ungeliebten sonnen. Sein ungewöhnlicher Tod ist für mich daher nichts Unerwartetes. Bei seinem Verhalten den Menschen gegenüber musste es früher oder später dazu kommen."

„Wo waren Sie gestern Abend gegen zweiundzwanzig Uhr?", schoss Clemens Korthals einen unerwarteten Pfeil ab.

Die junge Witwe des Hoteliers stockte und sah beide Kommissare fassungslos an. „Sie meinen, ich habe meinen Mann umgebracht? Das ist doch lächerlich. Auch wenn ich gegenwärtig kein gutes Haar an ihm lasse, eine Mörderin bin ich beim besten Willen nicht."

„Ein Alibi wäre trotzdem hilfreich", bemerkte der Oberkommissar.

„Ich war bei einer Vernissage in der Meeres-Galerie in
Timmendorfer Strand. Wie viele Zeugen möchten Sie dafür
haben?" Ein süffisantes Lächeln umspielte den Mund der
Witwe.

„Sie werden uns sicherlich eine Liste Ihrer Bekannten geben
können, die Ihre Anwesenheit bezeugen werden."

„Wenn es Sie glücklich macht. In Gottes Namen."

„Hat es in der letzten Zeit irgendwelche Auffälligkeiten
oder Besonderheiten gegeben?", schaltete sich Anna wieder
ein.

Die junge Witwe zögerte. Doch dann schüttelte sie den
Kopf. „Nein. Nichts Ungewöhnliches, was mich beunruhigt
hätte."

Anna fuhr fort. „War Ihnen bekannt, dass eines der wertvollen Bücher Ihres Mannes für eine Ausstellung im St. Annen-
Museum vorgesehen war?"

„Die Faszination meines Mannes für alte Bücher und Antiquitäten interessiert mich wenig. Staubige Vergangenheit hat
keinen Wert für mich. Ich lebe im Jetzt und blicke nach vorn.
Kunst unserer Tage gibt den Zeitgeist wieder. Ein Alex da
Corte oder eine Trudy Benson beleben unseren Alltag und
weisen in die Zukunft. Ein Blick zurück vermittelt nur Trüb-
sinn und Antiquiertes."

„Von der Ausstellung war Ihnen also nichts bekannt?", ließ
Anna nicht locker.

„Lübeck und seine Museen. Ich bitte Sie. Reicht es nicht aus,
dass die so hoch gelobte Hansestadt mit ihren protzigen
Kirchtürmen und ihrer erdrückenden Backsteinarchitektur

nur ein Abbild des Spießertums vergangener Zeiten ist? Muss man auch noch die letze Scherbe aus den Kloaken des Mittelalters in Glasvitrinen ausstellen?"

Anna und Clemens Korthals sahen sich nur kurz an. Es machte keinen Sinn, gegenwärtig weiter zu fragen. Sie erhoben sich gleichzeitig und verabschiedeten sich. In der Tür drehte Anna sich noch einmal um. „Wo könnten wir die Kinder Ihres Gatten am ehesten antreffen?"

„Tagsüber sind sie sicherlich in der Zentrale im Hardenberg Lubeca zu finden."

Anna nickte und bedankte sich.

Clemens Korthals ließ sich in den Autositz fallen. „Mein Gott, was ist das für eine kalte Hundeschnauze", entfuhr es ihm, nachdem Anna auf dem Beifahrersitz Platz genommen hatte.

„Ganz unrecht hast du nicht, Clemens. Betroffenheit nach einer Todesnachricht sieht anders aus. Und ihre grundsätzlich negative Einstellung zur Hansestadt, in der sie wie die Made im Speck lebt, lässt auch einige Interpretationen zu. Kommt sie als Täterin in Frage? Was meinst du?"

Der Oberkommissar schürzte die Lippen, als würde er überlegen. „Fest steht, dass ihr Mann nach ihren eigenen Worten kein äußerst liebenswerter Mensch war und sie auf uns eiskalt und abgebrüht wirkt. Auszuschließen wäre es nicht."

„Aber würde sie denn so offensichtlich ihr eher distanziertes Verhältnis zu ihrem allgemein ungeliebten Ehemann preisgeben?" Anna hatte Zweifel.

„Könnte auch pfiffige Taktik sein. Mit Schönfärberei würde sie sich doch viel eher verdächtig machen, wenn andere Zeugen nachher aussagen, dass ihr Mann ein Widerling war", dachte Clemens Korthals laut.

Anna nickte zustimmend. „Warten wir erst einmal ihr Alibi ab."

Anna schleuderte die Schuhe in die Ecke und ließ sich in ihren Lieblingssessel fallen. Was für ein Tag?! Der lästige Oberstaatsanwalt verfolgte sie gedanklich bis in ihre Wohnung. Ebenso wie die frustrierte Ehefrau des Toten. Und dann auch noch Lindbergs blödsinnige Flucht nach dem Mord an dem Hotelier in Travemünde. Anna hatte keine Erklärung für sein unangepasstes Verhalten. Zugegeben, sie kannte Lindberg schon einige Jahre. Es hatte in dieser Zeit genügend Anlässe gegeben, bei denen sie sich aufgrund seiner Eskapaden nur die Haare raufen konnte. So war er halt. Spontan und unberechenbar. Geistreich, begeisterungsfähig und leidenschaftlich in der Sache. Andererseits konnte sie sich auf ihren Freund hundertprozentig verlassen. Er war immer da, wenn man ihn brauchte. Er konnte zuhören. War aufmerksam, humorvoll und liebenswert. Außerdem sah er auch noch gut aus mit seinen blauen Augen und seinem welligen mittelblonden Haar. Groß, schlank und sportlich. Er war einfach Lindberg. Ein Unikat. Anna seufzte. War er auch ein Mann, in den man sich verlieben konnte? Anna schüttelte den Kopf, als wollte sie den Gedanken verscheuchen. Das fehlte gerade noch, dass sie sich neben ihrem beruflichen Stress auch noch ein privates Chaos einrichtete. Auf der anderen Seite hätte es schon Vorteile, wenn sie sich nach einem anstrengenden Tag wie diesem, in liebevolle Arme fallen lassen könnte. Wenn ein Mensch da wäre, an den sie sich kuscheln und den Alltag für kurze Zeit vergessen könnte. Vielleicht auch gemeinsame Pläne für die Zukunft schmieden, an eine Familie mit Kindern denken, ein Häuschen am Meer. Schöne Träume. „Anna, du spinnst", rief sie sich zur Ordnung. Entschlossen sprang sie von ihrem Sessel auf.

„Da bist du ja, du Schwerverbrecher auf der Flucht", begrüßte Anna ihren Freund Lindberg, als er eine Stunde später vor ihrer Wohnungstür stand.

„Ich begebe mich freiwillig in die Hände der Staatsmacht", antwortete er lachend und umarmte Anna zur Begrüßung. „Ich hoffe, dass es positiven Einfluss auf das Strafmaß haben wird."

„Du bist unverbesserlich, Lindberg. Wann wirst du je erwachsen?" Anna konnte Lindberg einfach nicht böse sein, obwohl sie sich vorgenommen hatte, ihm am Abend die Leviten zu lesen.

„Jetzt im Ernst, Anna, wer verlangt eigentlich von der Menschheit, dass sie ab einem gewissen Alter nur noch angepasst, vernunftgesteuert und politisch korrekt durch das Leben schleichen muss? Gott sei Dank hat es Individuen gegeben, die aus diesem konventionellen Käfig ausgebrochen sind. Ohne einen Leonardo da Vinci oder einen Kolumbus würden wir doch heute noch in den Höhlen hausen."

Anna lächelte Lindberg vielsagend an. „Und du zählst dich also ebenfalls zu den Weltverbesserern, nur weil du nicht erwachsen werden willst und zeitweise gegen den Strom schwimmst?"

„Nein, Anna, mein Anspruch ist nicht so hoch. Ich wehre mich nur dagegen, dass wir viel zu leicht den uns von anderen übergestülpten Mainstream hinterher hecheln. So denkt man nicht! Das sagt man nicht! So verhält man sich nicht! Ich lasse mich von solchen Typen nicht verbiegen. Das weißt du auch. Und wenn ich albern und lustig sein will, ganz gleich ob das der Gesellschaft um mich herum gefällt oder nicht, dann setze ich mir eine rote Nase auf und bin albern wie ein kleines Kind."

„Dabei läufst du aber Gefahr, dass die von dir als ernsthaft und verbissen beschriebene Gesellschaft dich irgendwann in die Klapsmühle steckt."

„Dazu müssen sie mich aber erst einmal einfangen ..."

„Womit wir beim Thema wären", unterbrach Anna Lindberg im ernsten Ton, „was sollte dein überstürzter Aufbruch in Travemünde heute Morgen?"

Lindberg sah Anna irritiert an. Dann schüttelte er kurz den Kopf. „Hab ich dir schon gesagt, dass es hier äußerst verführerisch duftete. Was hast du gekocht?"

„Karl-Magnus Lindberg!", rief Anna ihn zur Ordnung. Auf diese schroffe Reaktion war Lindberg nicht gefasst gewesen. Bei seinem Vornamen hatte ihn seit Jahren keiner mehr gerufen. Ausgenommen seine Mutter vor langer Zeit. Alle, die ihn kannten, nannten ihn nur Lindberg. Wieso, wusste er selber nicht mehr genau.

„Anna, ich will mein Verhalten ja gar nicht entschuldigen. Ich habe durch Zufall mitbekommen, dass der aufgedrehte Oberstaatsanwalt mich festnehmen lassen wollte. Und um dich nicht in Vollzugszwang und Verlegenheit zu bringen, bin ich diesem ganzen Affentheater aus den Weg gegangen."

„Kannst du dir ungefähr vorstellen, welche Vorwürfe und Anschuldigungen ich mir von Reichenbach anhören musste, nachdem du nicht mehr auffindbar warst? Das war ein gefundenes Fressen für ihn, wo er mich ohnehin schon im Visier hat."

Lindberg trat auf Anna zu und nahm sie in die Arme. „Du hast Freunde und Feinde auf dieser Welt. Das wird sich nie ändern", flüsterte er ihr ins Ohr.

Anna löste sich behutsam von ihm und sah ihm in die Augen. „Manchmal frage ich mich, wieso gerade du mein bester Freund bist?"

Lindberg lächelte Anna schelmisch an. „Eine durchaus berechtigte Frage, die du dir aber nur alleine beantworten kannst. Es sei denn, du möchtest von mir persönlich einen abendfüllenden Vortrag über meine Qualitäten im Einzelnen und im Besonderen hören."

„Um Gottes Willen. Nach diesem anstrengenden Tag steht mir wahrhaftig nicht der Sinn nach Horrorgeschichten." Noch bevor Lindberg nach Anna greifen konnte, war sie mit einer eleganten Drehung in der Küche verschwunden. „Tue heute wenigstens ein gutes Werk und gieße schon einmal den Wein ein. Das Essen ist gleich fertig."

„Anna, wenn uns irgendwann einmal der Himmel auf den Kopf fällt, würde ich allein schon wegen deiner Kochkünste bis an mein Lebensende nach dir suchen."

Lindberg streckte seine langen Beine unter dem Tisch aus und lehnte sich zurück. Lächelnd hob er sein Glas und prostete Anna zu.

„Welch ein Trost für mich. Ich hatte schon befürchtet, du liebst mich", entgegnete Anna mit funkelnden Augen und hob ebenfalls ihr Glas.

Es war nicht das erste Mal, dass die beiden auf der Dachterrasse von Annas Wohnung bei einem Essen den Tag ausklingen ließen.

„Liebe ist ein großes Wort und hat viele Facetten, wie du weißt. Aber etwas ganz anderes, wie schaffst du es bloß, einer eher einfachen Kost so eine geschmacklich besondere Note zu geben? Dein italienisches Gulasch war einfach köstlich."

„Das ist gar nicht so schwer. Ein paar Artischockenherzen,

ein wenig Rotwein und natürlich die richtigen Gewürze. Willst du auf deine alten Tage etwa noch zum Meister der Küche avancieren?"

„Keine Angst, liebe Anna. Da besteht keine Gefahr. Ich kann bis heute nicht verstehen, was die Menschen nur an diesen langweiligen zahlreichen Kochshows im Fernsehen finden. Da wird hier ein bisschen gerührt und dort ein wenig gequirlt. Und das Ganze mit einer Wichtigkeit präsentiert, als ob die Welt ohne brutzelnde Pfannen gleich untergehen würde. Dabei fällt mir ein, stehe ich immer noch auf der Fahndungsliste?"

Anna irritierte zwar im ersten Augenblick Lindbergs abrupter Themenwechsel, aber sie kannte nur zu gut seine ungeduldige Neugier.

„Ach was. Nachdem Reichenbach ununterbrochen von Flucht und Fahndung gefaselt hatte, versicherte Korthals ihm, dass die gegenwärtige Sachlage gegen deine Tatbeteiligung sprechen würde und du morgen ohnehin für das Protokoll im Kommissariat erscheinen würdest."

„Wo er recht hat, hat er recht", kommentierte Lindberg lapidar. „Habt ihr die alten Bücher noch gefunden?"

„Nein. Keine alten Bücher weit und breit. Auch im Safe nicht. Aber du weißt ja, das darf ich dir gar nicht erzählen."

„Ja, Anna, ich weiß." Lindberg verdrehte die Augen. Dann runzelte er die Stirn. „Eigenartig ist das schon. Kaum interessiert sich jemand für die antiquarischen Schmuckstücke von Hardenberg und schon wird er ermordet."

„Wer wusste denn von diesen Büchern?", hakte Anna nach.

„Den Hinweis habe ich von dem Antiquar Eberhard bekommen. Du kennst ihn. Den Professor aus der Beckergrube. Aber wenn die Leute aus dem St. Annen-Museum

Hardenbergs literarische Kostbarkeiten kannten, dann musst du davon ausgehen, dass auch andere Insider davon wussten."

„Wenn ich dich richtig verstehe, unterstellst du, dass zwischen dem Mord und dem Verlust der Bücher ein Zusammenhang besteht?"

„Oberflächlich betrachtet mag der Eindruck entstehen. Sicherlich nicht zwangsläufig. Vielleicht wollte der Täter auch nur einen Raubmord vortäuschen. Doch warum nimmt er dann nur die Bücher mit? Es waren doch noch genügend andere wertvolle Objekte im Haus."

„Du meinst Gemälde und Skulpturen. Doch das setzt voraus, dass der Mörder diese als wertvoll auch erkannt hat", wandte Anna ein.

„Womit wir wieder am Anfang meiner These wären. Kein allgemeiner Einbrecher, der von Hardenberg überrascht wurde, sondern jemand, der es zielgerichtet auf die Bücher abgesehen hat."

Anna schüttelte den Kopf. „Mit einem kleinen Schönheitsfehler. Wir haben keine Einbruchsspuren gefunden."

„Das heißt, Hardenberg hat seinen Mörder selber hereingelassen", folgerte Lindberg.

„Oder der Mörder hatte einen Schlüssel zum Haus", setzte Anna die Überlegungen laut fort.

Lindberg drehte sein Glas in den Händen und blickte gedankenverloren in den rotfunkelnden Wein. Kurze Zeit später hob er den Kopf und sah Anna an. „Es gibt nur zwei Möglichkeiten, wie der Hotelier zu Tode gekommen sein kann."

Anna hob interessiert die Augenbrauen. „Nun, mein Sherlock Holmes, verrate mir deine Erkenntnisse."

Lindberg nickte und fuhr fort. „So wie ich Hardenberg aufgefunden habe, sah es nicht danach aus, dass es einen Zweikampf gegeben hat. Der Mörder hat ihn heimtückisch von hinten erschlagen. Das wirft die Frage auf, warum kehrte Hardenberg seinem Mörder den Rücken zu? Antwort eins: Der Mörder hat sich angeschlichen, ohne dass Hardenberg ihn bemerkt hat. Antwort zwei: Hardenberg hat sich aus welchen Gründen auch immer von seinem potentiellen Mörder abgewandt, weil er von ihm keine Gefahr erwartete."

„Das hört sich alles sehr logisch an, mein lieber Lindberg. Nur bleiben bei all deinen Gedankenspielen nur noch zwei weitere Fragen offen. Erstens: Welches ist das wahre Mordmotiv? Und zweitens: Wer ist der Mörder?"

Lindberg hob resignierend die Schultern. „Dafür gibt es auch in Lübeck kompetente Kommissare, für die es ein Leichtes sein wird, den Fall zu lösen." Lindberg prostete Anna lächelnd über den Tisch hinweg zu.

Kapitel 4

An einigen der alten Fabrikhallen in den Schlutuper Tannen nagte unaufhaltsam die Zeit. Doch trotzdem wiesen Werbeschilder und Plakate auf wenig geordnete Weise auf kleine und nicht selten auch leistungsfähige Betriebe hin. Am Ende einer Sackgasse klang ein ständig aufheulendes Motorbrummen aus einem der alten Backsteingebäude. Unterbrochen von knallenden Fehlzündungen. Ein riesiger Indianerkopf zierte die bröckelnde Wand neben einem geöffneten Tor. Davor standen ordentlich aufgereiht fünf chromblitzende Motorräder.

Blubbernd erlosch das Motorengeräusch. „Mensch, du vertrottelter Rechtsverdreher, was hast du deiner alten Susi bloß angetan?" Vor Tobias und Lindberg stand ein Hüne von Mann mit grauem Bart und in einem ölverschmiertem Overall. Sein Kopf bedeckte ein Tuch mit Totenkopfsymbolen. Schelmisch blinzelte er die beiden an.

„Schrauber, erzähl keinen Mist. Ich behandele meine Susi wie ein rohes Ei", antwortete Tobias beleidigt.

Der Schrauber schüttelte den Kopf. „Dann hat dein Ei aber einen Knick." Lindberg und Tobias mussten lachen. So kannten sie den Schrauber, von dem keiner wusste, wie er tatsächlich hieß. Sie waren seit Jahren befreundet, besonders seit Tobias den Motorradexperten aufgrund seiner nicht immer ganz legalen Geschäfte bei der Beschaffung von Ersatzteilen vor einem Aufenthalt hinter Gittern bewahrt hatte. Es gab kein Problem ganz gleich an welchem Motorrad, das der Schrauber nicht beheben konnte. Er machte nie viele Worte. Hinter seinem manchmal derbem Auftreten und seinem massigen Körper verbarg sich eine treue Seele.

„Kriegst du das wieder hin, Schrauber?", fragte Tobias besorgt.

„Was für eine Frage überhaupt?" Der Schrauber schien entrüstet zu sein. „Aber irgendein Blindgänger muss an deiner Mühle herumgefummelt haben. Von alleine furzt sie ja nicht ständig wie ein Wallach."

„Ja, ja, ist ja gut. Ich hab die Zündkerzen ausgewechselt", gestand Tobias reumütig.

„Ach, du Scheiße. Auch das noch." Der Schrauber fasste sich an den Kopf. „Lindberg, kannst du deinem technisch talentfreien Paragrafenreiter nicht einmal einbläuen, dass er die Finger von Dingen lassen soll, von denen er nichts versteht?"

„Kein Chance, Schrauber." Lindberg hob resignierend die Hände. „Ein Tobias Richter ist beratungsresistent. Vergiss nicht, er ist Jurist. Die können alles und wissen alles."

„Hauptsache ihr beide seid euch einig", grummelte Tobias.

„Vermutlich hast du irgendwelche Billigkerzen vom Supermarkt eingeschraubt, wie ich dich Geizhals kenne, oder?", wandte sich der Schrauber wieder Tobias zu.

„Ich sag jetzt gar nichts mehr. Und ihr wollt meine Freunde sein?"

„Schrauber, ich glaube, mit ein paar Flaschen Bölkstoff aus deinem unerschöpflichen Kühlschrank können wir unseren beleidigten Freund wieder fröhlich stimmen", schlug Lindberg grinsend vor.

„Endlich einmal ein vernünftiger Vorschlag", stimmte Tobias mit ein.

Noch bevor der Schrauber zum Kühlschrank startete, erklang der Heavy-Metall-Sound von Tobias` Smartphone.

„Rosi, du Traum meiner schlaflosen Nächte, was kann ich

für dich tun?", meldete sich Tobias. Einen Augenblick hörte er zu. „Lindberg und ich sind gerade beim Schrauber. Wenn es euch nichts ausmacht, könnt ihr gerne herkommen. Wir müssen noch eine Weile bleiben, weil der Schrauber meine Susi wieder auf Vordermann bringen muss." Tobias lauschte wieder einen kurzen Moment. „Ist gut, dann bis gleich."

Lindberg sah seinen Freund fragend an. „Hat Rosi irgendwelche Probleme?"

„Nee, nee. Ihre Freundin Sandra ist gerade bei ihr und sie wollte wissen, wann wir die unliebsame Sache mit ihr besprechen könnten. Sie kommen her", klärte Tobias seinen Freund auf.

„Was für eine unliebsame Sache?", wollte der Schrauber wissen.

„Ach, Rosis Freundin Sandra ist von ihrem Chef sexuell bedrängt worden und hat vor Gericht eine richtige Abfuhr erlitten. Aber das kann sie uns ja gleich selbst erzählen", antwortete Lindberg.

Eine viertel Stunde später hielt Rosi mit ihrem weißen Smart und quietschenden Reifen vor dem Werkstatttor des Schraubers. Schwungvoll stieg sie aus, während ihr ihre Freundin Sandra zögerlich folgte. Rosi begrüßte Lindberg und Tobias überschwänglich und umarmte sie, bevor sie auf den Schrauber zutrat. „Ich freue mich sehr, dich zu sehen, Schrauber." Liebevoll legte sie ihm die Hand auf den ölverschmierten grauen Bart. „Ich freue mich auch, Rosi", murmelte er vor sich hin. Lindberg und Tobias sahen sich schmunzelnd an. Sie wussten, dass die beiden mehr verband, als nur eine flüchtige Freundschaft. Zumindest von Rosis Seite hätte schon längst mehr daraus werden können.

„Das ist meine Freundin Sandra", stellte sie ihre Begleiterin vor. Sandra Hammerich war wie Rosi keine unattraktive Erscheinung. Ihr blondes Haar trug sie zu einem Pferdeschwanz gebunden. Eine kurze Lederjacke, weiße Bluse und Jeans rundeten den sportlich eleganten Eindruck ab. Ein wenig reserviert aber lächelnd begrüßte sie Rosis Freunde.

„Auch wenn der erste Eindruck täuschen mag", ergriff Lindberg das Wort, „aber dieses ist der richtig Ort, um deine Sorgen zu besprechen, denn alle, die wir hier sind, wollen dir helfen."

„Das ist sehr nett von euch. Rosi hat mir auch schon Einiges über euch erzählt."

„Ach, du liebes Vaterland", stöhnte Tobias auf, „das kann ja heiter werden."

„Über Lindberg und den Schrauber konnte ich nur Gutes berichten, bei dir, mein lieber Tobias, hatte ich allerdings große Mühe, etwas zu finden", konterte Rosi höhnisch lächelnd.

„Bevor die beiden noch weiter mit Zärtlichkeiten um sich werfen, setzt euch doch erst einmal." Der Schrauber rückte seine alten Gartenstühle vor der Backsteinmauer unter dem überdimensionalen Indianerkopf zurecht. „Was ist mit Bölkstoff und Mädchenbrause?"

„Wenn du uns so fragst und du uns unbedingt einladen möchtest, herzlich gerne, Schrauber. Für mich und Tobias aber bleifreies Bier", antwortete Lindberg.

Der Schrauber schüttelte angewidert den Kopf. „Wie kann man nur solche Jauche trinken. Bleifreien Sekt für euch Mädchen hab ich aber nicht."

„Das ist schon gut so. Wir können ja mehr ab, als das ach so starke Geschlecht", bemerkte Rosi grinsend.

„Du entwickelst dich mehr und mehr zu einer Emanze, Rosi …"

„Lasst uns lieber zur Sache kommen", unterbrach Lindberg seinen streitenden Freund Tobias. „Mir wäre es ganz lieb, wenn uns Sandra ihre Geschichte erst einmal ganz in Ruhe erzählen würde."

Sandra nickte zustimmenden. Zögernd begann sie zu sprechen. „Wie ihr wisst, arbeite ich seit Anfang des Jahres bei Tutela im Büro. Das macht mir viel Spaß, weil man einfach das Gefühl hat, ein gutes Werk zu tun, wenn man Menschen in Not helfen kann. Mein Chef ist Dietmar Katzbach oder besser gesagt, er war es …"

„Dieser Kotzbrocken!", unterbrach Rosi ihre Freundin.

„Ja", fuhr Sandra fort, „im vergangenen April dann war ich morgens im Kopierraum, als Katzbach auch hereinkam. Erst habe ich mir gar nichts dabei gedacht, doch dann fing er plötzlich damit an, mir Komplimente zu machen."

„In welche Weise?", fragte Lindberg nach.

„Erst meinte er, ich würde meine Arbeit gut machen und ich wäre immer sehr liebenswert zu den Menschen, die zu uns kämen. Was für den Verein ja auch sehr bedeutungsvoll wäre. Er faselte noch von Vertrauen, Einfühlungsvermögen und so`n Kram. Dabei kam er immer näher, grinste mich an und sagte, ich könnte ja auch ihm gegenüber einmal meine Liebenswürdigkeit zeigen."

„Was für ein Ekel", warf Tobias kopfschüttelnd ein.

Sandra ließ sich nicht unterbrechen. „Ehe ich mich versah, stand er direkt vor mir, griff mir an die Brust und wollte mir den Rock hochschieben."

„Hast du dich gewehrt?", forschte Lindberg nach.

„Natürlich", entgegnete Sandra entrüstet, „ich habe versucht, ihn wegzuschubsen, ihn angefaucht, er soll das lassen und als er nicht aufhörte und mir in den Schritt fassen wollte, hab ich angefangen, laut zu schreien."

„Und dann ist doch ein Kollege von dir gekommen, oder?", wusste Rosi zu berichten.

„Ja. Timo Mischke, unser Auszubildender im Büro. Katzbach hat ihn anfangs angegiftet, er soll abhauen. Wir hätten etwas zu besprechen. Aber er hat mich dann in Ruhe gelassen."

Tobias schüttelte immer noch den Kopf. „Wie hat Katzbach sich danach konkret verhalten?"

„Er hat zu Timo gesagt, ein herzliches Verhältnis zu den Mitarbeitern sei das A und O einer Organisation wie der unseren. Daran sollte er sich ein Beispiel nehmen. Und dann ist er rausgegangen."

„Was für ein Arschloch hoch drei", war der abfällige Kommentar vom Schrauber, „dem müsste man mal so richtig die Fresse polieren."

„Grundsätzlich hast du recht, Schrauber, aber wir sollten erst einmal Sandra weiter anhören", warf Lindberg ein. „Was hast du daraufhin gemacht?"

„Ich habe meine Sachen gepackt und bin so schnell wie ich konnte zu meinem Bruder Dennis gelaufen. Der hat nicht weit von unserem Büro eine Versicherungsagentur. Und der hat gesagt, ich muss Katzbach anzeigen. Was ich dann auch getan habe."

„Gut", schaltete sich Tobias ein, „du hast ihn noch am selben Tag bei der Polizei angezeigt. Ich nehme an, der Auszubildende wurde als Zeuge benannt?" Sandra nickte bestätigend.

„Wie wir wissen, kam es auch zur Anklage durch die Staatsanwaltschaft. Jetzt also zur Gerichtsverhandlung", erläuterte Tobias ergänzend.

„Das war eine einzige Witzveranstaltung. Hätte die beste Chance auf den nächsten Comedy-Preis. So viel geballte Inkompetenz in einem Raum habe ich noch nie erlebt", entrüstet sich Rosi. Lindberg nickte Sandra auffordernd zu.

„Ich hatte gar keine Chance, die Sache, so wie euch eben, zu erzählen. Bei jedem Satz, den ich sagen wollte, hat mich der Rechtsanwalt von Katzbach sofort unterbrochen und mir das Wort im Munde herumgedreht."

Tobias runzelte die Stirn. „Hat der Richter denn nicht eingegriffen?"

„Der hat doch immer nur in seinen Unterlagen herumgewühlt ..."

„Der senile Trottel wusste doch gar nicht, was gerade in seinem Gerichtsaal verhandelt wurde", ergänzte Rosi wütend, „die Krönung war allerdings, als der Rechtsanwalt Sandra als Flittchen darstellte, die mit jedem, der ihr schöne Augen macht, sofort ins Bett springen würde."

Sandra biss die Zähne zusammen. Lindberg bemerkte, dass sie kaum mehr die Tränen zurückhalten konnte. Er stand auf, kniete sich vor sie und ergriff ihre Hände. „Sandra, wir sind da. Wir werden dir helfen. Katzbach wird sein gerechtes Urteil bekommen. Das versprechen wir dir. Rosis Freundin ist auch unsere Freundin."

Rosi legte den Arm um Sandras Schulter. „Du kannst den Jungs wirklich vertrauen, Sandra. Die sind gar nicht so verkehrt. Auch wenn man das auf den ersten Blick nicht unbedingt erkennen kann."

Sandra musste unwillkürlich lächelnd.

„So sieht die Welt schon viel besser aus", stellte Lindberg fest und setzte sich wieder auf seinen Stuhl. „Mehr müssen wir jetzt auch gar nicht wissen. Das Einzige, was mich noch interessiert, ist der Zeuge, dieser Timo. Was hat der denn vor Gericht ausgesagt?"

Sandra holte tief Luft. „Gar nichts. Er hat behauptet, von der ganzen Sache nichts mitbekommen zu haben."

„Dann können wir wohl davon ausgehen, dass Katzbach und sein windiger Anwalt Bauer den Jungen vorher in die Mangel genommen haben", stellte Tobias lapidar fest.

„Das war ganz offensichtlich", bestätigte Rosi, „der hat sich doch fast in die Hose gemacht, als der Anwalt ihn befragt hat. Sandra, erzähl doch noch mal von den Anrufen, die du nach dem Zeitungsartikel bekommen hast."

„Was waren das für Anrufe?", hakte Tobias nach. Auch Lindberg und der Schrauber waren hellhörig geworden.

„Ich habe in den letzten Tagen fünf Anrufe von Frauen bekommen, die den Zeitungsartikel über den Prozess und das Urteil gelesen hatten, und alle haben mir erzählt, dass der Katzbach auch sie bedrängt hat."

„Du willst damit sagen, dass dieser geile Bock auch schon anderen Frauen an die Wäsche gegangen ist?", knurrte der Schrauber unwillig.

„Und keine von denen hat ihn angezeigt?", staunte Tobias.

„Nein. Sie haben mir alle gesagt, sie wollten sich die Schmach, die mir widerfahren ist, ersparen", antwortete Sandra betreten.

„Die haben sich einfach geschämt", erklärte Rosi, „und die Krönung der ganzen Schweinerei ist, es waren alles Frauen, die sich in einer persönlichen Notlage befanden und bei Tutela um Beistand und Hilfe gebeten hatten. Es ist kaum zu glauben. Einige von ihnen hatten sich wegen häuslicher Gewalt an die Hilfsorganisation gewandt. Und dann treffen sie auf einen Dreckskerl wie Katzbach und müssen sich noch vor dessen schmierigen Attacken schützen."

„Unglaublich. Nun gut. Wir sind im Bilde. Dir, Sandra, ganz herzlichen Dank, dass du so offen zu uns warst. Wir werden uns kümmern", erläuterte Lindberg und nickte ihr wohlwollend zu.

Sandra schien noch nicht ganz überzeugt zu sein. „Aber was wollt ihr denn machen? Das Urteil ist doch gefällt. Katzbach wurde doch freigesprochen. Anschließend hat er sich in der Öffentlichkeit auch noch als Unschuldslamm und treusorgender Familienvater präsentiert."

„Das ist wohl wahr. Und deinen Ärger aufgrund dieser unliebsamen Sache können wir auch nicht wieder zurückdrehen", versuchte Lindberg Sandra zu beruhigen, „aber eines können wir dir ganz sicher versprechen, Katzbach wird garantiert noch ein paar unruhige Zeiten vor sich haben."

Kapitel 5

Anna sah ihre beiden Kommissare fragend an, als sie ihr Büro betraten. „Nun, habt ihr schon den Mörder des Hoteliers?"

„Natürlich, Chefin, und den Mörder, der erst übermorgen morden wird, kennen wir auch schon", konterte Clemens Korthals schlagfertig.

„Na, dann bin ich ja beruhigt", antwortete Anna lächelnd, „setzt euch, bitte. Ich wollte euch nur darauf vorbereiten, dass unser ungeduldiger Oberstaatsanwalt sehr bald eine ähnliche unqualifizierte Frage stellen wird. Doch jetzt ernsthaft. Was haben wir bisher?" Anna verließ ihren Schreibtischstuhl und setzte sich zu den beiden Kommissaren an den Besprechungstisch.

„Leider nicht allzu viel Ergiebiges", begann Clemens Korthals, „der vorläufige Obduktionsbericht bestätigt den Todeszeitpunkt vom 11. August gegen 22 Uhr. Der Schlag muss mit großer Wucht ausgeführt worden sein, was einerseits für einen kräftigen Täter oder aber auch für unbändige Wut sprechen könnte. Von der Tatwaffe fehlt jede Spur. Unsere neue Rechtsmedizinerin Frau Doktor Matthiesen spricht von einem kantigen Gegenstand. Irgendwelche Hinweise auf das Material hat sie bei dem Opfer nicht gefunden."

„Habt ihr die Haushälterin schon befragt, ob in den Räumen etwas fehlt. Ein Kerzenleuchter, eine Skulptur, Gemälde oder etwas Ähnliches?", hakte Anna nach.

„Nein, bisher noch nicht. Die war ja dermaßen von der Rolle. Die bekam doch keinen vollständigen Satz heraus. Aber wir werden heute einen neuen Versuch starten", erklärte der Oberkommissar. Anna blätterte in ihren Unterlagen. „Irgendwie passt für mich das eine nicht mit dem anderen zusammen. Lindberg hat uns doch eine genaue Beschreibung der drei Bücher gegeben. Dabei betonte er, dass das kleinere nach seiner Meinung eine wahre Rarität und einmalig auf der Welt wäre. Folglich tut sich die Frage auf, wer wusste davon, dass dieses Buch im Besitz des Hoteliers war? Und meine nächste Frage, wieso hat er seinen Räuber und Mörder hereingelassen? Einbruchsspuren haben auch unsere Techniker nicht gefunden."

„Was wäre, wenn der Einbrecher einen Schlüssel hatte?", meldete sich Kommissar Bockmann zu Wort.

„Auch eine Möglichkeit", antwortete Anna gedankenverloren. „So kommen wir nicht weiter. Wir müssen uns noch einen genaueren Überblick über das private und berufliche Umfeld von Hardenberg verschaffen. Clemens, wir beide werden anschließend zur Hotelzentrale im Hardenberg Lubeca fahren und die Kinder des Toten befragen. Herr Bockmann, Sie begeben sich nach Travemünde und gehen mit der Haushälterin die einzelnen Zimmer durch. Sprechen Sie das vorher mit der Spurensicherung ab, ob was dagegen spricht, da der Tatort noch versiegelt ist. Später werden wir uns Gedanken darüber machen, wer möglicherweise von diesen wertvollen Büchern gewusst hat ..."

Anna hielt inne, als sie aus dem Augenwinkel eine Person in der Tür entdeckte. „Frau Doktor Matthiesen. Welche Überraschung. Treten Sie näher und nehmen Sie Platz." Anna wandte sich wieder ihren Kommissaren zu. „Ich glaube, wir haben zunächst alles Wesentliche besprochen. Auf geht`s."

Die beiden Kommissare erhoben und verabschiedeten sich.

„Es tut mir leid, Frau Severin, dass ich Sie überfalle, aber ich bin gerade auf dem allgemeinen Erkundungstrip. Schließlich muss ich ja wissen, wo ich meine Pappenheimer, mit denen ich in Zukunft zusammenarbeiten werde, finden kann", erklärte die Rechtsmedizinerin ihren Besuch.

„Sie sind allzeit herzlich willkommen, Frau Doktor Matthiesen. Bei der Polizei gibt es immer noch einen deutlichen Männerüberschuss. Da ist jede weibliche Unterstützung hilfreich", entgegnete Anna lächelnd, „wie waren Ihre ersten Tage in Lübeck? Ich hoffe, Sie haben sie ohne größere Schäden an Leib und Seele überstanden."

„Keine Angst, Frau Severin, meine Eltern haben mir ein sonniges Gemüt mitgegeben. So leicht haut mich nichts aus den Schuhen. Außerdem kenne ich die Stadt sehr gut, da ich einige Semester hier studiert habe. Ich mag Lübeck. Das ist auch ein Grund gewesen, weshalb ich mich gleich um die Stelle der Rechtsmedizin beworben habe. Mit Erfolg, wie Sie wissen."

„War Alexander Hardenberg Ihr erster Fall?"

„Ja und es tut mir in der Seele weh, dass ich Ihnen keine spektakulären Besonderheiten liefern konnte, die Ihnen vielleicht ein paar mehr Hinweise auf einen möglichen Täter gegeben hätten. Sein Tod ist eindeutig dem kräftigen Schlag auf den Kopf zuzuordnen. Erstaunlicherweise gibt es keine weiteren Spuren, die gegenwärtig weiter helfen könnten", stellte die Rechtsmedizinerin mit Bedauern fest.

„Das sollte Sie nicht beunruhigen, Frau Doktor Matthiesen. Sie müssen nicht meinen Job machen. Viel mehr Wert legen meine Kollegen und ich auf eine ehrliche und vertrauensvolle Zusammenarbeit. Und da habe ich bei uns beiden überhaupt keinen Zweifel."

Kim Matthiesen musste lachen. „Da wäre ich in Ihrer Stelle nicht so sicher. Rechtsmediziner sind berühmt und berüchtigt für ihr kauziges und eigenbrötlerisches Wesen. Da will ich mich selber nicht ausnehmen."

Anna lachte ebenfalls. „Ganz widersprechen kann ich Ihnen nicht. Das geht nicht gegen Sie. Doch wenn ich an Ihren Vorgänger denke, mögen Sie recht haben. Doktor Fallhuber gehörte ohne Frage zu dieser Kategorie."

„Ich habe noch ein ganz andere Frage an Sie, Frau Severin", wechselte die Rechtsmedizinerin das Thema, „war mein Eindruck in Travemünde falsch oder kannten Sie den Herrn, der unseren Toten gefunden hatte, näher?"

Anna war für einen Augenblick irritiert. „Sie meinen Karl-Magnus Lindberg. Ja, uns verbindet schon eine jahrelange Freundschaft. Es ist Zufall und ein Kuriosum zugleich, dass er in diesem Mordfall verwickelt ist. Er sollte eine Expertise für die antiquarischen Bücher des Hoteliers abgeben und war aus diesem Grunde vor Ort."

„Verzeihen Sie meine Neugier, Frau Severin, aber sind Sie beide ein Paar?"

„Nein, nein. Bloß das nicht", reagierte Anna schnell, „Lindberg ist Kriminalschriftsteller und stark an wahren Fällen interessiert. Zugleich zeichnet ihn eine leidenschaftliche Wissenslust aus, die nicht immer ganz leicht zu ertragen ist. Zu seiner Ehrenrettung muss ich aber sagen, dass er mir in der Vergangenheit durch seine Beharrlichkeit bei meinen Ermittlungen oft auch erfolgversprechende Hinweise gegeben hat. Ansonsten ist er ein absolut lieber Kerl. Ein wahrer Freund, aber doch eher im geschwisterlichen Sinne."

„Ich wollte Ihnen nicht zu nahe treten, aber durch die Flure der Polizeidirektion schwirren derart viele Gerüchte, da wende ich mich doch lieber an die Person, die es wissen muss."

Anna nickte der Rechtsmedizinerin liebenswürdig zu. „Das ehrt Sie. Gegen Aufrichtigkeit ist nie etwas einzuwenden. Ich vermute einmal, dass mein ganz spezieller Freund von der

Kriminaltechnik, Kriminalhauptkommissar Anderlecht, es für nötig hielt, Sie über seine Sicht der Dinge zu unterrichten. Lindberg und ihn verbindet eine kaum nachvollziehbare Hassliebe."

„Ich merke schon, Sie wissen woher der Wind weht", bemerkte Kim Matthiesen, während sie sich erhob, „ich will Sie nicht länger stören. Vielleicht können wir uns einmal bei einer Tasse Kaffee auf neutralem Gelände treffen."

„Das würde mich freuen". Anna erhob sich ebenfalls und verabschiedete die Rechtsmedizinerin.

Es wären nur wenige Minuten gewesen, um mit dem Auto vom Polizeihochaus in der Possehlstraße zum Hotel Hardenberg Lubeca an der Trave zu gelangen. Doch auf Lübecks Straßen bewegte sich einmal wieder kaum etwas. Seit Jahren versuchten die Politiker in der Bürgerschaft ein sinnvolles Verkehrskonzept für die Innenstadt zu entwickeln. Wie das tägliche Verkehrschaos jedoch bewies, mit wenig Erfolg. Die Verkehrsampel an der Wallstraße zeigte Rot. Anna blickte nach rechts über die Trave. Welch eine verträumte Idylle. Die Häuser der Obertrave spiegelten sich im Wasser, überragt von den drei Türmen der Marien- und Petrikirche. Ein friedliches Bild, das nicht zu Unrecht auch „Malerwinkel" genannt und im Trubel des Alltags viel zu selten bewusst wahrgenommen wurde.

Anna stieß einen resignierenden Seufzer aus. Ihr Kollege warf ihr einen verwunderten Blick zu. „Hast du Sorgen, Chefin?"

„Nein, nein, keine Angst, Clemens. Ich habe mir nur vorgestellt, wie toll es jetzt sein würde, an der Obertrave sitzen zu können und im Café bei einem Cappuccino die Menschen zu beobachten und den Sonnenschein zu genießen."

Oberkommissar Korthals schmunzelte. „Träume sind erlaubt. Auch wenn sie fernab jeglicher Realität sind. Dafür bleiben es ja Träume."

„Du bist ein fantasieloser Spielverderber, Clemens Korthals."

„Spielverderber lasse ich gelten, Chefin, obwohl mir der Begriff Realist besser gefallen würde. Fantasielos muss ich dagegen weit von mir weisen. Ohne meine fantastischen Gedankengänge hätten wir in der Vergangenheit garantiert so manchen Fall nicht gelöst", stellte Annas Kollege schelmisch grinsend fest.

„Welch ein Glück, dass ich einen Mitarbeiter habe, der nicht an mangelndem Selbstvertrauen leidet."

Clemens Korthals lachte verschmitzt. Wenig später rollten sie an den zwei eisernen Löwen vorbei, die vor dem Weg zum Holstentor lagen. Gern gesehene Reittiere für die Kinder und beliebte Fotomotive. Die Postkartenansicht der Lübecker Stadtsilhouette mit dem Holstentor, den Salzspeichern und den Kirchtürmen verschwand aus Annas Blickfeld. Kurz darauf lenkte der Oberkommissar den Wagen vor den Haupteingang des Hotels Hardenberg Lubeca. „Heute fahren wir einmal hochherrschaftlich vor."

Die beiden Kommissare betraten das Hotel und wandten sich der Rezeption zu. Mit einem berufsmäßig verbindlichem Lächeln und der Frage, wie sie denn helfen könnte, wurden Anna und Clemens Korthals von einer jungen Frau hinter dem Tresen begrüßt.

„Wir sind von der Kripo Lübeck und müssen Constantin Hardenberg sprechen", antwortete Anna in nüchternem Ton.

Das Lächeln der Rezeptionskraft verschwand in Sekundenschnelle. „Selbstverständlich. Ich werde ihn sofort benach-
richtigen. Nehmen Sie doch bitte solange im Foyer Platz."
Eilig griff sie zum Telefon.

Anna und ihr Kollege sahen sich amüsiert an, steuerten auf
eine Sitzgruppe nahe der Rezeption zu und setzten sich.

„Es gibt eben noch Menschen auf dieser Welt, die angemessene Ehrfurcht und nötigen Respekt vor der Polizei zeigen",
bemerkte Clemens Korthals schmunzelnd.

Anna nickte zustimmend. „Was, wie wir aus eigener Erfahrung nur zu gut wissen, mehr und mehr zu den Raritäten
mutiert."

Wenige Minuten später trat die junge Frau von der Rezeption zu ihnen und bat die beiden Kommissare, ihr zu folgen.
Mit dem Fahrstuhl fuhren sie in die obere Etage des Hauses,
wo die Zentrale des Konzerns angesiedelt war. Vor der offenen Tür eines Büros blieb die junge Frau stehen.

„Das ist Herr Hardenberg", flüsterte die Rezeptionskraft. An
einem Schreibtisch saß ein Mann mittleren Alters, der ihnen
den Rücken zukehrte und gerade telefonierte. Auf irgendeine
Weise schien er aber seine Besucher bemerkt zu haben. Er
drehte sich um und lud sie mit einer Handbewegung ein, an
einem Konferenztisch Platz zu nehmen, während er sein
Gespräch weiterführte.

„Nein, Herr Seekamp, die vertraglichen Konditionen ändern sich auch nach dem Ableben des Unterzeichners nicht,
da ja eine Rechtsfolge eintritt." Constantin Hardenberg hörte
eine Weile zu. „Schauen Sie sich doch bitte den Abschnitt
sieben des Vertrages genauer an. Dort finden sie alles, was Sie
wissen müssen. Ansonsten darf ich Sie bitten, sich mit Ihrem
Anwalt kurzzuschließen. Der kann Ihnen die Konditionen

mühelos erklären. Und jetzt entschuldigen Sie mich bitte. Ich habe Besuch. Auf Wiederhören."

Constantin Hardenberg schüttelte missmutig den Kopf. „Entschuldigen Sie bitte, aber so geht es schon den ganzen Tag."

„Das ist nur verständlich nach diesem unverhofften Todesfall, Herr Hardenberg", bemerkte Anna, nachdem Sie sich und ihren Kollegen vorgestellt und dem Sohn des Toten ihr Beileid ausgesprochen hatte.

Constantin Hardenberg setzte sich zu den Kommissaren und schlug die Beine übereinander. Er war in Annas Augen eine durchaus attraktive Erscheinung. Schlank, athletisch gebaut, was auch das weiße, eng anliegenden Hemd nicht versteckte. Sein volles braunes Haar trug er nach hinten gekämmt. Lediglich die markanten Furchen in seinem sonst ebenmäßigen und gebräunten Gesicht störten das harmonische Bild.

„Ja, es geht jetzt alles ein wenig drunter und drüber. Aber das ist wohl kein Wunder, wenn der Kutscher vom Bock fällt, dass dann die Pferde erst einmal durchgehen, bis man sie wieder eingefangen hat."

Anna lächelte. „Ein sehr schöner Vergleich. Wie wir bereits erfahren haben, hatte ihr Vater die Zügel des Hotelkonzerns fest in der Hand."

Das Mienenspiel von Constantin Hardenberg verriet urplötzlich ein deutliches Unbehagen. Anna glaubte sogar, dass sich die Furchen in seinem Gesicht noch vertiefen würden. „Sie haben bereits mit Ann-Kathrin gesprochen, nicht wahr? Daher also Ihre Kenntnisse über die Internas."

Anna bestätigte seine Vermutung. „Aber wir würden gerne von Ihnen hören, wie Ihr Vater die Geschäfte geführt hat und welche Aufgaben Ihnen und Ihrer Schwester dabei zugefallen sind?"

Der Sohn des Toten blickte auf seine Hände, die er im Schoß gefaltete hatte. Dann hob er seinen Kopf. „Es wird Ihnen und mir nicht weiterhelfen, wenn ich Ihnen von einer intakten Familie Hardenberg erzähle, weil man bekanntlich nicht schlecht über Tote sprechen soll. Mein Vater war ein Despot, ein Patriarch, ein Alleinherrscher, ein Diktator. Suchen Sie sich etwas aus."

„Dadurch hat man nicht nur Freunde", bemerkte Clemens Korthals kritisch.

„Da kann ich Ihnen nicht widersprechen. Hinzukommt, dass mein Vater Einfühlungsvermögen, Empathie und Freundlichkeit als Ausdruck von Schwäche ansah und es meisterhaft verstand, den Menschen auf die Füße zu treten und durch seine ruppige Art sehr schnell Personen gegen sich aufzubringen."

„Ihre Stiefmutter hatte den Eindruck, dass er dieses Image sogar pflegen würde", warf Anna ein.

„Da muss ich ihr ausnahmsweise einmal recht geben."

„Unabhängig von den Menschen, die mit der Art Ihres Vaters nicht einverstanden waren, können Sie sich jemanden vorstellen, der ihn derart gehasst hat, dass er auch zum Mörder werden würde?", bohrte Anna nach.

Constantin Hardenberg hob die Schultern. „Ich weiß es nicht. Wer kann schon in die Köpfe der Menschen gucken? Selbst bei meinem eigenen Vater war mir das nicht möglich. Ich glaube, es gab niemanden auf der Welt, der genau wusste, wie mein Vater tickte."

„Welche Funktion haben Sie in dem Hotelkonzern?", schaltete sich Clemens Korthals wieder in das Gespräch ein.

Der Sohn des Hoteliers schien für einen Augenblick irritiert zu sein. „Ich bin der Justiziar des Unternehmens. Sämtliche rechtlichen Angelegenheiten laufen über meinen Tisch. Verträge, Konzessionen und so weiter."

„Verbunden mit einer Prokura?" Oberkommissar Korthals und auch Anna kannten die Antwort aufgrund der Aussage der Ehefrau des Toten bereits im Voraus.

„Nein. So etwas gab es in der Gedankenwelt meines Vaters überhaupt nicht. Der Konzern war er und kein anderer. Er vertraute niemandem und war zudem ein absoluter Kontrollfreak."

„Aber das Unternehmen beschäftigt doch einen Geschäftsführer?", setzte Anna die Befragung fort.

Constantin Hardenberg schmunzelte abfällig. „Ja, das ist richtig. Jean-Pierre Carmouflage hat die offizielle Titulierung eines Geschäftsführers. Seine Aufgaben beschränken sich jedoch ausschließlich auf repräsentative Tätigkeiten. Prokura hat auch er nicht. "

„Welche Funktion hat Ihre Schwester im Konzern?", setzte Anna nach.

„Sie ist unsere Marketing Managerin. Kümmert sich also darum, dass unsere dreiundzwanzig Hotels weltweit werbemäßig optimal platziert sind."

„Ist Ihre Schwester heute im Haus? Können wir Sie anschließend auch noch sprechen?", fragte Clemens Korthals nach.

„Nein, das tut mir leid. Die ist vorgestern nach Sizilien geflogen. Der italienische Hotelmarkt ist gegenwärtig ein wenig unübersichtlich. Da gilt es, klare Strukturen zu schaffen. Das ist in den mediterranen Ländern nicht immer ganz problemlos."

Anna sah ihren Kollegen verwundert an. Der hob kaum merklich die Schultern. „Haben sie Ihre Schwester über den plötzlichen Tod Ihres Vaters inzwischen informiert?"

„Ja, natürlich. An den geschäftlichen Notwendigkeiten wird das aber kaum etwas ändern. The show must go on."

Anna atmete tief durch. „Und wie wird die Show, wie Sie es bezeichnen, weitergehen, wo doch Ihr Vater bisher alle Fäden des Unternehmens in der Hand hielt?"

„Woher soll ich das wissen?" Das Thema schien Constantin Hardenberg nicht zu gefallen. Seine anfangs demonstrierte Gelassenheit fing an zu bröckeln. „Ich gehe davon aus, dass mein Vater ein Testament hinterlässt, in dem er alles bis aufs Kleinste geregelt hat. Sein langjähriger Anwalt, Engelbert Dabelstein, hat die Testamentseröffnung in seiner Kanzlei für die nächste Woche terminiert. Dann wissen auch wir mehr."

„Herr Hardenberg, wo waren Sie am Abend des 11. August?" Überrascht sah der Sohn des Toten Oberkommissar Korthals an. Es dauerte eine Weile, bis er die Bedeutung der Frage erfasst hatte. Entrüstet richtete er sich auf. „Sie wollen von mir ein Alibi? Ich soll meinen Vater umgebracht haben?"

„Kein Grund zur Beunruhigung", schaltet sich Anna ein, „reine Routine. Beantworten Sie einfach die Frage meines Kollegen."

„Ich muss schon sehr bitten. Ich war zu Hause. Meine Frau kann Ihnen das bestätigen."

Anna ließ sich durch die Entrüstung ihres Gegenübers nicht irritieren. Sie kannte solche Reaktionen. „Wir werden das überprüfen. Wann können wir Ihre Schwester wieder erreichen?"

„Sie wird spätestens in drei Tagen wieder in ihrem Büro sein", kam die kurz angebundene Antwort.

Anna bedankte sich. „Eine abschließende Frage noch. Wie wir erfahren haben, war Ihr Vater ein leidenschaftlicher Sammler von antiquarischen Büchern. War Ihnen das bekannt?"

„Was mein Vater in seiner Freizeit tat und wofür er sein Geld ausgab, weiß ich nicht. Wenn ich ganz ehrlich bin, es interessiert mich auch nicht. Ich habe bis heute nicht verstanden, weshalb er Unsummen für diesen alten Kram ausgegeben hat. In jedem unserer Hotels finden Sie antiquarische Kostbarkeiten als Schaustücke in Vitrinen. Welch eine Verschwendung."

Anna hatte den Eindruck, dass der Hotelierssohn die Befragung immer mehr als lästig empfand. Zumindest sprachen seine abfälligen Bemerkungen und seine abweisende Haltung dafür.

„Oh, ich wollte nicht stören." In der Tür stand plötzlich eine große und schlanke männliche Erscheinung, die einem Film vergangener Zeiten entflohen sein musste. Sie trug einen schwarzen Gehrock und ein auberginefarbenes Hemd mit Stehkragen darunter. Die gleichfarbigen Röhrenhosen endeten in schnabelförmigen Lackschuhen. Die Blässe seines hageren Gesichts wurde noch durch das gegelte schwarze Haar betont. Auf der hakenförmigen Nase saß eine randlose Brille.

„Sie stören nicht. Die Herrschaften von der Kripo wollten gerade gehen." Constantin Hardenberg hatte sich erhoben. Anna und Clemens Korthals standen ebenfalls auf.

„Da Herr Hardenberg auf die Vorstellung meiner Person großzügig verzichtet, erlauben Sie mir, dass ich mich Ihnen persönlich offerieren darf. Mein Name ist Jean-Pierre Carmouflage. Ich bin der Geschäftsführer des Hotelkonzerns Hardenberg." Dabei deutete er eine dezente Verbeugung an.

„Wir sind erfreut, Sie kennenzulernen", reagierte Clemens Korthals als erster, „es wäre ganz in unserem Sinne, wenn Sie einen kleinen Teil Ihrer kostbaren Zeit gegenwärtig für uns opfern könnten. Herr Hardenberg hat ganz recht, hier sind wir fürs erste fertig."

Anna nickte ihrem Kollegen zu. Nur ein leichtes Zucken ihrer Mundwinkel ließ erkennen, dass sie sich über Clemens` übertriebene Wortwahl amüsierte. Der Geschäftsführer schien hingegen nicht irritiert zu sein.

Die beiden Kommissare verabschiedeten sich von dem Sohn des Toten und folgten dem Geschäftsführer über den Flur, nachdem dieser gnädig seine Bereitschaft für eine kurze Befragung erklärt hatte.

Als Anna und Clemens Korthals sein Büro betraten, sahen sie sich anerkennend an. Der Raum des Hotelierssohn wirkte im Vergleich zu diesem wie eine möblierte Abstellkammer. Die Krönung des weitläufigen Zimmers des Geschäftsführers war ein beeindruckendes Panoramafenster, das einen freien Blick über den Hafen auf Lübecks Altstadt erlaubte.

„Nehmen Sie bitte Platz", lud Jean-Pierre Carmouflage seine Gäste mit einer nonchalanten Handbewegung ein und setzte sich ebenfalls zu ihnen, nachdem er ein paar Worte in sein Smartphone gesprochen hatte.

„Sie werden verstehen, dass der plötzliche Tod von Herrn Hardenberg, der von uns allen sehr geschätzt wurde, nicht spurlos an uns vorüber gegangen ist. Betroffenheit ist da nur ein zu milder Ausdruck dieser Tragödie."

Anna war sich nicht ganz sicher, ob sie hier in einem Panoptikum gelandet war oder nur eine Schmierenkomödie aufgeführt wurde. Ihr Kollege Clemens schien die affektierten Ausführungen des Geschäftsführers zu belustigen, was zweifelsfrei seinen blitzenden Augen zu entnehmen war.

Anna räusperte sich und hatte sofort die Aufmerksamkeit ihres selbstgefälligen Gegenübers. „Herr Carmouflage, Sie sind der Geschäftsführer dieses Unternehmens. Daraus lässt sich sicherlich ableiten, dass Sie und Herr Hardenberg ein besonderes Vertrauensverhältnis verband. Liege ich da richtig?"

Jean-Pierre Carmouflage richtet sich in seinem Sessel ein wenig auf und unterstrich seine Worte mit einer bedeutungsvollen Miene.

„Nun, eine solche Aufgabe, wie die meine, in einem internationalen Konzern, wie dem unseren, ist ohne grenzenloses Vertrauen und letztlich auch nicht ganz ohne gegenseitigen Respekt kaum vorstellbar."

Von diesem Pfau ist keine ernsthafte Aussage zu erwarten, kam es Anna in den Sinn. Noch bevor sie eine weitere Frage stellen konnte, wurde die Tür geöffnet und eine junge Frau rollte einen Servierwagen herein, den sie unmittelbar vor der Sitzgruppe platzierte.

„Ich danke Ihnen, Lisa, alles andere werde ich schon selbst erledigen." Jean-Pierre Carmouflage erhob sich und entfernte die Abdeckungen des Servierwagens. Neben verschiedenen Karaffen mehrerer Erfrischungsgetränke fehlten auch kleine Canapés belegt mit Kaviar und Lachs nicht. „Bitte bedienen Sie sich. Unerfreuliche Ereignisse müssen nicht zwangsweise guten Stil und Lebensqualität vermissen lassen. Ich nehme an, Herr Hardenberg hat es versäumt, Ihnen etwas anzubieten."

„Sehr aufmerksam von Ihnen. Vielen Dank. Aber wir sind nicht zum Smalltalk hier, sondern haben einen Mord aufzuklären." Die Antwort der Kommissarin auf seine kulinarische Offerte gefiel dem Geschäftsführer nicht. Beleidigt setzte er sich wieder und nahm eine Position ein, die anscheinend erhabene Souveränität vermitteln sollte. Er schlug erneut die langen Beine übereinander und legte die rechte Hand an seine Wange, während die Linke seinen Ellenbogen unterstützte.

Anna ließ sich dadurch nicht stören. „Wann haben Sie Ihren Chef das letzte Mal gesehen?"

„Nun es bleibt nicht aus, dass man sich in unseren Positionen des Öfteren austauscht. Um Ihre Frage exakt beantworten zu können, müsste ich meinen stark strapazierten Terminkalender bemühen." Jean-Pierre Carmouflages Wohlwollen den beiden Kommissaren gegenüber hatte einen merklichen Dämpfer erhalten, nachdem sein feinschmeckerisches Angebot so brüsk ignoriert worden war. Seine Körperhaltung und sein abweisender Gesichtsausdruck bewiesen es unmissverständlich. Außerdem machte er keine Anstalten, in seinem Terminkalender nachzusehen.

Oberkommissar Korthals beugte sich vor und sah den Geschäftsführer mit zusammengekniffenen Augen an. Langsam verlor er seine Geduld. „Herr Carmouflage, wir haben den Eindruck, dass Sie den Ernst der Lage noch nicht richtig erfasst haben. Ihr Chef ist tot. Er wurde erschlagen. Wir, die Kriminalpolizei, ermitteln und wollen den Mörder fassen. Dazu bedarf es keiner Häppchen und keiner Phrasen. Eine ganz einfache Frage jetzt. Wollen Sie uns kurz und sachgerecht antworten oder müssen wir Sie auf das Kommissariat ins Polizeihochhaus beordern?"

Der Geschäftsführer wich erschrocken zurück. Betreten sah er die beiden Kommissare an. „Sie werden doch wohl auch mir eine gewisse Betroffenheit bei diesem grausamen Verbrechen zugestehen." Clemens Korthals wechselte einen resignierenden und hilfesuchenden Blick mit Anna. Die nickte kaum merklich.

„Herr Carmouflage, ist denn die Frage so schwer zu beantworten? Noch einmal. Wann haben Sie Herrn Hardenberg das letzte Mal gesehen?" Anna formulierte ihre Frage betont langsam und geduldig.

„Es muss vor drei Tagen gewesen sein. Ich selber habe gar nicht mit ihm gesprochen. Ich hörte nur seine Stimme im Büro von Herrn Hardenberg Junior." Der Geschäftsführer wirkte immer noch pikiert.

„Haben Sie gelauscht oder war die Stimme so laut?" Jean-Pierre Carmouflage sah den Oberkommissar erschrocken an. „Ich würde nie im Leben jemanden belauschen. Was denken Sie eigentlich von mir? Ja, die beiden haben gestritten. Das war nicht zu überhören."

„Wissen Sie, worum der Streit ging?", setzte Anna die Befragung fort.

„Nein. Ganz und gar nicht."

„Noch einmal zum Arbeitsablauf in diesem Haus. Sie sind der Geschäftsführer. Über die Funktionen von Herrn Hardenberg Junior und seiner Schwester sind wir informiert. Welche Aufgabe haben Sie konkret im Konzern?"

Jean-Pierre Carmouflage schien Annas Frage zu irritieren. Verständnislos blickte er beide Kommissare abwechselnd an.

„Wie ich schon erwähnt habe, ich führe den Hotelkonzern." Gleichzeitig entfernte er einen imaginären Fussel von seiner Hose.

„Aber Prokura haben Sie nicht", warf Clemens Korthals herausfordernd ein.

Jean-Pierre Carmouflage rümpfte die Nase. „Ich wüsste nicht, was ein solch nebensächliches Papier an meiner verantwortungsvollen Geschäftsführung geändert hätte."

„Nur für unser Verständnis", schaltete Anna sich wieder ein, „sämtliche Entscheidungen, den Konzern betreffend, hat ausschließlich Alexander Hardenberg getroffen und Sie haben sie dann in seinem Sinne umgesetzt."

„Wenn Sie so wollen, bitte." Der Geschäftsführer schien mit dieser präzisen Beschreibung seiner wenig selbständigen Position nicht zufrieden zu sein.

„Wo waren Sie am 11. August gegen 22 Uhr?" Dieser abrupte Themenwechsel durch Oberkommissar Korthals warf den empfindsamen Geschäftsführer völlig aus dem Gleichgewicht. Entsetzt starrte er den Kommissar an. Zugleich zerrte er an seinem Hemdkragen, als würde er ihm zu eng werden. Schweiß trat ihm auf die Stirn.

„Sie verdächtigen mich des Mordes an Herrn Hardenberg?", stieß er schwer atmend hervor. „Großer Gott, welch eine infame Vorstellung. Wie können Sie mir nur so eine verwerfliche Tat unterstellen?" Schluchzend schlug er die Hände vor sein Gesicht.

„Herr Carmouflage, auch das war nur eine einfache Frage, die ebenso einfach zu beantworten ist." Clemens Korthals hatte seine Stimme gehoben.

Der erschütterte Geschäftsführer senkte die Hände und sah den Oberkommissar fassungslos an. „Eine Frage, die aber doch zweifelsfrei die grässliche Tat an Herrn Hardenberg in Bezug zu meiner Person suggeriert. Allein der Gedanke ist geradezu entsetzlich. Ich bin ein Mann des Friedens. Gewalt ist mir ein Gräuel."

Auch Annas Geduld erschöpfte sich langsam. Trotz ihrer ausgeprägten Menschenkenntnis konnte sie den Geschäftsführer nicht richtig einschätzen. Durch sein Auftreten, seine

Kleidung, seine Bewegungen und die Art zu sprechen erfüllte er zweifelsfrei das Klischee eines Homosexuellen. Doch das allein machte ihn nicht verdächtig. Vielmehr irritierte sie die emotionalen Ausflüchte, wenn es um die Beantwortung der Fragen ging. Verfügte er möglicherweise über ein ausgeprägtes schauspielerisches Talent und glaubte, auf diese Weise unliebsame Wahrheiten zu kaschieren?

„Herr Carmouflage, beantworten Sie bitte die Frage meines Kollegen."

„Ich war mit meinem Freund in einer Bar in Hamburg zu jener Zeit."

Anna blickte den Geschäftsführer überrascht an. Auch wenn sein Mienenspiel seine Entrüstung aufgrund der Frage nach seinem Alibi weiterhin verriet, war sie doch über die kurze und direkte Antwort verwundert. „Sie können uns sicherlich auch den Namen Ihres Freundes und den der Bar verraten."

Jean-Pierre Carmouflage zögerte. „Ich möchte ungern, dass mein Freund Unannehmlichkeiten bekommt. Er ist schließlich ein erfolgreicher Geschäftsmann und auf sein Renommee bedacht."

„Keine Sorge, wir werden ihn mit Glaceehandschuhen anfassen", bemerkte Clemens Korthals ironisch, „wie heißt er denn nun."

„Norbert Liliencron", kam die kurze Antwort.

„Geht doch", bemerkte der Oberkommissar knapp, „und welcher so löblichen Profession geht Ihr Freund nach?"

„Norbert Liliencron betreibt ein alteingesessenes hanseatisches Antiquitäten- und Auktionshaus."

Jean-Pierre Carmouflage betonte seine Aussage noch mit einem bedeutungsvollen Gesichtsausdruck.

„Und wie hieß das Lokal, in dem Sie verkehrt haben?"

„Das heißt ´Bei Marianne` und befindet sich im Stadtteil St. Georg in Hamburg."

„Das werden wir überprüfen", stellte Anna fest. „So viel für heute. Halten Sie sich bitte zu unserer Verfügung. Wir werden garantiert im Rahmen der Ermittlungen noch die eine oder andere Frage an Sie haben." Die beiden Kommissare erhoben und verabschiedeten sich.

Jean-Pierre Carmouflage schien seine gute Erziehung völlig vergessen zu haben. Sprachlos blickte er den beiden hinterher. Ohne ein Wort zu sagen. Ohne sie zum Ausgang zu begleiten.

Anna und Clemens Korthals hatten einige Mühe, sich auf dem Weg nach draußen das Lachen zu verkneifen. Erst als sie im Auto saßen, brach es aus ihnen heraus.

„Mein Gott, was war das denn für ein komischer Kauz?" Clemens Korthals konnte sich gar nicht wieder einkriegen. „Eigentlich fehlte dem nur noch ein Monokel."

Anna lachte ebenfalls herzlich. „Ein Beweis dafür, wie abwechslungsreich doch unser Beruf ist. Du siehst, lieber Clemens, das selbst Todesermittlungen nicht nur Anlass zum Trübsal bieten."

„Du musst zugeben, Chefin, wir haben in unserem Job ja schon mit vielen Verrückten zu tun gehabt, aber eine solche Knallerbse ist uns bisher noch nie über den Weg gelaufen. Der kann ja nun wirklich mit der flachen Hand die Hose bügeln. Was mich allerdings etwas verwundert hat, wieso denn die Schwulenkneipe, die er uns genannt hat, `Bei Marianne´ heißt. Da passt doch das eine nicht zum anderen."

„Oh, Clemens, das wundert mich aber. Du bist doch sonst stets well informed. Wusstest du etwa nicht, dass die Schlagersängerin Marianne Rosenberg von den Homosexuellen geradezu wie eine Ikone verehrt wird?"

„Nee, das wusste ich wirklich nicht. Und wenn ich ganz ehrlich bin, möchte ich auch gar nicht allzu viel davon wissen."

„Aber jetzt im Ernst, Clemens, ich frage mich, wieso Hardenberg, den wir nach unseren ersten Erkenntnissen als eher pragmatischen Griesgram einschätzen würden, einen solchen Paradiesvogel zu seinem Geschäftsführer gemacht hat?"

„Vielleicht haben die beiden gemeinsame Leichen im Keller."

Anna hielt den Kopf schief. „Nein, das glaube ich nicht. Der Sohn und auch Carmouflage selbst haben uns doch verraten, dass der Geschäftsführer nur repräsentative Aufgaben hätte. Vermutlich hat der alte Hardenberg mit dieser Aufgabe bewusst diesen eleganten Grüßonkel ausgewählt, der ihm nicht in die Suppe spuckt und von dem er definitiv keine Konkurrenz im eigenen Haus zu erwarten hatte."

Clemens Korthals nickte zustimmend. „Du magst recht haben. Gleichzeitig hält er seine eigenen Kinder von der obersten Führungsebene des Konzerns fern und behält alles in eigener Hand. Doch der Alleinherrscher ist tot. Was kommt nun?"

Anna lehnte ihren linken Ellenbogen auf die Schreibtischplatte und wählte eine Nummer in Hamburg.

„Haferkamp", meldete sich kurz darauf eine männliche Stimme.

„Hier ist Anna Severin aus Lübeck. Moin, Peter."

„Anna, sei gegrüßt. Du rufst an, weil du mit mir endlich einen Termin für den abendlichen Wein bei Sonnenuntergang an der Ostsee vereinbaren willst. Gib es zu."

„Genau das ist der Grund", antwortete Anna lachend. Sie kannte ihren Kollegen Peter Haferkamp von einigen länderübergreifenden Fortbildungen der Kriminalpolizei. Ein äußerst akribischer Arbeiter, aber auch ein immer gut aufgelegter Mensch. „Darf ich bei der Gelegenheit auch einen dienstlichen Wunsch äußern?"

„Wenn es gar nicht anders geht. Was kann ich für dich tun?"

„Bei meinen Ermittlungen im Mordfall Hardenberg bräuchte ich eine Alibiüberprüfung. Wenn ich das über ein offizielles Amtshilfeersuchen starte, hab ich in zwei Monaten noch keine Antwort, wie du weißt."

„Und da hast du sofort an den lieben Peter gedacht, denn der hilft ja gerne."

Anna musste wieder lachen. „Genauso ist es. Der Mann, der uns interessiert, heißt Norbert Liliencron und betreibt nach unseren Kenntnissen in Hamburg ein Antiquitäten- und Auktionshaus. Da bei dem Mord auch wertvolle Bücher geraubt worden sind und er bereits zwei Mal wegen Hehlerei angeklagt war, wenn er auch nicht verurteilt wurde, ist er nicht ganz uninteressant für uns. Zumal auch der Geschäftsführer des Hardenberg Hotel Konzerns ihn als Zeuge für sein Alibi benannt hat. Angeblich will er zur Tatzeit mit seinem Freund in einem Lokal ´Bei Marianne` in St. Georg gewesen sein. Alle Einzelheiten, Tatzeit, Namen und so weiter, schicke ich dir noch per Mail. "

„Kein Problem, Anna. Weder die Szenekneipe noch das Auktionshaus sind Unbekannte für uns. Ich helfe gerne. Ich melde mich in Kürze bei dir. Und vergiss nicht den Wein bei Sonnenuntergang."

Kapitel 6

Lindberg lehnte sich in seinem Schreibtischstuhl zurück und fuhr sich durch die Haare. Er konnte sich einfach nicht konzentrieren. Es waren nur noch zehn Tage, bis sein Verlag das überarbeitete Manuskript seines nächsten Krimis sehen wollte. Doch der Mord an Hardenberg, das mysteriöse Verschwinden der wertvollen Bücher, dieses lästige Auftreten des Oberstaatsanwalts und sein Verdacht und auch die Geschichte, die Sandra ihnen erzählt hatte, beschäftigten ihn mehr, als ihm lieb war. Gleichzeitig missfiel ihm der morgendliche Artikel in der Zeitung, in dem ausführlich über den Mord an Hardenberg berichtet wurde, aber ebenso abenteuerliche Spekulationen über die möglichen Motive angestellt wurden. Auch auf die drei antiquarischen Bücher wies man hin. Obwohl keine Namen erwähnt worden waren, konnten Insider Lindbergs persönliche Verbindungen zu der Tat durchaus konstruieren. Andererseits faszinierte ihn die persönliche Nähe zu diesem Mordfall. Die Tatsache, dass er vor allen anderen am Tatort war und den Toten entdeckt hatte, gab der Geschichte einen besonderen Kick. Seine Kriminalromane zeichneten sich auch bisher durch die realitätsnahen Beschreibungen tatsächlicher Fälle aus. Dieser versprach eine ganz neue Dimension der Erzählperspektive. Er musste sich die Situation noch einmal vor Augen führen. Wie hatte er den Toten angetroffen? Was hatte er gefühlt? Wie folgerichtig waren seine Handlungen gewesen?

Lindberg zog einen Schreibblock hervor und machte sich Notizen. Immer wieder schloss er für einen kurzen Moment die Augen, um sich konzentriert erinnern zu können. Plötzlich hielt er inne und griff gleich darauf zum Telefon.

„Hallo, Lindberg", meldete sich Anna sofort, „wenn du mich im Dienst anrufst, muss es irgendwo brennen."

„Ganz so schlimm ist es nicht, aber ich habe eine Frage. Habt ihr auf dem Schreibtisch von Hardenberg oder irgendwo im Haus eine Bronzeskulptur gefunden, die die kleine Tänzerin von Degas zeigt?"

„Lindberg, du weißt ganz genau, dass ich dir dazu nichts sagen darf."

„Na gut, dann lege ich eben wieder auf. Ich wollte ja nur helfen."

„Nun sei nicht so kindisch. Warum fragst du?"

„Nachdem ich mir eben noch einmal den Tatort vor Augen geführt habe, fiel mir ein, dass diese Figur am Vortag auf dem Schreibtisch stand. Am Tag, als ich den Toten fand, war sie aber nicht mehr da."

„Das ist fürwahr bemerkenswert. Warte einmal kurz." Lindberg hörte, wie Anna in irgendwelchen Unterlagen blätterte.

„Auf den Tatortfotos ist keine Skulptur auf dem Schreibtisch zu entdecken. Aber mein Kollege Bockmann muss jeden Augenblick aus Travemünde wiederkommen. Er sollte mit der Haushälterin eine Bestandsaufnahme machen. Vielleicht wissen wir dann mehr. Wie groß war die Skulptur?"

„Nicht sehr groß. Ich schätze insgesamt dreißig Zentimeter hoch. Es war eine dunkel patinierte Bronzefigur auf einem rund zehn Zentimeter hohen weißen Marmorsockel", antwortete Lindberg nach kurzem Überlegen. „Tatwaffe oder nicht, das ist hier die Frage?"

„Lindberg, Lindberg, du bist unverbesserlich. Aber zunächst vielen Dank für deinen Hinweis. Ich melde mich."

Kaum hatte Lindberg den Hörer aufgelegt, klingelte sein Telefon.

„Hier ist Eberhard. Mensch, Lindberg, was lese ich da gerade in der Zeitung. Der Hardenberg wurde ermordet. Haben Sie damit etwas zu tun?"

„Nun beruhigen Sie sich mal wieder, Professor. Ja, die ganze Geschichte ist grausam und rätselhaft zugleich." Lindberg erzählte dem Professor anschließend von seinen Erlebnissen, mehrfach unterbrochen von mitfühlendem Stöhnen des Antiquars.

„Und ich war derjenige, der Sie in diese Bredouille gebracht hat", bemerkte Anton Eberhard schuldbewusst.

„Eine solche Entwicklung konnten Sie nun wahrhaftig nicht voraussehen, Professor. Allerdings wird in absehbarer Zeit sicherlich die Kripo auch bei ihnen vor der Tür stehen, weil ich bei meiner Aussage Ihren Namen nicht unterschlagen konnte. Immerhin wollte die Polizei ja wissen, warum ich in Hardenbergs Haus war."

„Ja, ja, das verstehe ich auch. Grausam, einfach grausam. Die drei in der Zeitung erwähnten Bücher sind ja wahre Kostbarkeiten. Und die sind auch verschwunden?" Der Professor konnte seine professionelle Neugier nicht unterdrücken.

„Auf jeden Fall hat die Kripo die drei Bücher, die ich am Vortag in Augenschein genommen habe, nicht gefunden. Soviel ich weiß, gehen sie gegenwärtig davon aus, dass der Mord im Zusammenhang mit dem Raub der Bücher steht."

„Welchen historischen Wert messen Sie den Büchern zu, die Sie gesehen haben?", bohrte der Professor nach.

„Ich hatte ja nur kurze Zeit für meine Nachforschungen, aber ich glaube ich bin einer kleinen Sensation auf der Spur. Sagen Ihnen die Worte l'abeille bien-aimée etwas?"

„Wollen Sie meine Französischkenntnisse prüfen? Oder was

soll die Frage nach der geliebten Biene bedeuten?" Der Professor klang beleidigt.

Lindberg überging seinen unterschwelligen Protest. „In dem kleinsten von Hardenbergs Büchern findet sich der Abdruck mehrerer Briefe zwischen Katharina der Großen und Voltaire. Wie Sie sicherlich wissen, sind die Sammlungen der Korrespondenz, die bis heute abgedruckt wurden, immer noch lückenhaft. Insbesondere die ersten Briefe sind unauffindbar, obwohl man sie bereits zu Lebzeiten von Katharina gedruckt hat. Nach Untersuchungen der Russischen Historischen Gesellschaft soll es angeblich nur noch ein Exemplar dieses Buches weltweit geben, das Insider mit dem Begriff `L'abeille bien-aimée` bezeichnen."

Das Erstaunen des Professors war selbst durch das Telefon zu hören. „Aber wie erklärt sich dieser Bezug zur Biene?"

„Angeblich soll Voltaire Katharina in einem seiner Briefe ein Gedicht geschrieben haben, in dem er sie und ihr Wirken mit einer Biene vergleicht", wusste Lindberg zu berichten.

Der Professor schwieg eine Weile. „Doch wer wusste davon, dass diese Kostbarkeiten in Hardenbergs Besitz waren?"

„Diese Frage wird Ihnen vermutlich auch die Polizei stellen, Professor. Ich kann Sie Ihnen nicht beantworten."

„Welch ein Dilemma. Ich kann es kaum fassen. Aber zunächst vielen Dank, dass Sie mich informiert haben. Es tut mir leid, dass ich Sie so arg in Verlegenheit gebracht habe."

Lindberg konnte den Professor nicht mehr beruhigen. Er hatte bereits aufgelegt.

Gedankenverloren blieb Lindberg an seinem Schreibtisch sitzen. Doch dann griff er entschlossen erneut zum Telefon.

„Tobias, ich bin in einer halben Stunde bei dir. Setz schon mal den Kaffee auf", ordnete er an.

„Gerne doch, Sherlock Holmes, dein Dr. Watson hat ja auch sonst nichts Besseres zu tun, als auf deine Anrufe zu warten. Was ist los, Lindberg? Bist du wieder auf der Flucht?"

„Nein, nein. Wir müssen in Sandras Angelegenheit einen Schlachtplan entwerfen. Bis gleich." Lindberg legte auf.

Mit dem Motorrad brauchte Lindberg nicht lange, um Tobias` Fischerkate in Schlutup zu erreichen. Als er das ungeordnete Refugium seines Freundes betrat, roch es zu seiner Überraschung nach frisch aufgebrühtem Kaffee.

„Du siehst genervt aus, alter Freund", begrüßte Tobias Lindberg, als der sich auf einen der nicht mit Akten belegten Gartenstühle gesetzt hatte.

„Ich weiß auch nicht, was mit mir los ist? Seit Jahren beschäftige ich mich in meinen Romanen mit Mord und Totschlag und in dem Augenblick, wo ich selber über ein Mordopfer stolpere, reagiere ich wie eine Klosterschwester. Ich glaube, ich werde alt, Tobias."

„Jetzt kommen mir aber gleich die Tränen. Mitleid erwartest du von mir aber nicht. Hier, trink erst einmal einen Kaffee. Der erweckt die Lebensgeister." Tobias stellte einen dampfenden Kaffeebecher vor Lindberg auf die Ecke seines Schreibtisches und setzte sich. „Du sagst, wir müssen über Sandra sprechen. Hast du schon einen Plan, wie wir dem schmierigen Katzbach ein Bein stellen wollen?"

„Nein, bisher noch nicht. Wegen der Hardenbergsache war dafür wohl noch kein Platz in meinem Hirn frei."

Tobias nickte verständnisvoll. „Fest steht, an dem Freispruch für Katzbach ist juristisch nicht mehr zu rütteln. Ganz gleich, was wir vorhaben, ich würde Sandra in keiner Weise mehr mit Katzbach in Verbindung bringen wollen."

„Das sehe ich auch so", stimmte Lindberg zu, „was ist mit diesem Zeugen, der die beiden im Kopierraum ertappt hatte und vor Gericht nichts gesehen haben will?"

Lindbergs Freund blätterte in seinem Notizbuch herum. „Timo Mischke heißt er. Auch wenn wir ihn unter Druck setzen würden, weil er einen Meineid geleistet hat, wie soll uns das weiterhelfen?"

Lindberg nickte gedankenverloren.

„Was hältst du von Rosi als Lockvogel?", fuhr Tobias fort, als Lindberg nicht antwortete. „Sie hat uns in der Vergangenheit mit ihrem schauspielerischen Talent doch schon so manchen guten Dienst erwiesen. Und für ihre Freundin Sandra würde sie bestimmt alles tun."

„Grundsätzlich hast du sicherlich recht, aber können wir sie in dieser Angelegenheit so einfach in die Öffentlichkeit zerren? Auf welche Weise bringt man einen Egomanen wie Katzbach zu Fall?"

„Ich glaube, ein Weg wäre es, zunächst sein selbstgefälliges Spießerimage anzukratzen", schlug Tobias vor.

„Nicht schlecht, mein Freund. Und wenn er danach taumelt, ist es für uns ein Leichtes, ihm einen letzten Tritt zu verpassen."

Das gutmütige Blubbern der Kawasaki erstarb, als Lindberg sein Motorrad vor seinem Haus in der Hüxstraße abstellte. Kaum hatte er seinen Helm abgenommen, erklang eine Stimme von der anderen Seite der Straße.

„Ciao, Lindberg, come stai?"

„Grazie mille, Francesco", antwortete Lindberg lachend, als er den Besitzer der kleinen Pizzeria entdeckte, „molto bene.

Und wie geht es dir und deiner Familie?"

„Wir heute feiern ein Fest. Du musst kommen. Sofia hat bekommen ein Bambino", erzählte der Sizilianer aufgeregt.

Lindberg mochte den kleinen Mann, der seit einigen Jahren in seinem Restaurant sehr erfolgreich Köstlichkeiten seiner Heimat anbot. Sofia war eine seiner fünf Töchter. Wie oft Francesco inzwischen Großvater geworden war, wusste Lindberg nicht. „Gratuliere, Francesco. Ich komme gerne. Heute Abend?"

„Du kannst kommen immer, wann willst du. C´e` sempre del vino al Francesco". Fröhlich winkte er Lindberg zu und verschwand in seiner Pizzeria.

Vielleicht sollten wir gedankenschweren Teutonen uns einmal mehr an der südländischen Lebensfreude orientieren, kam es Lindberg in den Sinn, als er die Treppe in seinem Haus zur ersten Etage hinaufstieg. Erschrocken blieb er vor dem Eingang zu seiner Wohnung stehen. Die Tür stand offen. Er wusste, dass er sie abgeschlossen hatte. Wie immer, wenn er das Haus verließ. Kein Zweifel, sie war gewaltsam aufgebrochen worden. Lindberg lauschte. Aus den Räumen war kein Laut zu hören. Vorsichtig schob er die Wohnungstür auf. Entsetzt hielt er die Luft an, als er das Chaos erblickte, das sich ihm bot. Langsam, wie im Trance durchschritt er die Räume. Sämtliche Schranktüren standen offen. Der Inhalt der Schubladen lag auf dem Boden verstreut. Ebenso wie die Bücher und Ordner aus den Regalen. Auch sein Schreibtisch sah aus, als ob eine Bombe geplatzt wäre.

Lindberg verstand die Welt nicht mehr. Wer hatte hier etwas gesucht? Und was? Er holte sein Smartphone hervor und drückte Annas Kurzwahl.

„Lindberg, wie soll ich deine ständige Sehnsucht nach mir

verstehen?", meldete sich seine Freundin.

„Schön, wenn es so wäre, aber bei mir haben sie eingebrochen, Anna. Meine Wohnung sieht aus wie ein mittelschweres Eisenbahnunglück."

„Ach, du lieber Gott. Eine Glückssträhne hast du wahrhaftig gerade nicht. Ich schicke dir meine Kollegen vom Einbruch und die KTU. Fass bitte nichts an, Lindberg."

„Ich bin ja kein Trottel, Anna", bemerkte Lindberg beleidigt.

Es dauerte keine fünf Minuten, als ein Streifenwagen vor dem Haus in der Hüxstraße hielt. Kurze Zeit später traf Kriminaloberkommissar Leverenz vom Kommissariat 12 für Einbruchsdelikte mit seinen Kollegen ein. Mit wenigen Worten beschrieb Lindberg ihm, wie er seine Wohnung vorgefunden hatte.

„Sie lassen wohl gar nichts aus, um die Glaubwürdigkeit in Ihren Romanen zu zementieren. Erst Mord, dann Einbruch. Was kommt noch?"

Lindberg fuhr herum. Vor ihm stand grinsend Kriminalhauptkommissar Anderlecht, der Leiter der KTU. Sein ganz spezieller Freund.

„Sie haben mir gerade noch gefehlt", rutschte es Lindberg heraus, als er den selbstgefälligen Leiter der KTU vor sich stehen sah. „Seit wann befasst sich der Herrscher über den kriminellen Mikrokosmos persönlich mit banalen Einbrüchen?"

„Wenn Ihnen jemand auf die Finger schauen muss, dann ja wohl ich", erklärte der Chef der Spurensuche herablassend.

„Sie kennen sich?", fragte Oberkommissar Leverenz nach, noch bevor Lindberg antworten konnte.

„Uns verbindet eine innige Freundschaft. Was kann es für

einen Kriminalschriftsteller besseres geben, als die Nähe zu einem so begnadeten Spurensucher." Lindberg hatte nicht vor, sich von diesem aufgeblasenen Selbstdarsteller provozieren zu lassen.

„Ihnen wird Ihre Überheblichkeit noch vergehen, Lindberg. Das garantiere ich Ihnen", brauste der Leiter der Kriminaltechnik auf und verschwand fluchend in der Wohnung.

„Ich nehme an, ich werde eine Weile meine Räume nicht betreten können", wandte sich Lindberg kopfschüttelnd Oberkommissar Leverenz zu.

„Ja, das wird eine Zeit dauern, da sie ja mehrere Etagen bewohnen. Im Erdgeschoss ist nur die Goldschmiede, oder?"

„So ist es, aber die hat regelmäßig am Mittwochnachmittag geschlossen. Irgendwelche Hinweise über mögliche ungebetene Gäste können wir hier wohl nicht erhalten. Einen Zugang zu den Wohnräumen gibt es nur über diesen Flur und das Treppenhaus", beschrieb Lindberg die Lage.

„Gut, wo kann ich Sie erreichen, falls ich noch Fragen habe?"

Lindberg kramte aus seiner Lederjacke eine Visitenkarte hervor und reichte sie dem Oberkommissar. „Ich bin die nächste Zeit schräg gegenüber bei Francesco in der Pizzeria."

Lindbergs Ärger über den Einbruch und die Unannehmlichkeiten wegen des Mordes an Hardenberg verflogen in Sekundenschnelle. Francescos Pizzeria glich einem Marktplatz italienischer Lebensfreude. Ungefähr fünfzig Personen jeden Alters sprachen zur selben Zeit. Lautstark und leidenschaftlich. Kinder liefen übermütig zwischen Tisch und Stühlen herum, und über allem klang aus den Lautsprechern Eros Ramazzotti. Bevor Lindberg sich versah, drückte ihm eine junge Frau ein Rotweinglas in die Hand und zog ihn mitten in die palavernde Menge hinein.

„Lindberg, du schon da?" Francesco tauchte plötzlich vor ihm auf und strahlte ihn an. „Komm, du musst sehen Bambino".

Umrahmt von Müttern und Tanten saß Francescos Tochter Sofia auf einem Sofa und hielt ein Neugenborenes im Arm, das trotz des Lärms selig schlummerte.

„Das ist Luigi. Lindberg, guckst du!" Voll Stolz präsentierte Francesco seinen jüngsten Enkel. Lindberg gratulierte der jungen Mutter herzlich. Als der Italiener seiner Familie anschließend den berühmten Kriminalschriftsteller von Gegenüber vorstellte, war ihm respektvolle Anerkennung aber zugleich uneingeschränkter Familienanschluss sicher. Frauen wie Männer waren rührend um ihn besorgt. Sie servierten ihm unaufhaltsam verschiedene Antipasti und achteten peinlich darauf, dass sein Weinglas nie leer war. Stets verbunden mit einem übersprudelnden italienischen Redeschwall, von dem Lindberg kaum etwas verstand.

„Meine Familie ist unhöflich, Herr Lindberg. Aber so sind wir Sizilianer eben." Lindberg drehte sich um. An seine Seite hatte sich ein älterer Herr mit weißem Haar und einem ebenso weißen Schnauzbart gesetzt. „Obwohl die meisten von ihnen schon viele Jahre in Deutschland leben, bei Familienfeiern sind sie alle nur noch Sizilianer."

„Das kann ich sehr gut verstehen. Dafür müssen Sie sich nicht entschuldigen. Im Gegenteil, ich genieße diese südländische Fröhlichkeit. Wir Deutschen sollten ruhig ein bisschen mehr davon haben. Es würde das Leben in vielen Fällen erträglicher machen", antwortete Lindberg lächelnd.

„Da haben Sie unwidersprochen recht. Mein Name ist übrigens Salvatore Di Mauro. Ich bin ein Onkel von Francesco", erklärte der alte Mann weiterhin in perfektem Deutsch. „Erlauben Sie eine Frage, Herr Lindberg? Woher nehmen Sie die Ideen für Ihre Kriminalromane?"

„Das interessiert Sie wirklich? Nun ich versuche, mich an wahren Fällen zu orientieren. Sie geben mir die Handlung aber nur begrenzt vor. Es bleibt ein Roman, also eine erfundene Geschichte mit fiktiven Figuren ..."

„Molto bene. Due esperti insieme", wurde Lindberg durch Francesco unterbrochen, „hat Onkel Salvatore verraten, dass er für Polizia siciliana hat gearbeitet und ist verheiratet mit deutsche Frau?"

„Francesco, du bist ein Plappermaul", wies ihn der Onkel zurecht.

„Was ist Plappermaul?" Francesco blickte seinen Onkel und Lindberg abwechselnd an, als die beiden anfingen zu lachen.

„Francesco, ich werde es dir erklären. Was macht Tante Josepha am liebsten?" fragte der Onkel Francesco immer noch lachend.

„Palare molto!", kam die prompte Antwort.

„Si, Francesco, nun weißt du, was ein Plappermaul ist. Francesco setzte sich. „Lindberg, jetzt verrate ich dir Geheimnis. Eigentlich Onkel Salvadore ist mein Lieblingsonkel. Aber manchmal, wenn er sagt so etwas wie eben, dann ich weiß gar nicht, ob ich verwandt bin." Dabei griff er zu einer Grappaflasche und schenkte drei Gläser voll. „Lass trinken uns auf Sofias Bambino und sizilianische Plappermaul, Salute!"

Lindberg wusste nicht, wie lange er sich schon mit Francesco und Onkel Salvatore über die Mafia auf Sizilien und über kriminelle Banden in Deutschland unterhalten hatte, als er aus dem Augenwinkel eine Bewegung an der Eingangstür bemerkte. Es war Anna, die sich suchend umsah.

Lindberg entspannte sich, legte die Füße hoch, rückte ein Kissen zurecht und ließ seinen Oberkörper auf die Couch fallen. Welch eine Wohltat nach dem verrückten Trubel des Tages. Nachdem Oberkommissar Leverenz ihm und Anna erklärt hatte, dass er die Wohnung noch nicht freigeben könnte, hatte Anna ihm kurzerhand ihren Wohnungsschlüssel in die Hand gedrückt und war mit einem „Wir sehen uns heute Abend" wieder verschwunden. Lindberg wollte nicht den ganzen Tag in seinem Motorradleder herumlaufen und hatte sich eine Jeans und ein leichtes Sommerjackett gekauft, dann ein paar Telefonate geführt, bis er irgendwann am Nachmittag in Annas Wohnung an der Untertrave erschöpft auf die Couch gefallen war.

Das Antiquariat glich einem Inferno. Die Regale waren leergefegt. Der Boden war bedeckt mit aufgerissenen Büchern. Inmitten des Chaos stand händeringend der Professor und schrie. „Was hast du getan, Lindberg? Du Verbrecher … Verbrecher … Verbrecher." Das Echo verhallte langsam, wehte durch Lübecks Gassen. Lindberg fand sich in einem Straßencafé wieder. Menschen mit Büchern unter den Armen hasteten an ihm vorbei. Er bestellte einen Espresso. Der Duft frisch gebrühten Kaffees stieg ihm in die Nase. Ein kleiner glatzköpfiger Mann zeigte mit dem Finger auf ihn. Plötzlich wurde er von hinten an der Schulter gepackt. Heftig drehte er sich um und wollte die bedrohliche Hand wegschlagen.

„Ganz ruhig, mein müder Krieger. Von mir droht keine Gefahr", hörte er aus der Ferne eine bekannte Stimme. Er schlug die Augen auf. Über ihm stand Anna und lächelte ihn an. „Träume sagen die Wahrheit, behauptet man. Deine müssen ganz schön aufregend gewesen sein."

Lindberg richtete sich auf und schüttelte den Kopf. „Es ist wirklich kaum zu glauben, welchen Mist man manchmal zusammenträumt. Aber komisch ist es schon. Ich habe eben tatsächlich geträumt, dass es nach Kaffee riecht. Und jetzt wo ich wach bin, duftet es gleichermaßen wohltuend."

„Ich habe mir gedacht, eine kleine belebende Stärkung kann nicht verkehrt sein", erklärte Anna und stellte einen dampfenden Kaffeebecher vor Lindberg auf den Tisch.

„Wie lange habe ich geschlafen?"

„Ich weiß es nicht. Ich bin vor einer halben Stunde gekommen. Jetzt ist es kurz vor sieben."

Lindberg fasste sich an den Kopf. „Mein Gott, dann war ich fast drei Stunden weggetreten."

„Bei der Aufregung der letzten Tage nur verständlich", meinte Anna verständnisvoll.

Lindberg nahm einen kräftigen Schluck Kaffee. „Francescos Vino und Grappa waren vermutlich auch nicht ganz unschuldig daran. Gibt es etwas Neues wegen des Einbruchs?"

„Ich hab mit meinem Kollegen Leverenz gesprochen, aber die KTU ist noch nicht fertig. Du darfst dich also auf eine erholsame Nacht auf meiner Couch einrichten, auf der du dich ja schon wie Zuhause fühlst."

Lindberg seufzte resignierend. „Tut mir leid, Anna, dass ich dir Sorgen bereite."

„Ich habe keine Sorgen, mein lieber Lindberg. Vielmehr solltest du dir Gedanken darüber machen, wer dein Zuhause derart verwüstet hat."

„Das wüsste ich auch gerne. Bei mir gibt es doch nun wahrhaftig nichts zu holen."

Anna nickt zustimmend. „So, wie Leverenz mir berichtet hat, war sein Eindruck, dass jemand systematisch etwas gesucht haben muss. Aber bei dem Chaos, den der Einbrecher angerichtet hat, kann das nur eine Vermutung sein."

Lindberg hätte auch ganz gerne mehr über die Ermittlungen im Fall des Hoteliers Hardenberg erfahren, aber Anna mauerte einmal wieder, so dass er nicht weiter fragte, um sie nicht in Verlegenheit und Gewissensnöte zu bringen. Irgendwann würde es einen besseren Zeitpunkt geben.

Kapitel 7

Es kam nicht oft vor, dass Anna am frühen Morgen einen Gast zum Frühstück zu bewirten hatte. Auch wenn Lindberg zum Inventar ihres Lebens gehörte, so warf seine Anwesenheit in ihrer Wohnung doch den gewohnten Ablauf durcheinander. Gleichwohl war es ihr nicht unangenehm, dafür zu sorgen, dass ihr Freund einen guten Start in den Tag bekam. Entdeckte sie gerade mütterliche Instinkte bei sich? Während Lindberg sich noch im Badezimmer aufhielt, werkelte sie fröhlich vor sich hin pfeifend in der Küche herum, kochte Eier und Kaffee und deckt den Frühstückstisch.

„Anna, ich glaube ich könnte mich daran gewöhnen, dass eine liebenswürdige Fee wie du mir jeden Morgen den Sprung in die grausame Welt versüßt." Lindberg strahlte Anna über den Frühstücktisch hinweg an und goss sich eine zweite Tasse Kaffee ein.

„Trautes Heim, Glück allein? Ach, Lindberg, daran glaubst du doch selbst nicht. Dafür sind wir beide doch viel zu unruhige Geister. Außerdem würde ich einen Heiratsantrag von dir zwischen klebriger Marmelade und kleckerndem Eigelb wegen mangelnder Romantik gnadenlos ablehnen."

Lindberg warf Anna einen Luftkuss über den Tisch zu. „Das ist mein Los. Ich wusste, dass ich bei dir auf Granit beißen würde. So wird das Heulen des einsamen Wolfes dich auch weiter in deiner Nächten verfolgen."

Anna lachte. „Lindberg, mir kommen gleich die Tränen. Aber bevor wir uns noch weiter in fantastischen Welten verirren. Wir müssen los. Am besten, ich nehme dich mit in die Direktion. Da erfahren wir am ehesten, was nun mit deiner Wohnung ist."

Gemeinsam räumten sie den Frühstückstisch ab und warfen sich ihre Jacken über. Anna öffnete die Wohnungstür und erschrak. Unmittelbar vor ihnen standen zwei Polizeibeamte in Uniform.

„Mein Gott, was habe ich mich erschrocken. Was machen Sie denn hier, Kollegen?" Anna hatte sich schnell wieder gesammelt.

„Sind Sie Karl-Magnus Lindberg?", fragte einer der Uniformierten und sah an Anna vorbei.

„Ja, der bin ich. Was ist denn los?"

„Sie sind wegen des Verdachts des Mordes an dem Hotelier Alexander Hardenberg vorläufig festgenommen", erklärte der Polizeibeamte mit steinernem Gesicht.

Anna sah von ihren Kollegen zu Lindberg und glaubte nicht richtig gehört zu haben.

„Was ist das denn für ein Witz?", entfuhr es ihr. „Wer hat das denn angeordnet?"

„Eine Weisung der Staatsanwaltschaft Lübeck", kam die Antwort des Beamten. Dabei trat er vor, zückte seine Handschellen und wollte sie Lindberg anlegen.

Anna stellte sich ihm in den Weg. „Moment einmal. Irgendetwas stimmt hier nicht, liebe Kollegen. Ich leite die Ermittlungen im Fall Hardenberg. Herr Lindberg ist in keiner Weise tatverdächtig."

„Wir befolgen lediglich die Weisung der Staatsanwaltschaft", kam die lapidare Antwort von Annas Kollegen.

„Sie stecken die Handschellen wieder ein und wir werden gemeinsam in die Direktion fahren, um alles aufzuklären. Verstanden?"

Die Polizeibeamten zuckten mit den Schultern. „Auf Ihre Verantwortung."

„So ist es. Herr Lindberg fährt in meinem Wagen mit. Sie

können uns ja hinterher fahren und darauf achten, dass wir nicht flüchten." Anna konnte sich angesichts dieser grotesken Situation ihren Sarkasmus nicht verkneifen.

Kaum hatten sie in Annas Auto Platz genommen, brach es aus Lindberg heraus. „Was ist das denn für eine Nummer, Anna? Kannst du dir das erklären?"

„Nein, beim besten Willen nicht. Aber das werden wir gleich aufklären. Um keine Fehler zu machen und damit meine Kollegen keinen Ärger bekommen, macht es Sinn, dass du im Vernehmungsraum Platz nimmst, wenn wir in der Direktion sind. Ich komme dann sofort zu dir, wenn ich Genaueres weiß und diesen Schwachsinn aufgeklärt habe."

Lindberg nickte. „Wenn es der Sache dient."

„Clemens, Herr Bockmann, in mein Büro!" Kaum waren ihre beiden Mitarbeiter mit erstaunten Gesichtern eingetreten, fuhr Anna fort. „Wer von euch hat über meinen Kopf hinweg die Verhaftung von Lindberg angeordnet?"

Die beiden Kommissare sahen sich verwundert an.

„Lindbergs Verhaftung? Wovon sprichst du, Chefin?", reagierte Clemens Korthals als Erster.

„Wollt ihr mir damit sagen, dass ihr ebenso wie ich nichts von der ganzen Sache wisst? Niemand aus der Mordkommission hat daran mitgewirkt?"

„Chefin, wir sind genauso baff wie du. Von einer Verhaftung Lindbergs war doch nie die Rede. Und warum auch? Nur weil er die Leiche gefunden hat?" Kommissar Bockmann pflichtete seinem Kollegen mit heftigem Kopfnicken bei.

Anna lehnte sich in ihrem Stuhl zurück und legte schweigend ihren rechten Zeigefinger an die Nase. Dann griff sie zum Telefon und drückte eine Kurzwahl.

„Guten Morgen, Frau Pantaenius, ist der Chef schon im Haus?", fragte Anna, als die Vorzimmerdame des Leiters der Kripo sich meldete.

„Aber sicher, Frau Severin. Sie wissen doch, früher Vogel fängt den Wurm. Ich stelle Sie gleich durch."

„Frau Severin, guten Morgen. Was kann ich für Sie tun?", meldete sich Kriminaldirektor Wolfgang Mertens freundlich.

„Eine kurze Frage nur, Herr Mertens. Haben Sie die Verhaftung von Karl-Magnus Lindberg angeordnet?"

„Nein, wie kommen Sie darauf? Und wenn, dann hätte ich das doch nie über Ihren Kopf hinweg getan und mit Ihnen abgesprochen. Was ist denn passiert? War Herr Lindberg denn je tatverdächtig?"

Anna berichtete dem Leiter der Kripo kurz von den morgendlichen Geschehnissen.

„Welche Erklärung haben Sie für dieses ungewöhnliche Verfahren?", wollte der Kriminaldirektor im Anschluss von Anna wissen.

„Ich weiß nicht, was hier gegenwärtig gespielt wird, Herr Mertens. Ich muss mit der Staatsanwaltschaft sprechen, danach weiß ich sicherlich mehr. Ich werde Sie auf dem Laufenden halten", antwortete Anna und beendete das Gespräch.

Noch bevor Anna die Nummer der Staatsanwaltschaft wählen konnte, wurde sie durch laute Stimmen auf dem Flur abgelenkt.

„Machen Sie den Weg frei. Was erlauben Sie sich?" Mit hochrotem Kopf fuchtelte Oberstaatsanwalt Reichenbach mit den Armen herum und versuchte an Clemens Korthals vorbeizukommen, der ihm den Weg in den Vernehmungsraum versperrte.

„Herr Oberstaatsanwalt, meine Chefin hat das dringende

Bedürfnis, mit Ihnen ein paar Worte zu wechseln", erklärte der Oberkommissar in stoischer Ruhe und wies mit dem Arm zu den Räumen der Mordkommission.

Wutentbrannt rauschte der Oberstaatsanwalt in Annas Büro. „Das Verhalten Ihrer Mitarbeiter ist an Impertinenz nicht zu überbieten, Frau Severin. Ich protestiere auf das Schärfste. Wollen auch Sie mich von der Vernehmung eines Tatverdächtigen abhalten." Nach Luft schnappend stand Oberstaatsanwalt Reichenbach vor Annas Schreibtisch.

„Guten Morgen, Herr Reichenbach. Ich schlage vor, dass Sie sich erst einmal setzen und wieder beruhigen. Wie es scheint, müssen wir einige grundsätzliche Dinge klären."

„Ich wüsste nicht, was es hier noch zu klären gibt."

Anna kam hinter ihrem Schreibtisch hervor, ging auf den Besprechungstisch zu und lud ihren ungebetenen Gast ein, sich zu setzen. Widerwillig folgte der Oberstaatsanwalt ihrer Eilandung und nahm Platz.

„Gehe ich recht in der Annahme, dass Sie die Festnahme von Karl-Magnus Lindberg angeordnet haben?", fragte Anna in bewusst ruhigem Ton.

„Selbstverständlich. Aber ich bin Ihnen gegenüber doch wohl keine Rechenschaft schuldig", kam die entrüstete Antwort.

Anna überging die Bemerkung. „Aufgrund welcher Grundlage beruht denn Ihr Tatverdacht gegen Herrn Lindberg?"

„Das ist doch wohl eindeutig, wenn eines der gestohlenen Bücher des Ermordeten in der Wohnung von Herrn Lindberg gefunden wird."

Anna runzelte die Stirn, zögert aber nur kurz. „Darf ich wissen, woher Sie diese Erkenntnis haben?"

„Aus dem Bericht der KTU natürlich, woher sonst. Was soll

denn diese unnötige Fragerei?"

Annas Vermutung nahm immer mehr Konturen an. „Und dieser Bericht, den Sie unmittelbar von der KTU erhalten haben, hat sie zur Anordnung der Verhaftung veranlasst?"

„Frau Severin, ich bin nicht bereit, mich von Ihnen wie ein Verdächtiger verhören zu lassen. Was bilden Sie sich eigentlich ein?" Der Oberstaatsanwalt machte Anstalten, aufzustehen.

„Herr Oberstaatsanwalt!" Anna hatte ihre Stimme erhoben. Nicht ohne Wirkung. Der Oberstaatsanwalt starrte sie an und setzte sich wieder. „Sie sind lange genug im Geschäft, um zu wissen, wie eine ordentliche Ermittlung abläuft. Für Mord ist mein Kommissariat zuständig und die Ermittlungen liegen federführend in meiner Hand." Anna ließ sich nicht unterbrechen. „Wenn Ihnen Tatsachen zu Ohren kommen, die diesen Fall betreffen, dann erwarte ich von Ihnen, dass Sie mich umgehend informieren. Wenn Ihnen zudem der Bericht der KTU auf dubiose Weise direkt zugespielt wurde, bevor er im Kommissariat 11 gelandet ist und sie das ohne Absprache zu weiteren strafrechtlichen Maßnahmen veranlasst, verstoßen Sie zweifelsfrei gegen übliche Verfahrensweisen und gefährden den reibungslosen Ablauf der Ermittlungen."

Oberstaatsanwalt Reichenbach schnappte wieder voller Entsetzen nach Luft. „Sie sind ja wohl vollkommen von der Hybris gepackt. Wie reden Sie eigentlich mit mir? Ich werde mir diesen Unfug nicht länger anhören. Ich werde jetzt den Tatverdächtigen Lindberg vernehmen. Ob Sie wollen oder nicht. Nur zu Ihrer Kenntnis, ich bin als Mitglied der Staatsanwaltschaft Herr des Verfahrens in Strafangelegenheiten und nicht die Polizei."

„Dem widerspreche ich ja gar nicht, aber ich gehe davon

aus, dass Sie mich als Leiterin der Ermittlungen in einem späteren Gerichtsverfahren als Zeugin laden werden. Was meinen Sie, wie gut die Staatsanwaltschaft dastehen wird, wenn ich vor Gericht aussagen muss, dass ich in die Maßnahmen der Staatsanwaltschaft nicht eingebunden war und somit auch keine rechtsverwertbaren Aussagen machen kann. Das wäre für den Anwalt des Angeklagten sicherlich ein Festtag und ein gefundenes Fressen."

„Das ist infam und hinterhältig", empörte sich der Oberstaatsanwalt mit hochrotem Kopf, „das wagen Sie nicht."

„Wollen Sie es darauf ankommen lassen? Meinetwegen. Ich gehe davon aus, dass Sie grundsätzlich nichts dagegen haben, wenn ich bei Ihrer Befragung von Lindberg dabei bin", erklärte Anna selbstbewusst und erhob sich. Oberstaatsanwalt Reichenbach wirkte verwirrt, stand dann aber ebenfalls auf und rauschte Richtung Vernehmungsraum davon. Anna folgte ihm. Unterwegs drückte Clemens Korthals ihr eine Akte in die Hand. Es war der Bericht der KTU, der inzwischen auch im Kommissariat 11 eingetrudelt war.

Oberstaatsanwalt Reichenbach hielt sich nicht lange mit irgendwelchen Floskeln auf, nachdem er den Vernehmungsraum betreten hatte. Anna signalisierte Lindberg unbemerkt, ruhig zu bleiben.

„Karl-Magnus Lindberg, Ihnen wird vorgeworfen am 11. August dieses Jahres den Hotelier Alexander Hardenberg hinterrücks erschlagen zu haben. Wollen Sie sich dazu äußern?", begann der Oberstaatsanwalt die Vernehmung mit einer erhobenen Stimme, die er vermutlich für autoritär erachtete.

Lindberg sah ihn freundlich an und antwortete: „Nein."

Oberstaatsanwalt Reichenbach schien verwundert zu sein.

„Sie wollen ernsthaft keine Aussage machen? Das eine sage ich Ihnen, damit werden Sie Ihre gegenwärtige Situation nicht verbessern."

Lindberg lächelte freundlich. „Auf hirnrissige Fragen antworte ich grundsätzlich nicht."

Der Oberstaatsanwalt holte tief Luft und pumpte wie ein Maikäfer kurz vor seinem Abflug. „Es ist ja wohl nicht zu glauben. Ich nehme an, Sie sind sich Ihrer verhängnisvollen Lage nicht bewusst. Deswegen rekapituliere ich noch einmal für Ihr Verständnis. Sie haben in Kenntnis des Besitzes der überaus wertvollen Bücher des Hoteliers Alexander Hardenberg diesen am Abend des 11. August aufgesucht und erschlagen. Dabei haben sie die erwähnten Bücher entwendet. Am Tag darauf täuschten sie den Fund des Ermordeten vor, entzogen sich aber bei Ankunft der Polizei durch Flucht. Den untrüglichen Beweis erbrachte der Fund eines der kostbaren Bücher in ihrer Wohnung am gestrigen Tage. Wollen Sie sich angesichts dieser gravierenden Tatsachen immer noch nicht äußern?"

Lindberg wechselte einen kurzen Blick mit Anna, die den Ausführungen des Oberstaatsanwalts nur mit mitleidigem Lächeln gefolgt war.

„Sie glauben das wirklich, was Sie sich da zusammengeschustert haben, oder?"

Bevor der Oberstaatanwalt abermals aufbrausen konnte, wurde er durch ein Klopfen an der Tür unterbrochen. Gleich darauf trat Tobias Richter ein.

„Guten Morgen, meine Dame, meine Herren. Wenn ich kurz stören darf. Ich bin Tobias Richter, der Anwalt von Herrn Lindberg. Sie werden sicherlich Verständnis dafür haben, Herr Oberstaatsanwalt, dass ich gerne mit meinem

Mandanten unter vier Augen sprechen möchte."

Anna wusste nicht, ob sie lachen oder weinen sollte. Einerseits war sie voller Zorn darüber, dass der Oberstaatsanwalt seine selbstgefällige Show abspielte ohne die dienstlichen Regeln zu beachten, andererseits freute sie sich innerlich, auf welche elegante Weise Tobias und Lindberg ihn leerlaufen ließen. Dadurch, dass Lindberg keine Aussage zu dem Mordvorwurf machte und der Oberstaatsanwalt Fluchtgefahr unterstellte, blieb Lindberg in Haft. Ein Termin beim Haftrichter war für den nächsten Tag angesetzt. Anna hielt die ganze Angelegenheit für eine Farce. Aber sie wusste auch, dass sie sich zurückhalten musste, wenn sie nicht Gefahr laufen wollte, dass man sie wegen der Freundschaft zu Lindberg und somit wegen Befangenheit vom Fall abziehen würde. Doch Lindberg als Mörder war schon grundsätzlich ein Witz. Fraglich war nur, auf welche Weise Reichenbach den Bericht der KTU so früh erhalten hatte.

Als sie wieder in ihrem Büro saß, wählte sie kurz entschlossen die Nummer des Leiters der KTU. Noch bevor Kriminalhauptkommissar Anderlecht sich melden konnte, überfiel Anna ihn. „Heribert, du bist ja wohl vollkommen verblödet. Was sollte diese Attacke gegen Lindberg?"

„Anna Severin, die Meisterermittlerin, ist entrüstet, wie niedlich", stellte der Leiter der KTU in süffisant abfälligen Ton fest. Doch Anna ließ sich nicht provozieren. „Heribert, ich weiß nicht, welches hinterhältige Spiel du spielst, aber jetzt bist du zu weit gegangen. Dadurch, dass du den KTU-Bericht über den Einbruch bei Lindberg direkt an die Staatsanwaltschaft geleitet und das Kommissariat bewusst umgangen hast, steht dir eine Ermittlung durch die Dienstaufsicht ins Haus. Man wird dich wegen eines Dienstvergehens belangen. Ich werde dir das Leben in Zukunft sehr schwer machen. Darauf kannst du dich verlassen. Dein sicher gedachter Stuhl wackelt erheblich. Such dir schon einmal ein ruhiges Plätzchen im Keller in der Aktenablage aus."

„Du hast ja wohl nicht alle …" Das weitere Aufbrausen ihres Kollegen hörte Anna nicht mehr. Sie hatte den Hörer aufgelegt.

„Meine Herrschaften, ich habe heute nicht viel Zeit. Sie kennen das ja. Termine. Termine", eröffnete der Haftrichter Rüdiger Felgenhauer die Besprechung in seinen Amtsräumen.

„Herr Vorsitzender, in dem Mordfall Alexander Hardenberg besteht dringender Tatverdacht gegen Karl-Magnus Lindberg", ließ sich Oberstaatsanwalt Reichenbach nicht lange bitten.

„Haben wir ein Geständnis von Herrn Lindberg?", hakte der Haftrichter nach.

„Nein, das liegt gegenwärtig nicht vor …"

„… und wird es auch in Zukunft nicht geben", ergänzte Lindberg lächelnd.

„Nun lassen Sie erst einmal den Herrn Staatsanwalt zu Worte kommen, Herr Lindberg", schaltete der Haftrichter sich ein.

Oberstaatsanwalt Reichenbach fühlte sich aufgefordert, fortzufahren. „Am 11. August dieses Jahres begab sich der Verdächtige in den Abendstunden nach Travemünde in das Haus des Hoteliers Hardenberg, den er am Vormittag bereits einmal aufgesucht hatte, um eine Expertise für drei wertvolle Bücher abzugeben. Am Abend dann erschlug er den Hotelier und raubte die drei Bücher. Am nächsten Morgen erschien der Beschuldigte wieder in Travemünde und spielte der Kripo vor, dass er den Toten entdeckt hätte. Zudem entzog er sich dem Zugriff der Polizei durch Flucht. Ein Alibi für den Tatzeitraum kann er nicht nachweisen. Am 13. August meldete der Verdächtige einen Einbruch in seiner Wohnung Lübeck, Hüxstraße. Bei der Untersuchung durch die KTU wurde eines der geraubten Bücher entdeckt, womit der Verdacht des Mordes in Tateinheit mit Raub bewiesen ist. Aufgrund des bereits gezeigten Verhaltens des Beschuldigten besteht Fluchtgefahr."

Lindberg beobachtet, dass Tobias während der konstruierten Beschreibungen durch den Oberstaatsanwalt lediglich teilnahmslos mit seinem Kugelschreiber spielte. Als dieser geendet hatte, hob er langsam seinen Kopf und blickte ihn durchdringend an.

„Glauben Sie wirklich, was Sie eben beschrieben haben?"

„Herr Anwalt, bitte!", rief der Haftrichter Tobias zur Ordnung.

Tobias ließ sich nicht bremsen. „Verzeihen Sie, Herr Vorsitzender. Gegen Fantasie ist ja auch in Juristenkreisen nichts einzuwenden, aber dabei darf die Wahrhaftigkeit nicht auf der Strecke bleiben." Als der Haftrichter erneut eingreifen wollte, hob Tobias entschuldigend die Hände und fuhr fort.

„Der von der Staatsanwaltschaft vorgetragene Ablauf entspricht nicht den Tatsachen. Es ist richtig, dass mein Mandant aufgrund einer erbetenen Expertise den Hotelier am Morgen des 11. August in Travemünde aufgesucht hat. Das erklärt auch seine Fingerabdrücke am Tatort. Ebenfalls stimmt es, dass er den Toten am 12. morgens aufgefunden hat, nachdem er die ganze Nacht über in seiner Wohnung recherchiert und die Expertise erstellt hat. Eine Flucht nach Entdeckung der Tat fand nicht statt. Woraus die Staatsanwaltschaft diese vermeintliche Tatsache ableitet, ist mir nicht bekannt. Die Ermittlungsakten ergeben zumindest keinen Hinweis darauf. Sollte mein Mandant tatsächlich geflohen sein, wäre sicherlich auch eine Fahndung die logische Folge gewesen. Aber auch die ist nirgends vermerkt. Die ermittelnde Beamtin der Mordkommission, Kriminalhauptkommissarin Severin, kann ebenfalls die Flucht meines Mandanten nicht bestätigen.

„Kriminalhauptkommissarin Severin und …", versuchte der Oberstaatsanwalt Tobias zu unterbrechen, doch der Haftrichter bremste ihn und bat ihn mit mahnenden Worten, den Anwalt aussprechen zu lassen. Tobias bedankte sich.

„Kommen wir zum Einbruch. Für wie blöd hält der Oberstaatsanwalt meinen Mandanten eigentlich, wenn er behauptet, dass mein Mandant nach dem Raubmord die entwendeten Bücher oder auch nur eines davon bei sich im Regal offen liegen lässt? Selbst der dümmste Dieb versteckt seine Beute."

„Herr Anwalt, bitte. Bedenken Sie Ihre Wortwahl. Wie erklären Sie sich denn das Buch in der Wohnung des Beschuldigten?", wollte der Haftrichter wissen.

„Für mich gibt es nur eine Erklärung, dass der Einbruch ausschließlich dem Zweck diente, Beweise zu schaffen, um meinen Mandanten der Taten bezichtigen zu können", stellte Tobias selbstbewusst fest.

„Machen Sie sich doch nicht lächerlich. Das Buch ist doch wahrhaftig ein untrügliches Indiz", echauffierte sich der Oberstaatsanwalt.

„Erlauben Sie mir eine klitzekleine Frage, Herr Reichenbach?", warf Tobias ein, ohne eine Antwort abzuwarten. „Welche Fingerabdrücke haben die Spurensucher denn auf dem Buch gefunden?"

„Was soll diese Frage?", entrüstete sich der Oberstaatsanwalt.
Ich hätte auch gerne eine Antwort, Herr Reichenbach", mahnte der Haftrichter an.

Oberstaatsanwalt Reichenbach wirkte verunsichert. Nervös blätterte er in seinen Unterlagen. Lindberg sah Tobias schmunzelnd von der Seite an.

„Ich werde Ihnen helfen, Herr Reichenbach", schaltete Tobias sich großzügig ein, „im Bericht der KTU wird explizit darauf hingewiesen, dass auf dem gefundenen Buch keine, ich betone, keine Fingerabdrücke zu finden waren. Das Buch war sorgfältig abgewischt worden. Warum sollte mein Mandant das tun?" Der Oberstaatsanwalt wühlte immer noch verzweifelt in seinen Akten.

Lindberg registrierte, dass der Haftrichter die Stirn runzelte, dann räusperte er sich. „Herr Lindberg, Sie sind Kriminalschriftsteller. Ist das richtig?"

„Ja, das ist richtig. Seit ungefähr zwölf Jahren."

„Das heißt, sie begeben sich gedanklich in die Welt von Tätern und Kriminellen?"

Lindberg wusste im ersten Augenblick nicht, was der Haftrichter mit der Frage bezwecken wollte. „Ja, auch das stimmt. Fantasie ist ein wichtiger Bestandteil meiner Arbeit. Krimileser sind sehr gewissenhaft. Die Fakten müssen stimmen. Abläufe müssen haargenau zueinander passen. Es muss alles folgerichtig sein und einen logischen Schluss haben."

Der Oberstaatsanwalt blickte irritiert auf. Anscheinend konnte er dem Ablauf des Gesprächs nicht mehr recht folgen.

Der Haftrichter nickte zufrieden. „Da ich davon ausgehen muss, dass Sie aufgrund Ihres fundierten Wissens über kriminelle Machenschaften durchaus geeignet wären, einen Plan für ein perfektes Verbrechen zu entwerfen, kann ich die von der Staatsanwaltschaft erklärten doch sehr lückenhaften Beweise nicht akzeptieren. Einen solchen Dilettantismus traue ich einem Mann Ihres Formates, Herr Lindberg, nicht zu."

Der Haftrichter wandte sich an den Oberstaatsanwalt, der ihn mit offenem Mund anstarrte. „Mein Beschluss. Karl-Magnus Lindberg ist unverzüglich auf freien Fuß zu setzen, da keine ausreichenden Haftgründe vorliegen. Und Ihnen, Herr Oberstaatsanwalt, rate ich dringend, Ihren Ermittlern ein wenig mehr auf die Finger zu schauen, denn das, was Sie mir heute präsentiert haben, war wahrhaftig keine Glanzleistung."

Oberstaatsanwalt Reichenbach lief rot an, schwieg aber. Er raffte seine Akten zusammen und verließ kommentarlos das Amtszimmer.

Lindberg und Tobias hatten sich auch erhoben, sahen sich an und nickten sich verständnisvoll zu.

„Herr Vorsitzender, außerhalb des Protokolls", begann Tobias vorsichtig, „auch wenn ich jetzt wie ein petzender Pennäler klinge. Aber die Ermittler der Kripo trifft keine Schuld. Allen voran Kriminalhauptkommissarin Severin als leitende Ermittlerin ist nichts vorzuwerfen. Ich glaube, Oberstaatsanwalt Reichenbach führt hier einen persönlichen Feldzug gegen die Leiterin der Mordkommission."

Richter Rüdiger Felgenhauer wollte schon gehen, drehte sich dann aber um. „Verehrter Herr Anwalt, ich kenne Frau Severin schon etwas länger und schätze ihre Arbeit sehr. Ich kenne auch den Oberstaatsanwalt bereits viele Jahre. Aber trotzdem vielen Dank für Ihren Hinweis. Seien Sie versichert, dass auch Richter über eine gewisse Portion an Menschenkenntnis verfügen. Guten Tag, meine Herren."

Kapitel 8

In dem Kartoffelkeller, dem gotischen Backsteingewölbe zu Füßen des Heiligen-Geist-Hospitals, herrschte an diesem Abend reger Betrieb. Seit Jahren hatte der Gastronom sein kulinarisches Angebot dem historischen Charakter und dem rustikalen Milieu angepasst. Nicht nur für Gäste der Hansestadt ein Grund, sich in den alten Gemäuern mit deftigen Speisen verwöhnen zu lassen.

Auch Tobias, Rosi und der Schrauber saßen an diesem Abend im Kartoffelkeller. Doch es waren nicht die Gaumenfreuden, die sie hier hergelockt hatten. Tobias war bei seinen Recherchen über Sandras ehemaligen aufdringlichen und frauenverachtenden Chef darauf gestoßen, dass sich dieser regelmäßig mit Herren aus Verwaltung und Vereinen im Kartoffelkeller traf. Gemeinsam hatten sie einen Plan entworfen, auf welche Weise sie Katzbach ein Bein stellen und ihn von seinem hohen Ross stoßen konnten. Darüber waren sie sich alle einig. Er durfte nicht ungestraft davonkommen. Allein Katzbachs Freispruch vor Gericht und die ehrverletzenden Angriffe seines Anwalts Sandra gegenüber schrien nach Gerechtigkeit. Von den sexuellen Belästigungen anderer Frauen ganz zu schweigen.

Tobias hatte sich durch einen anonymen Anruf vergewissert, dass Katzbach seinen Termin wahrnehmen würde. Und richtig, sie hatten ihn an diesem Abend im Kartoffelkeller angetroffen.

„Rosi, du musst die Gunst der Stunde ergreifen, wenn er aufsteht. Dann ist die beste Gelegenheit dazu …"

„Tobias, du bist eine alte Nervensäge. Das haben wir doch alles schon zwanzig Mal besprochen", unterbrach Rosi ihren Freund gereizt

Nur wenige Schritte von ihrem Tisch entfernt saß Dietmar Katzbach mit fünf anderen Herren in fröhlicher Runde und unterhielt sich angeregt. Auffällig war, dass er das Wort führte. Zwischenzeitlich wurde laut gelacht. Sein Nachbar klopfte ihm anerkennend auf die Schulter. So kannte man ihn. Zumindest präsentierte er sich so in der Öffentlichkeit. Ein jovialer Endfünfziger, ein liebvoller und besorgter Familienvater, der sich voll Inbrunst in den Dienst der guten Sache stellte. Er pflegte intensive Kontakte zu bedeutenden Persönlichkeiten der Stadt, wie auch an diesem Abend. Und alles nur zum Wohl der Menschheit, dem er sich als Vorsitzender von „Tutela", dem Verein zu Unterstützung notleidender Menschen, verschrieben hatte. In diesem wohlgefälligen Bild sonnte sich der vermeintliche Gutmensch Katzbach.

Rosi verzog angewidert das Gesicht. „Wie es aussieht. Lässt er sich wohl gerade wegen seiner Ruhmestaten mit den Frauen feiern."

„Einfach zum Kotzen, dieser Mistkerl", brummte der Schrauber und nahm ein Schluck Bier. Tobias und Rosi waren erstaunt, aber auch angetan von der ungewohnten Kleidung des Schraubers an diesem Abend. Er trug eine saubere Jeans, ein blaues Hemd mit offenem Kragen und dazu sogar ein dunkelblaues Jackett. Ein Anblick, der für seine Freunde mehr als ungewohnt war, da sie den Schrauber nur in ölverschmiertem Overall oder schwarzem Leder kannten. Auch Rosi war kaum wieder zu erkennen. Ihre blonde Mähne hatte sie unter einer schwarzen Kurzhaarperücke versteckt. Zudem trug sie eine dunkle Hornbrille und hatte ihre Haut mit einem dezenten Bronzeton bedeckt. Betont durch ihr schwarzrotes Kleid vermittelte sie den Eindruck einer südländischen Schönheit.

„Rosi, ich glaub es geht los", flüsterte Tobias aufgeregt. Alle Drei beobachteten, dass sich Dietmar Katzbach erhob und sich bei seinen Tischnachbarn lautstark für seine Konfirmandenblase entschuldigte.

Als er an dem Tisch der drei Freunde vorbeigehen wollte, schob Rosi urplötzlich ihren Stuhl zurück und stand auf. Katzbach konnte nicht mehr ausweichen. Strauchelnd stieß er mit Rosi zusammen und hielt sich an ihr fest, um nicht zu stürzen. „Oh, mein Gott. Das tut mir aber leid", stammelte er und richtet sich wieder auf.

„Wie es scheint, ist ja nichts passiert", erwiderte Rosi charmant lächelnd. Im selben Augenblick knickte sie mit einem Fuß auf ihren High Heels um und klammerte sich an Katzbach. In einem Reflex legte er seine Arme um sie, um sie vor einem Sturz zu bewahren. Seine Augen bekamen einen eigenartigen Glanz, als er registrierte, welch ein attraktives Geschöpf er gerade in den Armen hielt. Niemand hatte gemerkt, dass Tobias diese Szene mit einer kleinen versteckten Kamera festgehalten hatte. Doch es dauert nur wenige Sekunden, dass sich Katzbach an dem Genuss der begehrenswerten Frau im Arm erfreuen konnte. Der Schrauber sprang auf, ergriff Rosis Arm und riss sie von Katzbach los. „Was bildest du dir ein, du geiler Bock? Lass meine Freundin in Ruhe. Dir hat wohl lange keiner die Fresse poliert. Das kannst du gleich haben." Noch bevor Katzbach reagieren konnte, traf ihn die Faust des Schraubers wie ein Dampfhammer mitten auf der Nase. Krachend brach Katzbach zwischen den Stühlen zusammen. Blut schoss ihm aus der Nase. Erst jetzt bemerkten die anderen Gäste den Tumult, reckten die Hälse und standen vereinzelt an ihren Tischen auf, um besser sehen zu können. Hilfreiche Hände stürzten herbei und streckten sich dem gestrauchelten und blutenden Katzbach entgegen. Keiner kümmerte sich in diesem Augenblick um Rosi und den Schrauber. Die beiden nutzten das Tohuwabohu, lösten sich ungesehen aus der aufgeregten Menschenmenge und verließen ohne große Hast den Kartoffelkeller. Niemand hielt sie auf.

Obwohl Tobias im ersten Augenblick von der tatkräftigen Aktion des Schraubers überrascht war, erhob er sich unmittelbar darauf in demonstrativer Gelassenheit von seinem Platz und verließ ebenfalls ungehindert den Kartoffelkeller.

Tobias hatte Lindberg am Morgen nach seiner Haftentlassung nach Hause gefahren. Als dieser anbot, ihm beim Aufräumen seiner verwüsteten Wohnung zu helfen, hatte Lindberg großzügig darauf verzichtet. Wohl wissend, dass er danach kaum etwas wieder finden würde, wenn er auf das Hilfsangebot seines wenig ordnungsliebenden Freundes eingegangen wäre. Sie hatten sich für den Abend verabredet, da Tobias ihm versprochen hatte, ihm von dem geplanten Racheplan gegen Sandras Peiniger zu berichten.

Lindberg legte die Füße hoch und betrachte das Funkeln in seinem Rotweinglas. Seit Stunden kämpfte er sich durch das Chaos, um wieder einigermaßen Ordnung in seiner Wohnung zu schaffen. Die Ablenkung war ihm nach der Aufregung um den Mord an dem Hotelier und seiner Verhaftung sehr recht. Die unzähligen Fragen nach dem Warum beunruhigten ihn mehr, als er sich eingestehen wollte. Es wäre schon auf eine gewisse Weise grotesk, wenn man in den nächsten Schlagzeilen lesen könnte „Kriminalschriftsteller wegen Mordverdachts verhaftet." Lindberg war sich in seiner gegenwärtigen Lage nicht ganz sicher, ob er über diesen Gedanken lachen oder sich eher Sorgen machen sollte.   An der Haustür klingelte es. Kaum hatte Lindberg geöffnet, stürmte Tobias herein. „Kannst auflassen. Rosi und der Schrauber kommen auch gleich." Lindberg hörte bereits aufgeregte Stimmen im Treppenhaus.

„Was ist denn bloß los? Wieso seid ihr so aufgedreht? Hat irgendetwas nicht geklappt?" Lindberg musterte seine drei Freunde, als sie alle im Wohnzimmer standen.

„Ich glaube, wir sollten uns erst einmal setzen", stieß Rosi außer Atem hervor.

„Und ein Wodka wäre auch hilfreich", ergänzte Tobias und ließ sich ebenfalls in einen Sessel fallen.

Lediglich der Schrauber wirkte völlig gelassen und unbekümmert.

„Wodka gibt es erst, wenn ihr mir erzählt habt, was passiert ist", protestierte Lindberg und sah seine aufgeregten Freunde fragend an.

„Schrauber, warum musstest du denn dem Katzbach noch eine verpassen? Das war doch gar nicht eingeplant. Ich hatte meine Fotos doch schon längst gemacht", fiel Tobias über den Schrauber her.

„Du hast den Kerl umgehauen?" Lindberg sah den Motorradfreund ungläubig an.

„Mit der Faust voll auf die Zwölf. Das hat richtig geknirscht. Der ist umgekippt wie eine gefällte Eiche". Bei aller Entrüstung klang auch eine unterschwellige Bewunderung bei Tobias Worten mit.

Der Schrauber zuckte nur mit den Schultern. „Ich weiß gar nicht, was ihr alle wollt? Wenn es einer verdient hat, doch dieser Kotzbrocken, oder?"

Rosi blickte den Schrauber ein wenig mitleidig an. „Aber

war es denn wirklich nötig, Schrauber? Nicht dass sich der Kerl mit seiner gebrochenen Nase wohl möglich noch als großes Opfer feiern lässt."

„Eigentlich konnte ich gar nichts dafür", brummte der Schrauber grinsend, „das funktionierte irgendwie alles von ganz alleine. Meine Faust wollte unbedingt in dessen fiese Visage."

Die Drei mussten unwillkürlich lachen, angesichts ihres hünenhaften Freundes, der vollkommen unbekümmert von der unkontrollierbaren Macht seiner Faust erzählte.

„Schrauber, du bist schon eine ganz besondere Marke", stellte Lindberg fest, „aber es klingt ja so, als ob sonst alles wie geplant gelaufen ist. Dafür gibt es denn jetzt auch einen Wodka."

Nachdem Lindberg für seine Freunde Wodka-Lemon garniert mit Limettenscheiben zubereitet und serviert hatte, berichteten sie von dem erfolgreich abgelaufen Racheplan für Sandra.

„Rosi, war einfach einmalig", schwärmte Tobias, „eine perfekte und traumhafte Vorstellung." Der Schrauber nickte zustimmend und murmelte so etwas wie „Klasse Frau!"

„Ich hätte dich vorhin beinahe nicht erkannt", bemerkte Lindberg anerkennend.

„Mein Gott, ich laufe ja immer noch wie eine spanische Flamencotänzerin herum." Rosi sprang auf und riss sich die Perücke vom Kopf. „Kann ich mal dein Bad benutzen, Lindberg?"

„Natürlich. Du weißt ja, wo es ist."

„Ich gehe davon aus, dass du unseren Freund Havelmann bei der Zeitung instruiert hast?", fragte Tobias Lindberg.

„Ja, den habe ich heute Nachmittag noch erwischt. Der freut

sich schon auf deine Fotos. Er findet die Sache mit Sandra und Katzbach ebenso widerlich wie wir. Er ist ganz auf unserer Seite. Er versucht Foto und Text spätestens übermorgen im Blatt zu platzieren und hat auch zugesagt, dass Foto mit entsprechender Bildunterschrift an die wichtigsten Presseagenturen zu senden."

„Dann erscheint es nicht nur regional?", fragte der Schrauber nach.

„So ist es", bestätigte Lindberg zufrieden lächelnd, „dann findet sich der unwiderstehliche Katzbach möglicherweise sogar in den einschlägigen Magazinen wieder."

„Wobei das Wort ´einschlägig´ aufgrund des schwungvollen Einsatzes des Schraubers eine etwas bedenkliche Formulierung ist", bemerkte Tobias schmunzelnd. Der Schrauber hob lächelnd sein Glas und prostete Tobias zu.

„So, jetzt fühle ich mich ein bisschen wohler", seufzte Rosi erleichtert, ergriff ihr Wodkaglas und schüttelte ihre blonde Löwenmähne.

„Gefällt mir auch viel besser", grunzte der Schrauber für sich hin. Lindberg und Tobias sahen sich schmunzelnd an.

Die Haustürglocke erklang.

„Erwartest du noch jemanden?", fragte Tobias. Lindberg hob nicht wissend die Schultern und öffnete. „Anna, welch eine freudige Überraschung."

„Was ist das denn hier für eine Verschwörung? Habe ich etwas versäumt?" Anna blickte fragend in die Runde, als sie das Wohnzimmer betrat und alle Anwesenden begrüßt hatte.

„Nichts anderes als die moralische Unterstützung für einen stark gebeutelten Schriftsteller", erklärte Tobias freimütig.

„Auf irgendeine dubiose Weise ist Lindberg wohl in den vergangenen Tagen ein bisschen zwischen die Räder geraten", pflichtete Rosi ergänzend bei, „aber dazu kann Anna uns sicherlich Einiges erklären." Doch Anna ließ sich auf diese plumpe Weise nicht ablenken. „Wie siehst du überhaupt aus, Schrauber? So herausgepellt hab ich dich ja noch nie gesehen."

„Der Schrauber und ich wollen heute noch auf die Piste. Deshalb hat er sich nur für mich so aufgebrezelt", warf Rosi schnell ein.

„Auf den Arm nehmen wollt ihr mich aber jetzt nicht, oder?" Anna sah ihre Freunde der Reihe nach an.

„Anna, du musst deine berufsmäßige Neugier aber auch irgendwann einmal an der Garderobe abgeben", versuchte Lindberg korrigierend einzugreifen. Er fühlte sich nicht wohl in seiner Haut. Aber er wusste auch, dass Anna ihre nicht immer ganz legalen Ausflüge auf dem Pfad der Gerechtigkeit grundsätzlich verurteilte. Sie war schließlich Polizistin. Auf der anderen Seite gab es nichts, was Anna nicht wissen durfte. Schließlich hatten sie nichts Ungesetzliches getan. Ausgenommen der nicht vorgesehen Faustschlag des Schraubers.

„Anna, irgendwann wirst du es ja doch erfahren", begann Lindberg vorsichtig. Tobias verdrehte bereits die Augen, aber machte keine Anstalten, seinen Freund zu bremsen.

„Du hast sicherlich von der sexuellen Belästigung durch den Leiter der Hilfsorganisation ‛Tutela‛ gehört."

Anna nickte. „Ja. Haben sie den nicht freigesprochen?"

„Das ist ja gerade die Sauerei", hielt es Rosi nicht mehr zurück, „die haben sogar meine Freundin Sandra im Gerichtssaal als Flittchen bezeichnet."

„Und da sich dieser Katzbach zudem noch als braver Familienvater und Saubermann präsentiert, haben wir etwas zur Demontage seines falschen Images beigetragen", erklärte

Lindberg vage.

„Und wie ich euch kenne, habt ihr dabei so ganz nebenbei mindestens gegen fünf Strafrechtsparagrafen verstoßen. Ihr seid einfach unverbesserlich. Deswegen möchte ich von der ganzen Sache auch nichts hören." Anna schien ernsthaft verschnupft zu sein. „Lindberg, hast du gegenwärtig nicht schon genug Ärger an der Backe?"

„Anna beruhige dich, es ist nichts Kriminelles geschehen", versuchte Tobias die Freundin zu beschwichtigen. „Was uns vielmehr interessiert, ist der ganze Zauber um die Verhaftung von Lindberg. Wer will ihm da etwas ans Leder flicken?"

Anna schüttelte den Kopf. „Ihr wisst genau, dass ich darüber nicht reden darf."

„Wir wissen doch alle, dass Lindberg nicht der Mörder von Hardenberg ist und seinen Einbruch auch nicht selber vorgetäuscht hat, warum ist er dann doch in die Schusslinie geraten?", wollte jetzt auch Rosi wissen.

„Kinder, ich arbeite daran. Oberstaatsanwalt Reichenbach ist auf Lindberg nicht gut zu sprechen. Warum auch immer? Und mehr kann ich euch dazu nicht sagen."

„Da braut sich etwas zusammen", murmelte der Schrauber vor sich hin.

Kapitel 9

Anna begrüßte die Tochter des ermordeten Hoteliers an diesem Morgen freundlich und bat sie, Platz zunehmen. Sie hatte Mareike Hardenberg-Schulz zur Befragung in die Direktion in die Possehlstraße bestellt. Vor ihr saß eine Frau, von der man nicht unbedingt die Tätigkeit einer Marketingchefin eines internationalen Hotelkonzerns vermutet hätte. Ihre Kleidung wirkte zwar gepflegt und ausgesucht, doch fehlte ihr der modische Chic. Vielleicht lag es auch daran, dass die Tochter des Ermordeten zur Fülligkeit neigte. Rock und Bluse spannten und warfen Falten. Auch ihre Frisur wirkte unmodern. Sie trug die mittelblonden Haare halblang ohne Pfiff, ohne flotten Schnitt. Kurzum sie war in Annas Augen nicht en vogue.

„Frau Hardenberg-Schulz, es dauert nicht lange. Ich habe nur ein paar wenige Fragen an Sie", fuhr Anna fort, nachdem sie ihr Beileid bekundet hatte. „Wann haben Sie Ihren Vater das letzte Mal gesehen?"

„Hardenberg alleine reicht", antwortete die Tochter des Toten, „kurz vor meiner Abreise nach Sizilien. Das muss am 10. August gegen Mittag gewesen sein."

„Haben Sie danach noch Kontakt zu Ihrem Vater gehabt?"

„Nein, dafür gab es keinen Grund", kam die knappe Antwort.

„Wie würden Sie Ihr Verhältnis zu Ihrem Vater beschreiben?"

„Ich war seine Tochter. Er war der Vater. Er sagte, wo es lang ging." Anna fiel auf, dass die nach außen demonstrierte gefühllose Fassade vorgespielt war. Das ständige nervöse Fingerspiel und auch eine zuckende Augenbraue verrieten die

Angespanntheit der Frau ihr gegenüber.

„Und das war für Sie in Ordnung?" Anna ließ nicht locker.

„Was wollen Sie von mir hören? Dass ich meinen Vater gehasst habe? Dass er mir mein Leben verdorben hat? Dass er mich in die Arme eines inkompetenten Ehemannes getrieben hat? Und dass ich ihm deshalb einen Mörder auf den Hals gehetzt habe?"

Mit dieser Explosion hatte Anna nicht gerechnet. „Frau Hardenberg, Sie haben sicherlich Verständnis dafür, dass wir bei einem Mordfall etwas über die Lebensumstände des Toten erfahren müssen. Daher ist die Befragung der Familienmitglieder sicherlich auch für Sie plausibel. Also, wie haben Sie sich mit Ihrem Vater verstanden?"

„Sie haben ja von meinem Bruder bereits erfahren, wie die Arbeitsaufteilung im Konzern aussieht." Mareike Hardenberg-Schulz kramte in ihrer Handtasche herum und holte ein Päckchen Taschentücher hervor. Zupfte eines heraus und betupfte sich die Nase. Anna konnte nicht erkennen, warum sie dieses tat.

„Das beantwortet noch nicht meine Frage." Anna war nicht bereit, die aufmüpfige Tochter des Toten vom Haken zu lassen.

„Wir haben uns eben arrangiert. Wir haben unseren Job gemacht. Privat hatte ich zu meinem Vater kaum Kontakt. Insbesondere auch nicht, nachdem er diese Person geheiratet hatte, die es nur auf sein Geld abgesehen hat."

„Sie meinen seine jetzige Ehefrau?"

Mareike Hardenberg-Schulz nickte nur.

„Sie erwähnten eben in einem Nebensatz Ihren Ehemann mit wenig freundlichen Worten. War das Ihre persönliche Analyse oder die Ihres Vaters?"

„Werner Schulz habe ich vor zwölf Jahren geheiratet. Er ist von Beruf Schlachtermeister und arbeitet gegenwärtig in einem fleischverarbeitenden Konzern. Unabhängig davon, dass diese Verbindung in den Augen meines Vaters unter meinem gesellschaftlichen Niveau stand, war er fest davon überzeugt, dass ich Werner nur aus Trotz geheiratet habe, um ihn zu brüskieren."

„Und, hatte Ihr Vater recht?"

„Das ist doch alles Schnee von gestern. Was hat das mit dem Mord an meinem Vater zu tun?" Mareike Hardenberg-Schulz brauste erneut auf.

„Nun gut. Haben Sie eine Vorstellung davon, wer Ihrem Vater so etwas angetan haben könnte?"

„Keine Ahnung. Genaugenommen möchte ich mich gedanklich auch gar nicht damit beschäftigen."

Anna ging auf die Bemerkung nicht ein. „Hatte Ihr Vater Feinde?"

„Woher soll ich das wissen?", kam die schnippische Antwort.

Anna überlegte einen Augenblick. So kam sie nicht weiter. Auf irgendeine Weise musste sie die Schweigemauer durchbrechen.

„Immerhin war er ihr Vater. Außerdem arbeiten Sie in seinem Konzern. Da erwarte ich von Ihnen doch mehr als nur das beschränkte Wissen eines Zimmermädchens."

Mareike Hardenberg schien der Vergleich mit einer nachgeordneten Person niederer Tätigkeit ganz und gar nicht zu gefallen. Empört richtete sich auf und funkelte Anna an. „Was glauben Sie eigentlich, wen sie vor sich haben? Was gibt Ihnen das recht, auf meinen Empfindungen herumzutrampeln, kurz nachdem mein Vater auf so grausame Weise umgekommen ist?" Mareike Hardenberg-Schulz fummelte an ihren Taschentüchern herum.

Anna runzelte die Stirn. Was war das denn für eine theatralische Show? Aber offensichtlich hatte sie den richtigen Nerv getroffen. „Frau Hardenberg, eine Aufgabe der Polizei ist es, die Wahrheit herauszufinden. In meinem Berufsleben haben mir schon so manche Schauspieler gegenüber gesessen. Was meinen Sie, wie glaubhaft ist ihr Verhalten jetzt? Vor wenigen Minuten erzählen Sie mir, dass das Leben Ihres Vaters sie nicht interessiert hat und jetzt wollen Sie mir weis machen, dass ich mit meinen Fragen Ihr seelisches Empfinden beleidigt habe? Für wie einfältig halten Sie die Polizei eigentlich?"

Mareike Hardenberg starrte die Kommissarin entgeistert an. Doch dann änderte sich ihr Gesichtsausdruck. Das Entsetzen schwand und verwandelte sich in ein mitleidiges Klagen.

„Er war kein Vater. Er war ein selbstgerechtes Monster. Gottähnlich. Der seine Gunst nur Ausgesuchten zukommen ließ. Seine Kinder gehörten definitiv nicht dazu. Und was glauben Sie denn, weshalb meine Mutter Selbstmord begangen hat? Ich habe mich oft gefragt, weshalb ich nicht das Weite gesucht habe. Seinen permanenten Kränkungen entflohen bin. Ich weiß es bis heute nicht. Ja, ich hätte wahrhaftig allen Grund gehabt, ihn umzubringen."

Anna horchte auf. Das vernichtende Urteil über Alexander Hardenberg hörte sie nicht das erste Mal. Bisher hatte kein Familienmitglied ein gutes Haar an ihm gelassen. Doch das der persönliche Hass sogar bis zu Mordabsichten führen würde, soweit war bisher noch keiner gegangen.

„Und haben Sie ihn umgebracht?"

Mareike Hardenberg-Schulz schien erst jetzt zu bemerken, was sie eben gesagt hatte. Erschrocken blickte sie auf.

„Nein, natürlich nicht. Wie sollte ich denn? Ich war doch die letzten Tage nicht in Lübeck."

„Ich glaube, das war es für heute, Frau Hardenberg."

Anna bedankte sich bei der Tochter des Toten und verabschiedete sie.

Durch die Glasscheibe ihres Büros winkte Anna ihre beiden Kommissare zu sich.

„Setzt euch. Ich habe den Eindruck, dass es in der Hardenberg-Sache überhaupt nicht vorangeht. Was wissen wir bis jetzt?", erklärte Anna, nachdem sie alle Drei am Besprechungstisch Platz genommen hatten.

„Also die blödsinnige Verhaftung von Lindberg können wir wohl draußen vor lassen, Chefin", stellte Clemens Korthals gleich zu Beginn fest. „Wobei mich schon interessieren würde, wieso der Oberstaatsanwalt den Bericht der KTU schon vor uns hatte."

„Vom Leiter der KTU", antwortete Anna knapp.

„Von Anderlecht direkt?" Clemens Korthals blickte seine Chefin fassungslos an. „Woher weißt du das denn?"

Anna zuckte kurz mit den Schultern. „Ganz einfach, ich habe bei der Staatsanwaltschaft nachgefragt und die Sekretärin von Reichenbach hat es mir bestätigt."

„Es ist doch nicht zu fassen. Kann man sich in diesem Intrigenbunker denn auf niemanden mehr verlassen? Hast du schon mit Anderlecht gesprochen?"

„Ja, nur kurz. Macht euch darauf gefasst, dass von seiner Seite in Zukunft nur wenig Entgegenkommen zu erwarten ist."

Der Oberkommissar schüttelte entrüstet den Kopf. „Was haben Reichenbach und er denn gegen Lindberg?"

„Ich weiß es nicht. Irgendwie habe ich das Gefühl, dass hier Privatfehden ausgefochten werden. Warum auch immer? Aber kommen wir zur Sache. Wer hat Motiv, Gelegenheit und Willen, Alexander Hardenberg zu ermorden?"

„Ich fange einmal mit der Ehefrau, Ann-Kathrin Hardenberg, an", begann Clemens Korthals, „es ist Hardenbergs zweite Ehefrau und deutlich jünger als er. Jeder geht seiner Wege. Gemeinsamkeiten haben wir nicht entdeckt und bei unserer Befragung hat sie kein gutes Haar an ihm gelassen."

Anna nickte bestätigend. „Was ist mit ihrem Alibi?"

„Bei meiner Nachfrage in der Meeres-Galerie in Timmendorfer Strand wurde mir zwar bestätigt, dass Sie am Abend bei der Vernissage anwesend war, aber niemand wusste, wann Sie die Galerie wieder verlassen hatte", erklärte Malte Bockmann.

„Kein akzeptables Alibi", bemerkte Clemens Korthals knapp, „ähnlich wie bei Hardenbergs Sohn. Dessen Ehefrau hat zwar bestätigt, dass er am bewussten Abend zu Hause war, aber was gilt schon ein Alibi einer treusorgenden Gattin? Zumal wenn du sie erlebt hättest, Anna. Ein typisches Heimchen für Haus und Herd. Die würde alles bezeugen, was ihr Göttergatte ihr vorgibt."

„Alles äußerst unerfreulich. Ich würde Sie bitten, Herr Bockmann, das Alibi der Tochter zu überprüfen. Nach ihren Angaben ist sie am 10. August am Nachmittag nach Sizilien geflogen. Fluggesellschaft, Ankunft auf Sizilien, und so weiter. Sie wissen schon."

Der Kommissar macht sich Notizen. Das Telefon auf Annas Schreibtisch klingelte. Sie stand auf und hob ab.

„Hallo Peter. Wie ist das Wetter in Hamburg?"

„Die Sonne lacht und wir sitzen im Büro. Die Welt ist ungerecht, liebe Anna.“

„Hast du Neuigkeiten für mich?“

„Ja, ich habe ein bisschen nachgebohrt …“

„Warte, Peter, ich stelle dich einmal laut, meine beiden Männer sitzen gerade bei mir“, unterbrach Anna ihren Kollegen.

„Du hast zwei? Was es in Lübeck alles so gibt?“, merkte Peter Haferkamp beiläufig an und begrüßte seine Kollegen.

„Also der Freund von Jean-Pierre Carmouflage hat das Alibi bestätigt. Doch ob die beiden auch am Tatabend in der Szenekneipe ‛Bei Marianne‛ waren, konnte keiner präzise bestätigen, da sie offensichtlich mehrmals in der Woche dort auftauchen.“

„Nach eindeutigem Alibi hört sich das aber nicht an“, warf Anna ein.

„Nee, ganz bestimmt nicht. Ich hab dem windigen Antiquitätenhändler namens Norbert Liliencron noch ein wenig auf den Zahn gefühlt. Richtig unruhig wurde er, als ich ihn um seine Kundenliste gebeten habe, die er mir dann auch prompt verweigert hat. Wenn ihr sie benötigt, geht das nur mit einem richterlichen Beschluss, den ihr aber beantragen müsst. Das war's erst einmal für heute.“

„Vielen Dank, Peter, für deinen Einsatz.“

„Immer wieder gerne, Anna. Und vergiss unseren Sonnenuntergang nicht.“ Die Kommissare verabschiedeten sich.

„Sonnenuntergang? Was war das denn?“, wollte Clemens Korthals wissen, nachdem Anna aufgelegt hatte.

Anna lächelte ihren Oberkommissar neckisch an. „Geheimcodes unter Kollegen, Clemens. Aber im Ernst. Mit Jean-Pierre Carmouflage haben wir einen weiteren Kandidaten, dessen Alibi mehr als dünn ist.“

„Gehen wir nach wie vor davon aus, dass der Mord an dem Hotelier unmittelbar auch mit dem Raub der wertvollen Bücher zusammenhängt?", fragte Malte Bockmann nach.

„Einen anderen Ansatz haben wir gegenwärtig nicht oder habe ich da irgendetwas übersehen?", antwortete Anna nachdenklich.

„Grundsätzlich nicht. Wir wissen, dass das St. Annen-Museum bei Hardenberg wegen des Buches für die Ausstellung angefragt hat. Der Antiquar Eberhard hat bestätigt, dass der Hotelier bei ihm um die Vermittlung eines Experten gebeten hat. Wodurch wie bekannt Lindberg ins Spiel kam. Doch das bringt uns alles nicht viel weiter."

Anna nickte zustimmend. „Leider muss ich dir recht geben. Haferkamps Spürnase hin oder her, für einen richterlichen Beschluss zur Herausgabe der Kundenliste von dem Antiquitätenhändler in Hamburg fehlen uns auch die Fakten. Das klingt mir alles noch zu vage. Fangen wir noch einmal ganz von vorne an. Wir wissen, dass es keinen Einbruch gegeben hat. Der Täter hatte einen Schlüssel oder Hardenberg kannte ihn und hat ihn selber hereingelassen."

„Dass der Täter beim Raub der Bücher überrascht wurde, können wir ebenfalls ausschließen", ergänzte Clemens Korthals, „denn Hardenberg wurde von hinten erschlagen."

„Heimtücke auf jeden Fall, ganz gleich ob Hardenberg überrascht wurde oder von seinem Besucher keine Gefahr vermutet hat", stellte Kommissar Bockmann schlüssig fest.

Anna nickte bestätigend. „So ist es. Was verraten uns die Berichte der Rechtsmedizin und der KTU?"

Oberkommissar Korthals stieß einen Seufzer aus. „Wenig Erbauliches, Chefin. Keine Fingerabdrücke und DNA-Spuren am Tatort, die uns weiter helfen könnten. Keinen weiteren

Hinweis auf die Tatwaffe, die nach wie vor auch fehlt."

„Allerdings können wir davon ausgehen, dass möglicherweise die Bronzestatue mit der Tänzerin auf dem weißen Marmorsockel, die Herr Lindberg erwähnt hat, auch die Mordwaffe sein könnte. Denn die Haushälterin hat bestätigt, dass sie fehlt", berichtete Malte Bockmann.

„Folglich hat der Mörder sie mitgenommen", dachte Anna laut weiter, „was wieder den Schluss zulässt, dass der Täter nicht unbedingt mit Mordabsichten ins Haus gekommen sein muss."

Anna setzte sich gerade hin und legte beide Hände auf die Tischplatte. „Wir verlieren uns in Spekulationen. Machen wir unseren Job. Wir müssen mehr über den Toten wissen. Insbesondere von der Zeit kurz vor seinem Tod. Wo hat er sich aufgehalten? Mit wem hatte er Kontakt? Handydaten und so weiter. Gleichzeitig werden wir die windigen Alibis unserer Kandidaten erneut überprüfen. Ich werde mich noch einmal mit dem Antiquar Eberhard unterhalten. Auf geht`s."

Anna hatte das Antiquariat in der Beckergrube bisher nur von außen gesehen, obwohl sie nur wenige Schritte von ihm entfernt an der Untertrave wohnte. Für alte Bücher hatte sie sich noch nie begeistern können. Als sie das Geschäft betrat und sich suchend umsah, kam ihr ein älterer Herr entgegen, der sie durch eine randlose Brille kritisch musterte.

„Sie suchen keine alten Bücher oder hat mich meine Menschenkenntnis verlassen?", sprach er Anna an.

„Steht das so offensichtlich auf meiner Stirn oder woran erkennt man das?"

„Wissen Sie, es sind die Augen, die den Menschen verraten. Wer mein Geschäft das erste Mal betritt und Bücher sucht, lässt seinen Blick schweifen. Bleibt oft an der Tür stehen und verschafft sich einen Überblick. Sie hingegen kamen herein, und ihre Augen hatten keine Zeit für die Bücher. Sie forschten sofort nach einer Person. Habe ich recht?"

Anna musste lächeln. „Sie haben mich ertappt, Herr Eberhard. Ich bin Anna Severin von der Kripo Lübeck."

„Ich nehme an, es geht um den Tod des Hoteliers Hardenberg. Eine tragische Geschichte. Für wahr. Kommen Sie doch bitte mit in mein Büro."

Anna folgte dem Antiquar. In dem Raum, den er als Büro bezeichnet hatte, blieb sie wie angewurzelt stehen. Sie sah nur Bücher. Ganz gleich, wohin sie auch sah, überall standen oder lagen nur Bücher. Mit fliegenden Händen räumte Anton Eberhard ein paar Exemplare zur Seite. Ein Stuhl kam darunter zum Vorschein, den er Anna mit einer Handbewegung anbot. Er selbst setzte sich hinter seinen Schreibtisch, der ebenfalls unter der Last der Bücher zusammen zu brechen schien.

„Nun, Frau Kommissarin, was kann ich für Sie tun?"

„Wann haben Sie zuletzt Kontakt zu Alexander Hardenberg gehabt?", begann Anna die Befragung.

Der Antiquar überlegte eine Weile. „Das ist bestimmt schon mehr als eine Woche her. So genau weiß ich das nicht mehr. Da haben wir telefoniert."

„Was wollte Herr Hardenberg von Ihnen oder haben Sie sich mit ihm in Verbindung gesetzt?"

„Nein, nein. Er rief mich an. Er brauchte meinen Rat. Die Leitung des St. Annen-Museums hatte sich an ihn gewandt, da sie für eine spezielle Ausstellung eine seiner literarischen Kostbarkeiten ausleihen wollte."

„Sie meinen eine Art Expertise."

„So können Sie das auch nennen. Da ich mich jedoch nicht selber darum kümmern konnte, habe ich Herrn Lindberg diesen Wunsch angetragen. Den dieser dann, wie Sie ja wissen, auch erfüllen wollte."

Anna nickte bestätigend. „Wann haben Sie mit Herrn Lindberg über den Auftrag für Herrn Hardenberg gesprochen?"

„Das muss am 10. August gewesen sein. Kurz vor dem Tod von Herrn Hardenberg. Es ist einfach schrecklich. Ich darf gar nicht darüber nachdenken, dass ich möglicherweise der Urheber dieser schrecklichen Tragödie gewesen sein könnte."

Aufgrund des gequälten Gesichtsausdrucks des alten Mannes hatte Anna das Gefühl, dass der Antiquar in kurzer Zeit noch um ein paar weitere Jahre gealtert war. „Darüber sollten Sie sich keine Gedanken machen, Herr Eberhard. So wie es aussieht, war es nur eine Verquickung unglücklicher Umstände. Für den Mord sind Sie nun wahrhaftig nicht verantwortlich. Eine letzte Frage hätte ich noch. Was meinen Sie, wer hat von der Existenz der literarischen Kostbarkeiten gewusst, die im Besitz von Alexander Hardenberg waren?"

Anton Eberhard schüttelte abwägend den Kopf. „Das ist schwer zu sagen. Sammler kennen sich untereinander. Jeder weiß, welche Vorlieben der eine oder andere hat. Natürlich hinterlässt ein Mann wie Alexander Hardenberg allein dadurch seine Spuren, da er in einschlägigen Häusern, wie dem meinen, seine Visitenkarte hinterlegt hat. Damit man ihn informieren kann, wenn einem ein Buch in die Hände fällt, das auch ihn interessieren könnte."

„Und die Mitarbeiter des St. Annen-Museums wussten auch davon", ergänzte Anna die Überlegungen des Antiquars.

„So ist es. Den Personenkreis einzugrenzen, halte ich für unmöglich. Gehen Sie denn davon aus, dass der Hotelier wegen der Bücher ermordet wurde?"

„Bitte haben Sie Verständnis dafür, Herr Eberhard, dass ich Ihnen über unsere Ermittlungen nichts verraten darf."

Kapitel 10

Von einer ruhigen Nacht konnte Lindberg auch an diesem Morgen nur träumen. Am Tag zuvor hatte er weiter in seiner Wohnung herum geräumt, um einigermaßen wieder Ordnung in das angerichtet Chaos zu bringen.

Grübelnd hob er seine Kaffeetasse und nahm einen Schluck. Es machte einfach keinen Sinn. Wieder und wieder versuchte er, für die Ereignisse der letzten Tage eine Erklärung zu finden, Zusammenhänge zu ergründen. Vergeblich. Der Mord an Hardenberg. Der Raub der drei Bücher. Der Einbruch in seiner Wohnung. Der Fund eines der Bücher bei ihm. Diese Mosaiksteine passten nicht zusammen. Selbst Anna konnte ihm, als er am Abend zuvor noch mit ihr telefoniert hatte, nicht weiterhelfen. Auch wenn sie nicht viel von ihrer Ermittlung verraten hatte, so schien sie ähnlich wie er vor einem Berg von Fragen zu stehen.

Lindberg ergriff die Zeitung und schlug sie auf. Im ersten Augenblick stutzte er, doch dann überzog sein Gesicht ein zufriedenes Lächeln. Ein dreispaltiges Foto sprang ihm förmlich entgegen. Bildunterschrift: „Wackelt die Fassade des Biedermanns?" Der Leiter der Hilfsorganisation Tutela Dietmar Katzbach umarmte eine junge und überaus attraktive Frau mit kurzen schwarzen Haaren voller Leidenschaft. Tobias hatte sich wahrhaftig übertroffen. Ein einmalig gelungener Schnappschuss.

Lindberg überflog den Text. Ausgiebig wurde auf den Prozess wegen sexueller Belästigung eingegangen, der für Katzbach mit einem Freispruch geendet und die die Klagende Sandra H. in ein schlechtes Licht gerückt hatte. Doch im Artikel wurden jetzt erste Zweifel geäußert. Die von Katzbach öffentlich zur Schau gestellte Ehrbarkeit bekam einen Beigeschmack. Das Foto wurde als Beleg dafür herangeführt, dass die weiße Weste des Dietmar Katzbach einige dunkle Flecken hatte. Selbst der Hinweis, dass es bereits vor dem Prozess weitere Belästigungen von Frauen gegeben haben soll, fehlte nicht in dem Text des Zeitungsartikels. Katzbach selber war für eine Stellungnahme nicht erreichbar gewesen, hieß es abschließend.

Lindbergs anfängliche Bedenken, dass die Aktion aufgrund des schwungvollen Aufwärtshakens vom Schrauber noch misslungen sein könnte, zerstreuten sich schnell. Keiner der anwesenden Gäste im Kartoffelkeller war in der Lage gewesen, den Schrauber genauer zu beschreiben oder gar zu identifizieren. Eine Anzeige von Katzbach war ebenfalls kaum zu erwarten. Aufgrund seiner ausgeprägten Eitelkeit würde er mit einer gebrochenen Nase nie vor die Öffentlichkeit treten. Und die bemitleidenswerte Opfernummer nahm ihm spätestens nach diesem Artikel keiner mehr ab.

Vielleicht sollte er nach seinen Einkäufen, die er heute dringend machen musste, da der Kühlschrank gähnende Leere aufzeigte, seinen Freund Tobias aufsuchen. Durch die Königstraße ging er auf das Haerder-Center zu. In dessen Parkhaus hatte er einen Platz für seinen Volvo gemietet. Er fuhr mit dem Fahrstuhl in die Tiefgarage, öffnete mit der Fernbedienung den Wagen und setzte sich hinter das Lenkrad.

Lindberg zuckte erschrocken zusammen. Ehe er sich versah, saß ein untersetzter Mann neben ihm auf dem Beifahrersitz und blinzelte ihn von der Seite an.

„Wir müssen uns unterhalten, Herr Lindberg", erklärte er mit gelassener Stimme.

Lindberg musterte den Eindringling genauer. Er trug einen hellen Trenchcoat, kurze schwarze Haare und einen fein ausrasierten Backenbart. „Und dafür benötigen Sie einen solchen überfallartigen Auftritt?"

„Alles hat seine Zeit. Kommen wir gleich zur Sache. Sie haben etwas, was mein Auftraggeber in seinen Besitz übernehmen möchte. Selbstverständlich ist er auch bereit, Sie dafür angemessene zu bezahlen."

Lindberg fiel auf, dass sein ungebetener Gast zwar gut Hochdeutsch sprach und auch versuchte, kultiviert zu formulieren, aber seine slawische Herkunft konnte er damit nicht verdecken.

„Ich wüsste nicht, was ich zu verkaufen hätte."

„Machen Sie uns das Leben nicht so schwer, Herr Lindberg. Wir sind grundsätzlich friedliebende Menschen. Sie besitzen ein wertvolles Büchlein über die Schriften unserer geliebten Zarin Katharina. Ich frage Sie, wer hat Anspruch auf ein solches Werk? Deutschland oder Russland?"

„Ich habe dieses Buch, von dem Sie sprechen, nicht. Es war im Besitz des Hoteliers Hardenberg und ist geraubt worden. Mehr kann ich dazu nicht sagen."

Der Russe grunzte abfällig. „Sie strapazieren meine Nerven, Herr Lindberg, und beleidigen unsere Intelligenz. Vielleicht sind einhunderttausend Dollar ja ausreichend für Sie, um ihre Auffassung zu ändern und unserer Bitte bald möglichst nachzukommen."

Lindberg schüttelte den Kopf. „Wie schon gesagt, ich habe das Buch nicht."

„Sie machen einen Fehler, Herr Lindberg, einen großen Fehler. Denken Sie in Ruhe nach, aber überlegen Sie nicht zu lange. Spätestens in zwei Tagen bin ich wieder bei Ihnen. Ich werde nur eine einzige Antwort akzeptieren, wenn Ihnen ihr Leben lieb ist."

Noch bevor Lindberg antworten konnte, war der Russe verschwunden. Auch als Lindberg ausstieg und sich auf der Parkebene umsah, war keine Person mehr zu entdecken.

„Sag mal, Lindberg, du erzählst mir jetzt aber   nichts von deinem neuen Krimi, oder?" Tobias sah seinen Freund ungläubig an.

„Natürlich nicht, das war real. Mehr als mir lieb ist." Lindberg war nach dem Überfall in der Tiefgarage sofort nach Schlutup gefahren. An Einkäufe konnte er nun wahrhaftig nicht denken. Ausführlich hatte er seinem Freund von dem merkwürdigen Auftritt des Russen berichtet.

Tobias runzelte die Stirn. Er wirkte besorgt. „Lindberg, du hast aber gegenwärtig richtig viel Mist am Hintern. Hast du schon Anna informiert?"

Lindberg überlegte eine Weile. „Nein. Ich bin auf dem direkten Weg zu dir gekommen. Wenn ich ganz ehrlich bin, habe ich auch nicht vor, Anna davon zu erzählen."

Tobias sah seinen Freund ungläubig an. „Wieso denn das nicht? Der Kerl hat dich bedroht. Mit solchen Typen ist nicht zu spaßen. Und wer weiß, was der noch vor hat?"

„Und aus dem Grund soll ich den Schwanz einkneifen und mich nicht mehr aus dem Haus trauen? Genau genommen, weiß ich momentan nicht, wo mir der Kopf steht. Ich bin in einen Mordfall verwickelt. Ich werde verhaftet. Bei mir wird eingebrochen. Ein Buch, das ich gerade mal ein paar Minuten in den Händen gehalten habe, wird mir untergeschoben. Und jetzt verlangen irgendwelche vaterländischen Russen von mir die Herausgabe ihres Kulturguts, das ich weder gestohlen noch in meinem Besitz habe."

„Das hört sich alles vollkommen verrückt an, Lindberg. Das

weiß ich. Gerade deswegen solltest du unbedingt Anna informieren", bestand Tobias auf seiner Meinung.

Lindberg schüttelte den Kopf. „Damit der übereifrige Oberstaatsanwalt mich wieder verhaften lässt? Nach dem Motto, wenn die Russen schon davon ausgehen, dass ich das Buch habe, dann muss ja auch was Wahres daran sein. Das ist doch nur Wasser auf seine Mühle. Nee, nee, Tobias, der sucht doch förmlich nach einem Grund, um seine Niederlage vor dem Haftrichter ausbügeln zu können und mich wieder hinter Gitter zu bringen."

Tobias schwieg für einen Augenblick. „Und was hast du jetzt vor?"

„Nichts. Vielleicht war das ja auch nur ein Schuss ins Blaue. Ihre Informationen können sie doch nur aus der Zeitung haben. Was wissen die denn schon konkret?"

„Sie wissen, dass du etwas mit dem Mordfall Hardenberg zu tun hast. Sie wissen, dass bei dir eingebrochen wurde und eines der geraubten Bücher gefunden wurde. Alles das stand im Blatt. Da liegt der Schluss nahe, dass du auch die anderen Bücher hast. Ganz gleich, wie intensiv du beteuerst, unschuldig zu sein."

Lindberg sah Tobias irritiert an. „Was ist denn bloß mit dir los? Bist du nun mein Freund und Anwalt oder nicht?"

„Ich versuche nur, mich in die Denkungsart dieser fanatischen Russen zu versetzen. Wenn die sich einmal festgebissen haben, dann sind ihnen alle aus deiner Sicht entlastenden Argumente völlig gleichgültig. Wie es aussieht, gibt es im Hintergrund offensichtlich treibende Kräfte, die auf Teufel komm raus das kleine Buch haben wollen. Wobei diese russische Kulturgutnummer wenig überzeugend ist. Wie viel ist dieses Buch nach deiner Meinung wert?"

„Das kann man gar nicht in Zahlen ausdrücken. Wenn es sich tatsächlich um das einzige Exemplar der Korrespondenz zwischen Katharina der Großen und Voltaire handelt, gehört es in ein Museum. Ein fanatischer Sammler würde garantiert mehrere Millionen dafür hinblättern", stellte Lindberg überzeugend fest.

„Und dir hat der Unbekannte einhunderttausend Dollar geboten?" Tobias schüttelte erneut den Kopf. „Nun gut, ein ganz anderes Thema. Ich nehme an, du hast den Artikel heute Morgen gelesen. Und was sagst du dazu?" Verschwörerisch grinsend blinzelte Tobias seinen Freund an.

„Nicht schlecht, du hinterlistiger Rechtsverdreher", bestätigte Lindberg ebenfalls lächelnd.

„Rosi hat auch schon angerufen und war mehr als begeistert", berichtete Tobias aufgeregt, „aber du kennst sie ja. Sie ist der Meinung, dass dürfte nur ein erster Schritt gegen Katzbach gewesen sein. Sie wollte von mir wissen, was wir denn als nächstes planen."

„Sie ist und bleibt ein verrücktes Huhn. Aber ich denke, wir sollten uns für die nächste Zeit ruhig verhalten. Mein Schulfreund und Redakteur Gernot Havelmann hat mir heute Morgen am Telefon noch bestätigt, dass dieses verräterische Foto in den folgenden Tagen auch noch in anderen Blättern erscheinen wird."

Tobias grinste immer noch. „Für die Hyänen der Presse ein gefundenes Fressen."

Kapitel 11

Als Lindberg am Nachmittag vor dem Kühlschrank stand, um seine Einkäufe einzusortieren, war er nicht ganz sicher, ob er alles gekauft hatte, was er wollte. Zu sehr beschäftigten ihn die Wirren der vergangenen Tage. Auch das Gespräch mit Tobias hatte ihn nicht beruhigen können. Eine vergleichbare verzwickte Situation kannte er nicht. Er hatte sein Leben im Griff. Kleine oder auch große Probleme wurden angepackt und bewältigt. Zufriedenstellend und erfolgreich. Aber jetzt? Er war nicht mehr er selbst. Andere fummelten in seinem Alltag herum. Nervenden fremden Einflüssen, die er kaum beeinflussen konnte, hilflos ausgeliefert. Und dann noch der Russe mit seinem fragwürdigen Auftritt. Lindberg hasste diese Art von Abhängigkeit. Er gehörte nicht zu den Menschen, die sich ohnmächtig in ihr Schicksal ergaben und darauf warteten, dass es fremde Mächte gab, die alles wieder zum Guten richten würden.

Mit einem tiefen Seufzer ließ er sich in seinen Lieblingssessel fallen. Er musste etwas tun. Die Initiative ergreifen. Handeln!

Es klingelte an der Haustür. Er blickte auf die Uhr. Es war Viertel vor Drei. Er erwartete niemanden. Lindberg stand auf und öffnete.

Verblüfft sah er die junge Frau an, die verlegen lächelnd vor ihm stand. „Maja, welche Überraschung. Komm doch herein."

„Es tut mir wirklich leid, Lindberg, wenn ich dich so unvorbereitet überfalle", entschuldigte seine Besucherin sich, „aber ich wusste mir einfach nicht mehr anders zu helfen."

„Du bist immer willkommen", lud Lindberg sie ein und führte sie ins Wohnzimmer. Beide setzten sich in den Erker, von dem man in den kleinen Innenhof seines Hauses blicken konnte.

Maja Wissmann wohnte mit ihrer Mutter nur einige Häuser weiter in der Hüxstraße. Er kannte sie schon von ihrer Geburt an. Sie musste heute Ende zwanzig sein. Eine attraktive Erscheinung. Ihr brünettes Haar umspielte ihr ebenmäßiges Gesicht. Und wenn sie lachte, erschienen zwei kleine Grübchen auf ihren Wangen. Lindberg mochte sie. Ihre positive Ausstrahlung. Irgendetwas mit Reisen oder Tourismus machte sie beruflich. Daran konnte Lindberg sich erinnern. Das war sicherlich auch der Grund, weshalb man sich so selten sah. Plötzlich fiel ihm ein, war nicht erst vor kurzem ihre Mutter gestorben? Er meinte, sich an eine Todesanzeige in der Zeitung zu erinnern. „Das mit deiner Mutter tut mir sehr leid, Maja."

„Ja, aber es war für sie wohl auch eine Erlösung. Der Krebs hat sie geradezu aufgefressen." Maja Wissmann machte einen bedrückten, aber doch sehr gefassten Eindruck.

„Wie wäre es mit einem Kaffee, Tee oder Wasser?", versuchte Lindberg das anschließende Schweigen zu überspielen.

„Ein Kaffee wäre wirklich gut. Aber nur wenn es keine Mühe macht."

Lindberg erhob sich. „Kein Problem. Allerdings bin ich kein Freund dieser modernen Lifestyle-Maschinen, die viel Geld kosten und nur eine Brühe verschiedener Geschmacksrichtungen produzieren, die nicht die geringste Ähnlichkeit mit gutem Kaffee haben."

Maja musste lachen. Lindberg rumorte eine Weile in der Küche herum, bis das Blubbern einer altersschwachen Kaffeemaschine erklang.

„Das dauert jetzt ein wenig", erklärte er, nachdem er sich

wieder zu Maja gesetzt hatte. „Nun zu deinem Problem. Wie kann ich helfen?"

Maja fummelte einen zusammengefalteten Briefumschlag aus ihrer Jeans hervor, entnahm ihm ein Blatt Papier und reichte es Lindberg. „Das Schreiben habe ich heute Morgen bekommen. Ich weiß beim besten Willen nicht, was ich damit anfangen soll. Kannst du mir erklären, was das bedeutet?"

Lindberg nahm den Brief und überflog ihn. Plötzlich stutzte er. Das konnte nicht wahr sein. Irritiert sah er Maja an.

„Was ist, Lindberg? Stimmt etwas nicht?" Maja war Lindbergs Reaktion nicht verborgen geblieben.

„Doch, doch, es ist alles in Ordnung. Ich war nur etwas verwundert, auf welche seltsame Weise so unvermutet Menschen in ein Leben hineinfallen können, mit denen man vorher nie etwas zu tun hatte. Damit meine ich nicht dich. Von dem Hotelier Hardenberg habe ich vorher höchstens etwas in der Zeitung gelesen. Und in den letzten Tagen verfolgt er mich geradezu. Jetzt sogar, obwohl er schon tot ist. Einfach abenteuerlich."

„Wenn ich ganz ehrlich bin, der Grund für meinen Besuch bei dir, sind die Zeitungsartikel der vergangenen Tage über diesen Fall", erklärte Maja mit verzeihendem Gesichtsausdruck, „ich dachte mir, du weißt sicherlich mehr über die ganze Sache und könntest vielleicht auch diesen Brief erklären. Was mich so beunruhigt, ist dieser makabre Tod des Hoteliers. Wie es aussieht hänge ich urplötzlich auch in der ganzen Geschichte mit drin. Unfassbar."

„Dieser Brief ist ja kein Grund zur Beunruhigung, Maja. Der Notar teilt dir lediglich mit, dass übermorgen die Testamentseröffnung in der Sache Alexander Hardenberg stattfindet und du zugegen sein solltest."

Maja sah Lindberg ungläubig an. „Das ist es ja gerade, was ich nicht verstehe. Was habe ich mit dem Hotelier Hardenberg zu tun?"

„Das kann ich dir auch nicht beantworten. Auf jeden Fall sieht der Notar deine Anwesenheit für notwendig an. Welchen Grund es dafür auch immer geben mag. Ich hole jetzt erst einmal den Kaffee". Lindberg erhob sich und ging in die Küche. Nachdem er zurückgekehrt und Maja und sich Kaffee eingeschenkt hatte, setzte er sich wieder. „Und du selbst hast auch keine Ahnung, was das bedeuten könnte?"

„Nein, beim besten Willen nicht. Ich weiß auch gar nicht, was ich jetzt machen soll. Ich habe auch schon in der Kanzlei angerufen und nachgefragt, aber die wollten mir am Telefon nichts sagen." Maja wirkte völlig ratlos.

„Du musst dir keine Gedanken machen. Was soll dir denn schon passieren? Marschiere zum Notar und höre dir an, was er zu erzählen hat. Danach weißt du mehr."

Maja schien nicht beruhigt zu sein. Nervös zupfte sie an den Ärmeln ihrer Bluse. „Das sagt sich so einfach. Der Hardenberg ist immerhin ermordet worden. Ist das nicht grausam? Und du hast ihn auch noch gefunden. Ich wäre tausend Tode gestorben …"

„Nun mach dich nicht verrückt, Maja", unterbrach Lindberg seine Besucherin, „du musst dich mit solchen Sachen gar nicht belasten. Blicke hoffnungsfroh nach vorn. Dann wird auch alles gut."

Maja stieß einen tiefen Seufzer aus. „Ich weiß nicht, ob ich das alleine schaffe. Vielleicht mag es ein wenig viel verlangt sein, aber kannst du nicht mitkommen?"

Lindberg hielt seine Kaffeetasse in der Hand und vergaß, zu trinken. „Du meinst übermorgen zum Notar?"

Maja nickte verlegen und sah Lindberg flehend an. „Ja. Ich glaube, alleine traue ich mich nicht. Es hört sich für mich alles so bedrohlich an. Was kommt da auf mich zu?"

Lindberg merkte, dass Maja feuchte Augen bekam und kurz vorm Weinen war. Er stand auf, setzte sich zu ihr und nahm sie in den Arm. „Das ist nun wahrhaftig kein Grund zum Weinen, Maja."

„Ich weiß", schluchzte sie, „aber erst der Tod von Mama und dann diese Ungewissheit mit dem dubiosen Testament. Das ist alles zu viel für mich."

Lindberg drückte ihr ein Taschentuch in die Hand. Sie schnäuzte sich. Nach kurzer Zeit beruhigte Maja sich wieder.

„Ist gut. Ich komme übermorgen mit. Und dann sehen wir gemeinsam, was der Notar von dir will. Einverstanden?"

Maja blickte Lindberg aus ihren tränenverschleierten Augen dankbar an. „Das wäre schön. Ich weiß gar nicht, wie ich dir danken soll?"

Lindberg lächelte. „Wenn du reich wirst, würde mir zu Anfang eine Million schon genügen. Aber ich vermute eher, dein Großvater hat in ferner Vergangenheit einmal den Garten bei Hardenbergs vorbildlich gegossen und dafür vererbt dir der bedeutende Hotelier in seiner unendlichen Großzügigkeit jetzt die Gießkanne."

Nun musste auch Maja lachen. „Du bist einfach unmöglich."

Die alte Villa in der Roeckstraße sah im ersten Augenblick nicht wie ein Bürogebäude eines Notars aus. Die weißen Säulen und die klaren Linien des Klassizismus' wiesen darauf hin, dass dieses und auch die benachbarten Häuser bereits zu Beginn des 19. Jahrhundert errichtet worden waren. Lediglich ein poliertes Messingschild wies auf die Kanzlei des Rechtsanwalts und Notars Engelbert Dabelstein hin.

Auch das Innere der Villa vermittelte nur begrenzt eine Büroatmosphäre. Hohe Stuckdecken und holzgetäfelte Wände verbreiteten eher den Glanz vergangener Tage, verbunden mit einer gewissen verstaubten Ehrbarkeit und Würde.

Ein mütterlicher Typ mittleren Alters begrüßte Lindberg und Maja Wissmann freundlich mit einem fragenden Augenaufschlag.

„Ich habe eine Vorladung von Ihnen bekommen", erklärte Maja, während sie gleichzeitig den Brief von der Kanzlei auf den Tresen legte. Die Kanzleidame löste sich von ihrem Schreibtisch und kam auf die beiden zu. „Oh, meine Liebe, das haben Sie ganz bestimmt nicht", antwortete sie mitleidig lächelnd, ohne den Brief anzusehen, „so etwas versenden wir grundsätzlich nicht." Sie warf einen kurzen Blick auf den Brief. „Sie sind also Maja Wissmann? Können Sie sich ausweisen?"

Maja kramte ihren Ausweis aus ihrer kleinen Umhängetasche hervor und legte ihn auf den Tresen. Auch hier reichte der Kanzleidame ein kurzer Blick aus.

„Vielen Dank und wer sind Sie, bitte schön?", wandte sie sich Lindberg zu.

„Mein Name ist Karl-Magnus Lindberg und ich begleite Frau Wissmann."

Die Kanzleidame runzelte die Stirn. „Warten Sie bitte einen

Augenblick." Anschließend verließ sie den Raum. Nach wenigen Minuten kehrte sie in Begleitung eines älteren Herrn zurück. Er trug einen dunklen Nadelstreifenanzug mit grauer Weste. Sein weißes Haar und ein ebenso weißer Schnauzbart bildeten einen auffallenden Kontrast zu seiner sonnengebräunten Haut. Lindberg meinte, eine verblüffende Ähnlichkeit mit dem älteren Albert Einstein zu erkennen. Er begrüßte Maja und Lindberg mit Handschlag, nachdem die Kanzleidame die beiden vorgestellt hatte. Er selber hielt es nicht für nötig, sich bekannt zu machen.

„Frau Wissmann, Herr Lindberg, eine Begleitung bei einer Testamentseröffnung ist eher ungewöhnlich ..."

„Genau genommen weiß ich gar nicht, was Sie von mir wollen", unterbrach Maja aufgebracht den Notar, „und ohne Herrn Lindberg ..."

Engelbert Dabelstein hob beschwichtigend die Hände. „Bitte, Frau Wissmann, lassen Sie mich die Situation erklären. Zu ihrer Kenntnis. Eine Testamentseröffnung erfolgt in der Regel schriftlich durch das Nachlassgericht. Da die Umstände in der Sache Hardenberg jedoch sehr speziell sind und auch einiger Erläuterungen bedürfen, habe ich auf diese alt bewährte Form der persönlichen Testamentseröffnung bestanden. Angesichts der zu erwartenden Besonderheiten im Testament habe ich auch gegen die Begleitung durch Herrn Lindberg nichts einzuwenden."

Maja sah Lindberg irritiert an. Doch der zuckte nur unwissend mit den Schultern.

„Frau Schönhausen, seien Sie doch so nett, und bitten Sie die Familie Hardenberg in mein Büro. Wir gehen schon einmal vor." Mit einer Handbewegung forderte er Lindberg und Maja auf, ihm zu folgen. Über einen mit einem blauen Teppich ausgelegten Flur erreichten sie das Arbeitszimmer des Notars. Die edle und ein wenig antiquiert wirkende Einrichtung des Hauses setzte sich auch hier fort, unterstrichen von deckenhohen Bücherregalen. Vor einem ausladenden barocken Schreibtisch standen im Halbkreis acht Stühle. Noch bevor Lindberg und Maja sich setzen konnten, führte die Kanzleidame fünf Mitglieder der Familie Hardenberg herein. Allesamt hielten verwundert inne.

„Ich denke, Herr Dabelstein, wir besprechen hier eine Familienangelegenheit", fuhr die Dame, die als erste den Raum betreten hatte, den Notar an.

„Frau Hardenberg, ich darf Sie alle bitten, sich doch erst einmal zu setzen", erwiderte Engelbert Dabelstein mit einer einladenden Bewegung die unfreundliche Begrüßung der Witwe des Hoteliers. Nicht ohne giftige Blicke auf die Störenfriede abzuschießen, kam man der Einladung nach. Auch der Notar setzte sich hinter seinen Schreibtisch.

„Lassen Sie mich zu Beginn offiziell die Anwesenheit der betroffenen Personen feststellen. Damit ersparen wir uns gleichzeitig eine zeitraubende Vorstellung untereinander." Lindberg glaubte kurzzeitig ein amüsiertes Lächeln auf dem Gesicht des Notars zu entdecken.

„Anwesend sind Frau Ann-Kathrin Hardenberg, die Ehefrau des Verstorbenen." Die Witwe des Hoteliers blickte ohne eine Miene zu verziehen an dem Notar vorbei. „Zudem der Sohn des Verstorbenen Herr Constantin Hardenberg mit Ehefrau Sigrid und die Tochter Frau Mareike Hardenberg-Schulz mit Ehemann Werner Schulz." Auch die vier Genannten nahmen ihre Namensnennung regungslos zur Kenntnis.

„Zudem sind anwesend Frau Maja Wissmann und Herr Karl-Magnus Lindberg in Ihrer Begleitung."

Wie von einer Maschine getrieben schossen die fünf Köpfe der Familienmitglieder herum.

„Lindberg? Sind Sie etwa der Kerl, der unmittelbar mit dem Tod meines Vaters zu tun hat?", polterte Constantin Hardenberg als erster voller Entrüstung los. Es hielt ihn kaum mehr auf dem Stuhl.

„Es ist einfach unglaublich, was uns hier zugemutet wird", echauffierte sich zeitgleich auch die Witwe.

„Und was macht die hier?", fiel nun auch die Tochter des Hoteliers in den Chor der Beschimpfungen mit ein. Dabei zeigte sie demonstrativ auf Maja. Diese ergriff ängstlich Lindbergs Hand.

„Meine Herrschaften, ich bitte Sie", versuchte der Notar die Gemüter zu beruhigen, „ich darf Sie bitten, Ruhe zu bewahren, angesichts des Umstandes, weshalb wir hier zusammen sitzen. Wir wollen den letzten Willen eines Verstorbenen hören. Dazu gehört auch ein angemessener und würdevoller Rahmen." Lindberg wusste, dass er dem Notar vorher nie persönlich begegnet war. Trotzdem konnte er davon ausgehen, dass der Rechtsanwalt über die Umstände des Todes seines Mandanten informiert war, indem auch sein Name gefallen sein musste. Umso anerkennenswerter empfand er es, dass er ihn als Begleitung von Maja akzeptiert hatte. Wohl wissend, wie die Familie darauf reagieren würde.

„Ich bestehe darauf, dass die beiden Personen, die nicht zur Familie gehören, den Raum verlassen", verkündete Constantin Hardenberg unversöhnlich.

„Dem, verehrter Herr Hardenberg, werde ich nicht nachkommen. Sie wissen, dass ich nicht nur der langjährige Anwalt Ihres Herrn Vaters war, sondern auch sein Vertrauter, wenn nicht sogar sein Freund."

Ein hysterisches Kichern klang durch den Raum. „Seit wann hatte der denn Freunde?"

Engelbert Dabelstein überging den schrillen Einwand der Tochter des Toten. „Folglich werde ich sein Andenken wahren und seiner letzten Willen würdigen. Worum ich jeden Einzelnen von Ihnen auch bitten möchte. Womit wir wieder beim Thema wären."

Maja hatte den Auftritt der Familie Hardenberg mit weit geöffneten Augen schweigend verfolgt. Sie wirkte wie ein verschrecktes Tier. Lindbergs Hand hielt sie die ganze Zeit haltsuchend fest umschlossen.

„Ich werde jetzt den letzten Willen des Verstorbenen verlesen." Betroffene Ruhe kehrte ein. Engelbert Dabelstein öffnet mit einem dolchähnlichen Brieföffner ein Kuvert und entnahm ihm einen gefalteten Bogen, der handschriftlich beschrieben war.

„Mein letzter Wille. Ich, Alexander Hardenberg, setze hiermit meine Tochter Maja Wissmann als befreite Alleinerbin ein ..." Weiter kam der Notar nicht.

„Das glaube ich doch jetzt nicht", schrie Constantin Hardenberg auf, „wollen Sie uns auf den Arm nehmen?" Seine verschreckte Ehefrau legte beruhigend ihre Hand auf seinen Arm, die er mit einer unwirschen Bewegung wegfegte.

„Wieso soll diese dahergelaufene Person seine Tochter sein?", geiferte Mareike Hardenberg-Schulz aggressiv. „Das ist doch alles nicht wahr!" Gleichzeitig stieß sie ihrem Ehemann in die Seite und pfiff ihn an: „Sag doch auch mal was!" Doch außer einem hochroten Kopf und ein paar kurzluftige Atemzüge kam nichts von dem beleibten Schlachtermeister.

Die Witwe des Toten schüttelte dagegen lediglich den Kopf und vermittelte den Eindruck, dass sie das alles nichts angehen würde.

Maja sah Lindberg mit offenem Mund verständnislos an. Ihre Frage: „Alexander Hardenberg war mein Vater?" stand ihr förmlich auf die Stirn geschrieben. Er nickte ihr ermutigend zu.

„Das ist niemals sein Testament. Ich zweifle das an. Ich werde juristische Schritte dagegen unternehmen." Constantin Hardenberg sprang auf und näherte sich bedrohlich dem Schreibtisch des Notars.

Engelbert Dabelstein setzte sich in seinem Stuhl gelassen zurück und faltete die Hände übereinander. „Meine Herrschaften, ich dulde in meinen Räumen weder verbale Ausfälle noch Beleidigungen." Seine Stimme war kaum zu hören. Doch sie verfehlte ihre Wirkung nicht. „Sollten Sie nicht in der Lage sein, dem Vorgang dieser Testamentseröffnung gebührend zu folgen, darf ich Sie bitten, den Raum zu verlassen. Das Testament wird ihnen dann schriftlich vom Nachlassgericht zugestellt." Widerstrebend setzte sich Constantin Hardenberg wieder hin.

„Ich fahre jetzt fort und werde anschließend einige Erläuterungen zu dem letzten Willen von Alexander Hardenberg abgeben." Der Notar blickte prüfend in die Runde und fuhr fort.

„Ich, Alexander Hardenberg, setze hiermit meine Tochter Maja Wissmann als befreite Alleinerbin ein. Dieses bezieht sich uneingeschränkt auf den Hotelkonzern und alle meine Vermögenswerte. Ich treffe diese Entscheidung im Vollbesitz meiner geistigen Kräfte und in dem Bewusstsein, dass aus der Familie nur meine Tochter Maja in der Lage ist, den Konzern kompetent unter modernen Gesichtspunkten in die Zukunft zu führen. Gleichzeitig verfüge ich, dass mein über die Jahre treuer Begleiter Rechtsanwalt und Notar Engelbert Dabelstein, zum Testamentsvollstrecker eingesetzt wird. Mit der Maßgabe, meinen letzten Willen unverzüglich und konsequent in die Tat umzusetzen. Lübeck-Travemünde. Datum und Unterschrift." Der Notar erhob seinen Kopf und musterte die Anwesenden nacheinander.

„Das ist doch die reinste Schmierenkomödie. So etwas müssen wir uns doch nicht …"

„Constantin, sei endlich einmal still!", fuhr ihm seine Stiefmutter über den Mund.

Lindberg verspürte eine gewisse Bewunderung für diese Frau. Ihre Souveränität, mit der sie diese außergewöhnliche Situation bewältigte, beeindruckte ihn. Ihre nach außen getragene Gelassenheit zeigte allerdings auch Ansätze von Gefühlskälte oder sogar Desinteresse.

„Ich bin mir darüber im Klaren, dass mein Mann bereits zu Lebzeiten ständig für eine Überraschung gut war. Wenn man ihn nicht sogar als unberechenbar bezeichnen wollte. Dass ihm das jedoch auch über seinen Tod hinaus gelingt, ist allerdings beachtlich. Herr Dabelstein, gibt es irgendeinen Beweis dafür, dass diese Person eine legitime Tochter meines Gatten ist?" Ann-Kathrin Hardenberg deutete lediglich eine kurze Kopfbewegung in Majas Richtung an, um zu zeigen, über wen sie sprach.

„Ihre Frage wird sich dadurch beantworten, verehrte Frau Hardenberg, wenn ich Ihnen jetzt einige Anmerkungen zu diesem Testament geben darf, die explizit in einem Anhang sehr ausführlich von Alexander Hardenberg festgelegt wurden …"

„Diesen Mist müssen wir uns doch nicht anhören", fuhr jetzt Mareike Hardenberg-Schulz dazwischen, „die Sache stinkt doch zum Himmel. Erst kreuzt dieser angebliche Literaturexperte Lindberg auf. Einen Tag später ist unser Vater tot. Und jetzt erscheint noch plötzlich und unerwartet eine Tochter aus der Versenkung, die rein zufällig alles erben soll. Das ist doch ein abgekartetes Spiel."

Die Aggression der Familie Hardenberg nahm jetzt Dimensionen an, die Lindberg nicht länger ertragen konnte. Zumal er merkte, dass Maja von den Ereignissen völlig überrumpelt worden war. Bevor der Notar zu den Ausfällen der Tochter des Toten etwas sagen konnte, stand Lindberg auf.

„Herr Dabelstein, Sie erlauben." Anschließend wandte sich Lindberg den Familienmitgliedern zu. „Die Art und Weise, wie Sie auf den Gefühlen anderer Menschen herumtrampeln ist unerträglich und nicht zu akzeptieren. Maja Wissmann hat vor einer Minute erfahren, wer ihr Vater ist. Seit fast dreißig Jahren wusste sie nichts von ihm. Jetzt soll sie in einer Größenordnung erben, die für sie nicht überschaubar ist. Und Sie haben nichts anderes zu tun, als Ihren Frust über verlorene Pfründe in Beleidigungen und Verleumdungen zu ergehen. Das ist einfach nur armselig. Ich verbitte mir solche Kränkungen in aller Schärfe." Lindberg setzte sich wieder.

„Was bilden Sie sich eigentlich ein, Sie …"

„Herr Hardenberg, bitte!" Die Tonlage des Notars ließ keine Missdeutung zu. Auch seine Geduld schien erschöpft zu sein. „Wie schon angekündigt. Wir haben zwei Möglichkeiten. Entweder Sie verhalten sich bis zum Ende meiner Ausführungen ruhig oder Sie verlassen unverzüglich meine Kanzlei, damit ich mit Frau Wissmann und Herrn Lindberg die Testamentseröffnung würdevoll und ohne Störung beenden kann."

Engelbert Dabelstein musterte mit erhobenem Kinn die

Hardenbergs. Mehr als ein unartikuliertes Grummeln war nicht zu hören.

„Lindberg, was ist das hier? Ich komme mir vor wie in einem schlechten Film", flüsterte Maja Lindberg zu. Der ergriff wieder ihre Hand und drückte sie. „Hören wir erst einmal weiter zu." Als der Notar sie ansah, nickte Lindberg ihm zu.

„Im Anhang zu seinem Testament, hat Alexander Hardenberg ausführlich festgelegt, wie mit seinem Erbe zu verfahren ist. Doch zunächst möchte ich einen Passus erwähnen, den er über Sie, Frau Wissmann, verfasst hatte. Er hat ihr Leben von Ihrer Geburt an begleitet. Er war jederzeit über Ihren Werdegang gut informiert. Als Sie sich für das Studium Touristik- und Hotelmanagement entschieden, war er nicht ganz unbeteiligt und zog im Hintergrund die nötigen Fäden."

Lindberg bemerkte, dass sich Majas Stimmung langsam veränderte. Während sie anfangs noch fassungslos erstaunt den Worten des Notars gefolgt war, bildeten sich jetzt Zornesfalten auf ihrer Stirn. „Und warum hat er sich zu Lebzeiten nie zu seiner Vaterschaft bekannt?", brach es aus ihr heraus.

„Ganz einfach, weil er nicht Ihr Vater ist", polterte Constantin Hardenberg.

Notar Dabelstein bedachte den Sohn des Hoteliers mit einem missachtenden Blick, kümmerte sich aber nicht weiter um ihn. „Er hat mit mir nie darüber gesprochen, Frau Wissmann. Er hat mir geradezu untersagt, dass ich mich mit Ihrer Mutter und Ihnen in Verbindung setze. Ich habe selber keine Erklärung dafür. Er hatte wohl seine Gründe."

Maja schwieg und presste ihre Lippen aufeinander.

„Fest steht", fuhr der Notar fort, „dass das von mir vorgetragene Testament sein absoluter Wille war. Bezeugt und unterschrieben von seiner Haushälterin Frau Carstensen und meiner Person."

„Und Sie sind der Auffassung, dass dieses unsägliche Testament von unserer Familie sang- und klanglos akzeptiert wird oder wie dürfen wir Sie verstehen, Herr Rechtsanwalt?", meldete sich die Witwe des Hoteliers mit hochgezogenen Augenbrauen zu Wort.

„Ich habe Ihnen gegenüber nichts vorzuschreiben, Frau Hardenberg, sondern gebe lediglich den letzten Willen Ihres verstorbenen Gatten bekannt. Wie sie selber damit umgehen, bleibt ganz allein Ihnen überlassen. Sie können allerdings auch davon ausgehen, dass ich sehr gewissenhaft den letzten Willen meines Mandanten in die Tat umsetzen werde", erläuterte der Notar nachdrücklich.

„Wir werden unverzüglich rechtliche Schritte unternehmen und das Testament anfechten. Eine solche bodenlose Unverschämtheit bleibt nicht unwidersprochen", ereiferte sich Constantin Hardenberg erneut.

„Auch das bleibt Ihnen unbenommen, Herr Hardenberg. Aber Ihnen als Jurist dürfte schon bekannt sein, welche begrenzten Möglichkeiten das Gesetz in solchen Fällen vorschreibt", wandte der Notar ein.

Der Sohn des Toten machte eine abfällige Handbewegung und erhob sich. „Wir werden ja sehen. Ich sehe keinen Grund dieser Posse noch länger beizuwohnen."

Constantin Hardenberg wandte sich um und verließ den Raum. Auch die anderen Familienmitglieder standen auf und gingen. An der Tür drehte sich die Witwe des Toten noch einmal um. „Sie hören von uns."

Lindberg konnte sich ein Schmunzeln nicht verkneifen. Ein theatralisch klassischer Abgang konnte nicht anders aussehen.

„Es tut mir aufrichtig leid, verehrte Frau Wissmann, dass ich Sie dieser unangenehmen Situation aussetzen musste. Mir war durchaus bewusst, dass es zu diesem Eklat kommen würde, aber Sie sollten nach meiner Auffassung von Anfang an wissen, wie die Familie Hardenberg in Zukunft zu Ihnen stehen wird. Sie werden alle Hebel in Bewegung setzen, um dieses Testament anzufechten. Aber ich betonte ja bereits, dass es da ganz enge Vorschriften gibt. Wie schon erwähnt, werde ich als der eingesetzte Testamentsvollstrecker mit Nachdruck für die ordnungsgemäße Umsetzung des letzen Willens von Herr Hardenberg sorgen. Das heißt konkret, ich bin auf Ihrer Seite und werde im Sinne des Testaments Ihre Interessen vertreten."

Maja nickte dankbar. „Vielen Dank, Herr Dabelstein. Aber ich weiß gar nicht, wo mir der Kopf steht und was das alles für mich bedeutet."

„Das kann ich nur zu gut verstehen. Aber machen Sie sich nicht allzu viele Gedanken darüber. Alles braucht seine Zeit. Sie bekommen in den nächsten Tagen alles auch schriftlich von mir. Aus diesen Unterlagen sind einerseits die Vermögensverhältnisse zu entnehmen, aber auch eine Vielzahl von Einzelpositionen zu finden, die Ihnen so manche Frage von heute beantworten wird. Außerdem haben Sie mit Herrn Lindberg auch einen Freund und erfahrenen Mann an Ihrer Seite, der Ihnen sicherlich über die ersten Unsicherheiten der nächsten Tage hinweg helfen wird."

Engelbert Dabelstein erhob sich und verabschiedete Maja und Lindberg mit dem väterlichen Hinweis, jeder Zeit mit Rat und Tat zur Verfügung zu stehen.

„Lindberg, kneif mich mal. Bin ich wach oder träume ich das alles nur?" Maja kauerte mit untergeschlagenen Beinen in einem Sessel in Lindbergs Wohnzimmer. Sie konnte jetzt einfach nicht alleine sein und war seiner Einladung nach der Testamentseröffnung bereitwillig gefolgt.

„Wach bist du schon, Maja, aber ein Knallbonbon ist das allemal. So etwas muss man erst einmal verkraften." Lindberg setzte sich ihr gegenüber, nachdem er für beide Kaffee eingeschenkt hatte.

„Was hat er sich bloß dabei gedacht? Lässt mich und meine Mutter achtundzwanzig Jahre lang im Ungewissen. Ich darf gar nicht darüber nachdenken, wie meine Mutter sich bemüht hat, uns über die Runden zu bringen, während er zur selben Zeit Millionen gescheffelt hat. Und mit dem Erbe ist jetzt alles wieder gut oder was? Es ist nicht zu fassen." Maja hatte sich in Rage geredet.

„Maja, es ist müßig, sich jetzt Gedanken über Hardenbergs Motive zu machen. Du hast ja gehört, selbst der Notar weiß nicht Präzises. Fakt ist, dass er dich zur Alleinerbin eingesetzt hat und du dir damit nicht nur Freunde gemacht hast."

„Vielen Dank, Lindberg. Du machst mir richtig Mut", antwortete Maja patzig. „Erben denn seine Frau und seine Kinder gar nichts?"

„Doch schon. Soviel ich weiß, erhalten sie einen Pflichtteil. Aber das wird dir Dabelstein beizeiten schon erläutern. Wichtig ist, dass du jetzt einen klaren Kopf behältst. Warte ganz in Ruhe ab und informiere dich. Wissen ist Macht."

Lindberg hatte den Eindruck, dass Maja in ihrem Sessel immer kleiner wurde. Wie ein verwundetes Reh sah sie ihn an. „Ich glaube, ich schaffe das nicht. Das wird mir jetzt schon alles zu viel." Plötzlich standen Tränen in ihren Augen. Lindberg sprang auf und ging zu ihr. Behutsam nahm er sie in die Arme. „Es wird alles gut, Maja. Wenn du Hilfe brauchst, ich bin immer für dich da."

Kapitel 12

„Chefin, ich glaube, wir müssen dem Geschäftsführer noch einmal kräftig auf die Zehen treten." Clemens Korthals lehnte sich an den Türrahmen zu Annas Büro.

„Wie ich dich kenne, hast du doch wieder etwas herausgefunden, was wir deinem speziellen Freund unter die Nase reiben können", antwortete Anna schmunzelnd.

Der Oberkommissar hob entschuldigend die Schultern. „Wenn man im Hotel einmal so für sich hinschlendert und mit dem Personal hier und dort ein Schwätzchen hält, dann finden sich im Rauschen der Küstenklatschwelle immer ein paar Infos, die hellhörig machen. Konkret: Der sonst so hochgelobte Geschäftsführer sollte entlassen werden."

Anna sah ihren Oberkommissar bedeutungsvoll an. „Das ist allerdings eine neue Lage. Ist das nur ein Gerücht oder steckt mehr dahinter?"

„Ich war so frei, und habe den Hardenberg Sohn direkt auf dieses Thema angesprochen. Der hat sich zwar zu Beginn gewunden, doch dann hat er bestätigt, dass sein Vater Carmouflage entlassen wollte."

„Hat er auch gesagt, warum?"

„Jetzt wird es interessant. Alexander Hardenberg war nicht nur ein leidenschaftlicher Kunstsammler, sondern interessierte sich auch für ausgefallene Antiquitäten. Einige solcher Stücke findet man auch in Vitrinen in den Foyers seiner Hotels, wie wir wissen. Nach Aussagen von Constantin Hardenberg war Carmouflage damit beauftragt, sich um solche Schätze zu kümmern. Dabei soll es in der Vergangenheit dann wohl zu unterschiedlichen Auffassungen hinsichtlich der Kosten gekommen sein. Genauer gesagt, Carmouflage soll mehrfach höhere Summen abgerechnet haben, als ursprünglich vereinbart waren. Um es noch deutlicher zu sagen, er hat den alten Hardenberg abgezockt."

Anna nickte nachdenklich. „Ist bei deinen Befragungen auch der Name des Antiquitätenhändlers Liliencron gefallen?"

„Nein, das nicht. Aber der kam mir natürlich auch sofort in den Sinn. Meinst du, dass die beiden zusammen den alten Hardenberg über den Tisch gezogen haben?"

„Wenn der ihnen auf die Schliche gekommen ist, wäre das ein durchaus plausibles Mordmotiv", ergänzte Anna die Gedanken ihres Kollegen. „Zumal ich davon ausgehe, dass wir uns hier nicht über Objekte im Wert von ein paar hundert Euro unterhalten."

„Ganz bestimmt nicht, Chefin. Solche Antiquitäten werden in der Regel ohne Mühe im fünf- wenn nicht sogar im sechsstelligen Bereich gehandelt."

„Gut, Clemens, lass den Geschäftsführer so schnell wie möglich antanzen. Wir werden ihm auf den Zahn fühlen. Ich möchte ganz gern auch seinen Freund, den Antiquitätenhändler, etwas genauer unter die Lupe nehmen. Einen richterlichen Beschluss hinsichtlich seiner Kundenliste dürfte bei dieser Sachlage kein Problem sein. Möglicherweise sollte unser Kollege Haferkamp aus Hamburg ihn noch einmal eindringlich befragen …"

Anna unterbrach sich, als Kommissar Bockmann nähertrat. „Ich muss mal stören. Das sollten Sie wissen. Das Alibi von Mareike Hardenberg-Schulz ist gerade geplatzt."

„Mach es nicht so spannend, Bockmann", forderte Clemens Korthals ihn auf.

„Die werte Dame hat nicht am Nachmittag des 11. August

im Flugzeug nach Catania gesessen, sondern erst am Morgen des 12. August", berichtete Malte Bockmann bedeutsam.

„Das ist allerdings verwunderlich", bemerkte Anna irritiert, „so blöd kann doch keiner denken, dass wir nicht darauf kommen würden. Mal sehen, welche Erklärung die Dame dafür hat. Herr Bockmann haken Sie da einmal nach."

Nach Kriminaloberkommissar Korthals` nachdrücklicher Aufforderung erschien Jean-Pierre Carmouflage noch am selben Tag im Polizeihochhaus in der Possehlstraße in Lübeck.

„Ihre Methoden, mit ehrenwerten Menschen umzuspringen, muss ich mit Vehemenz missbilligen", begrüßte er Anna und Clemens Korthals, als die den Vernehmungsraum betraten.

„Über die Ehrenwertigkeit mancher Menschen lässt sich vortrefflich streiten, verehrter Herr Carmouflage. Aber Sie sind nicht hier, um mit uns über menschliche Gepflogenheiten zu philosophieren, sondern unsere Fragen zu einem Mordfall zu beantworten", stellte Anna unbeeindruckt fest, während sie sich setzte. Anschließend nickte sie ihrem Kollegen zu.

„Ist es richtig, Herr Carmouflage, dass es eine Ihrer Aufgaben ist, sich um den Einkauf von Antiquitäten für die Hotels des Hardenbergkonzerns zu kümmern?", fragte Clemens Korthals, nachdem er die Akte vor sich aufgeschlagen hatte.

Jean-Pierre Carmouflage lehnte sich auf dem Stuhl zurück und schlug lässig die Beine übereinander. Für einen kurzen Augenblick schien er wegen der Art der Frage irritiert zu sein, fing sich aber schnell wieder. „Ja, das ist richtig. Warum fragen Sie?"

Der Oberkommissar antwortete nicht, sondern fuhr fort. „Erzählen Sie uns doch einmal, wie so etwas abläuft. Woher erfahren Sie beispielsweise von möglichen interessanten Antiquitäten?"

„Im Laufe der Jahre verfügt man in meinem Metier über entsprechende Kontakte ... "

„Welche da wären?", unterbrach Anna ihn.

„Nun, das sind Antiquitätenhändler, Mitarbeiter von Museen und auch interessierte Sammler. Man tauscht sich eben aus."

„Sie könnten uns sicherlich eine Liste der letzten zwanzig Einkäufe, die Sie für das Hotel erworben haben, präsentieren", fuhr Clemens Korthals fort.

„Wozu soll das gut sein? Und was hat das Ganze mit dem Mord an Herrn Hardenberg zu tun?" Der Geschäftsführer wirkte das erste Mal beunruhigt.

„Herr Carmouflage, Sie werden sicherlich Verständnis dafür haben, dass wir von Beruf aus neugierig sind. Deswegen würden wir gerne wissen, ob es sein kann, dass auf dieser Liste in erster Linie das Antiquitäten- und Auktionshaus Liliencron in Hamburg als Verkäufer erscheint?" Clemens Korthals ließ nicht locker.

Jean-Pierre Carmouflage rutsche unruhig auf dem Stuhl hin und her. „Was soll denn hier jetzt konstruiert werden ...?

„Beantworten Sie einfach meine Frage. So schwer war sie doch nicht", setzte der Oberkommissar nach.

„Was soll denn daran verwerflich sein? Die Firma Liliencron ist ein alteingesessenes und anerkanntes Haus in Hamburg. Da macht es doch nur Sinn, dass man sich dieser Experten bedient."

„Grundsätzlich schon, Herr Carmouflage", schaltete sich

Anna ein, „doch wenn der Besitzer zufällig auch ihr langjähriger Freund ist und über Ihnen das Damoklesschwert einer Entlassung wegen Untreue schwebt, dann sieht die Welt schon ganz anders aus."

„Und das ist ganz und gar nicht von Vorteil für Sie", ergänzte Clemens Korthals. „Es bedarf nicht allzu großer Fantasie, aus dieser Konstellation ein Mordmotiv abzuleiten. Dazu noch ein nicht glaubhaftes Alibi."

Jean-Pierre Carmouflage starrte die beiden Kommissare entgeistert an. „Das ist doch nicht Ihr Ernst. Ich habe mit der ganzen Sache nichts zu tun. Alles nur Missverständnisse. Und Mord, um Gottes Willen, was denken Sie denn von mir?"

„Ganz konkret, Herr Carmouflage", hakte Anna nach, „hat es in den Abrechnungen der Antiquitäten Unregelmäßigkeiten gegeben, die Ihrem Chef aufgefallen sind?"

„Ich sagte ja bereits, es waren Missverständnisse ..."

Erschrocken fuhr der Geschäftsführer zusammen, als er durch einen durchdringenden Knall unterbrochen wurde. Clemens Korthals hatte mit der flachen Hand auf den Tisch geschlagen. „Wir haben keine Zeit für Ihre verbalen Ausflüchte. Haben Sie bei Ihren Abrechnungen betrogen? Ja oder nein?"

„Aber ich bin doch kein Mörder ..." Der Geschäftsführer sank in sich zusammen.

„Sie haben immer noch nicht meine Frage beantwortet. Betrug? Ja oder nein?"

„Ja, ja, aber doch kein Mord", jammerte Jean-Pierre Carmouflage unaufhaltsam.

Clemens Korthals legte nach. „Haben Sie gewusst, dass Alexander Hardenberg Sie wegen Ihres Betruges entlassen wollte?"

„Ja, nein, mir gegenüber war er stets korrekt …"

„Ja oder nein?"

Jean-Pierre Carmouflage legte seinen Kopf in beide Hände.

„Ja, ich wusste davon. Constantin Hardenberg hatte es mir zwei Tage vor dem Tod des Chefs eröffnet."

Anna hob runzelnd die Stirn. „Haben Sie Alexander Hardenberg am Abend des 11. August ermordet?"

„Nein, nein, nein", winselte der Geschäftsführer immer wieder, dabei flossen ihm die Tränen über die Wangen.

„Ich glaube, wir behalten ihn erst einmal hier", wandte sich Anna ihrem Kollegen zu, stand auf und verließ den Vernehmungsraum.

„Na, Herr Bockmann, was gibt es Neues? Sie strahlen ja so."

Anna setzte sich in ihrem Büro an den Schreibtisch. Ihr junger Kollege trat von einem Bein aufs andere, bis er endlich seine Neuigkeiten los werden konnte.

„Ich habe Mareike Hardenberg-Schulz befragt. Das war eine schwere Geburt. Aber irgendwann ist sie dann doch mit der Wahrheit herausgerückt."

Anna musste lachen. „Herr Bockmann, Sie verstehen es hervorragend, jemanden auf die Folter zu spannen, aber irgendwann müssen auch ein paar Fakten auf den Tisch. Also, was hat sie erzählt?"

„Sie war mit ihrem Liebhaber im Hotel", kam Malte Bockmanns kurze Antwort.

„Das ist allerdings eine Überraschung."

„Ja, das kann man wohl sagen. Sie hat sich mit ihm am 11. August nachmittags im Airport Hotel in Hamburg getroffen und ist dort bis zum nächsten Morgen geblieben. Er heißt übrigens Wladimir Borissow, ein Russe. Er hat ihre Aussage telefonisch bestätigt."

„Das schließt beide jedoch nicht unbedingt als potentielle Mörder aus. Am Abend kann ich von Hamburg mit dem Auto in gut einer Stunde in Travemünde sein", gab Anna zu bedenken.

„Ich habe auch beim Hotel nachgefragt und die haben ebenfalls ihre Anwesenheit bestätigt." Malte Bockmann schien wegen Annas Bedenken nicht ganz glücklich zu sein.

„Das ist alles schön und gut, Herr Bockmann, aber ich glaube nicht, dass irgendjemand im Hotel eine gesicherte Aussage darüber machen kann, ob das Paar auch wirklich die ganze Zeit im Hotel verbracht hat."

Der Kommissar zuckte resignierend mit den Schultern.

„Ich möchte, dass Sie in dieser Angelegenheit weiter nach-bohren, da die Tochter des Toten nach wie vor auf unserer Liste der Verdächtigen steht. Fragen Sie erneut im Hotel nach. Vielleicht gibt es dort auch eine Videoüberwachung. Versuchen sie mehr über den Liebhaber herauszubekommen. Das volle Programm."

Kapitel 13

Das Hotel Hardenberg Lubeca war für Lindberg kein unbekannter Ort. Immer einmal wieder hatte er sich in der Vergangenheit dort mit Verlegern und anderen Autoren getroffen. Maja hingegen war noch nie über die Schwelle des Hotels gleich neben der Musik- und Kongresshalle getreten. Umso eindringlicher hatte sie Lindberg am Vortag gebeten, mit ihm gemeinsam das Haus zu besuchen. Es war ihm nicht gelungen, sie von dieser Idee abzubringen. Bereits um Neun hatte sie an seiner Haustür geklingelt und ihn zum Aufbruch gedrängt.

„Was versprichst du dir denn von diesem Ausflug?", startete Lindberg einen letzten Versuch, sie zurückzuhalten, kurz bevor sie die Lobby des Hotels betraten.

„Ich will doch nur einen Eindruck gewinnen. Wir setzen uns irgendwo hin, beobachten und geben uns nicht zu erkennen. Wo ist das Problem?" Maja schien wild entschlossen zu sein. Lindberg beobachtete sie skeptisch von der Seite. Immer noch hatte er das Bild vom Vortag vor Augen, als sie wie ein Häufchen Unglück in dem Sessel in seiner Wohnung saß und kaum zu beruhigen war. Sie hatte sich an ihn geschmiegt. Lindberg erinnerte sich gerne an diese Situation. Auch er empfand ihre körperliche Nähe als äußerst angenehm. Und da war weitaus mehr, als ein kurzfristiges Trösten eines Menschen in augenblicklicher Not. Eng beieinander sitzend hatten sie Stunde um Stunde abwechselnd aus ihrem Leben erzählt. Doch irgendwann am Abend, wie aus heiterem Himmel, war Maja die Idee gekommen, das Hardenberg Lubeca zu besuchen. Vielleicht war er selber nicht ganz unschuldig daran gewesen. Immerhin hatte er sie ermutigt, nach vorn zu sehen und sich zu informieren. Allerdings einen Eklat wollte er unbedingt vermeiden. Doch der wäre vorprogrammiert, wenn sie im Hotel auf eines der Familienmitglieder der Hardenbergs treffen würden.

In der weiträumigen Lobby des Hotels mit dem freien Blick über die Trave und auf die Kirchtürme der Altstadt suchte Lindberg einen Platz, von dem sie mehr oder weniger unbeobachtet das Treiben im Eingangsbereich des Hotels verfolgen konnten. Sie hatten sich kaum in die ledernen Sessel gesetzt, als sie von einer jungen weiblichen Servicekraft nach ihren Wünschen gefragt wurden. Lindberg bestellte für sich einen Milchkaffee und für Maja einen Latte Macchiato.

„Und wie fühlst du dich jetzt in deinem Hotel?", fragte Lindberg schmunzelnd. Maja bemerkte den provozierenden Unterton der Frage nicht. „Ich kann das alles noch gar nicht fassen und komme mir immer noch wie im Traum vor", antwortete sie ernsthaft, „einerseits ist die Aussicht auf so viel Geld geradezu paradiesisch, aber andererseits habe ich fürchterliche Angst vor den Dimensionen. Das ist alles viel zu groß für mich. Nicht greifbar. Nicht überschaubar."

Lindberg sah Maja nachdenklich an. „Das ist doch ganz normal, dass du gegenwärtig den Wald vor lauter Bäumen nicht siehst. Deswegen musst du dich auch nicht verrückt machen. Der Notar wird dir schon nach und nach die wahren Größenordnungen deines zukünftigen Besitzes auflisten. Gedanken solltest du dir eher über den Hotelkonzern machen. Da gibt es sicherlich Einiges, was neu zu regeln wäre."

Lindberg unterbrach das Gespräch für die Zeit, als ihre Getränke serviert wurden.

„Du denkst an die Hardenbergs, oder?", fragte Maja nach.

„Ganz recht. Die werden ganz bestimmt das Testament anfechten. Doch das wird Rechtsanwalt Dabelstein in seiner

Funktion als Testamentsvollstrecker nicht davon abhalten, deine Rechte unverzüglich umzusetzen. Das heißt, du bist der Boss. Du entscheidest, was in den Hotels geschieht."

„Wenn ich dich richtig verstehe, willst du mir sagen, dass Constantin Hardenberg und seine Schwester im Konzern in der gegenwärtigen Lage nur als Störfaktoren anzusehen sind."

„Genauso ist es, liebe Maja. Ich kann mir beim besten Willen nicht vorstellen, dass mit ihnen innerhalb des Konzerns eine sinnvolle und gedeihliche Zusammenarbeit möglich ist. Die werden dich immer als Räuberin ihres Erbes ansehen und auch so behandeln. Oder glaubst du ernsthaft, dass sie dich als Chefin akzeptieren würden?"

Maja schüttelte den Kopf. Gedankenverloren rührte sie in ihrem Kaffee. „Und was sollte ich deiner Meinung nach tun?"

„Ich würde mit Rechtsanwalt Dabelstein zusammen sehr bald einen handfesten Plan entwickeln. Dabei geht es in erster Linie darum, so schnell wie möglich, die personelle Besetzung der Chefetage des Konzerns zu regeln."

„Ohne Constantin Hardenberg und seine Schwester …"

„Und auch ohne alte Hardenberg-Seilschaften. Du musst absolut sicher sein, wem du vertrauen kannst", betonte Lindberg.

Maja seufzte und blickte verträumt durch die Panoramascheiben auf die sonnenbeschienenen Häuser der Untertrave. Dann sah sie Lindberg erneut an. „Stil haben die Hardenberghäuser schon. Das muss ich diesem hinterhältigen Halunken schon lassen."

„Vergiss nicht, du sprichst von deinem Vater", entgegnete Lindberg lächelnd.

„Von dem ich bis gestern nichts wusste. Und dann überschüttet er mich mit einem Kübel voller Geld, Hotels und missgünstiger Verwandtschaft. Herzlichen Dank." Majas Sarkasmus war unüberhörbar.

„Es gibt durchaus schlechtere Lebenssituationen, meine Liebe." Kaum hatte Lindberg den Satz beendet, zuckte er zusammen. Wie gebannt starrte er auf den Mann im hellen Trenchcoat, der am Rezeptionstresen stand. Es gab keinen Zweifel. Er war es. Das schwarze Haar, der feinausrasierte Backenbart. Das war der Russe, der ihn in der Tiefgarage bedrängt hatte. Einhunderttausend wollte er ihm für das kleine Buch mit der Korrespondenz zwischen Katharina der Großen und Voltaire geben. Für ein Buch, das er gar nicht besaß. Lindberg verspürte einen unbehaglichen Druck in der Magengegend. Nur zu gut erinnerte er sich daran, dass mit der Aufforderung zur Herausgabe des Buches durch den aufdringlichen Russen auch eine nicht überhörbare Drohung verbunden war. Und jetzt stand er hier im Hotel. Was hatte das alles zu bedeuten?

„Was ist los, Lindberg? Hast du den Teufel gesehen?" Wie es schien, war Maja Lindbergs heftige Reaktion nicht verborgen geblieben. Sie drehte sich um, konnte im weiten Rund der Hotellobby jedoch nichts Verdächtiges entdecken, wie ihr Mienenspiel verriet.

Lindberg schüttelte den Kopf und wandte sich Maja zu. „Nein, nein. Es ist alles gut. Ich dachte, ich hätte einen alten Bekannten gesehen. Ich muss mich aber getäuscht haben. Der sah ihm wohl nur ähnlich."

„Aufgrund deiner überraschten Reaktion muss das aber nicht unbedingt einer deiner Freunde gewesen sein."

„Es gibt Menschen, die man gerne sieht und andere, denen man lieber aus dem Weg geht. Oh Gott! Wenn man vom Teufel spricht. Maja, bleib ruhig. Dein geliebter Halbbruder

Constantin steuert geradewegs auf uns zu." Von dem Russen konnte Lindberg nichts mehr entdecken.

„Ich halte diese Art von Provokation für unerträglich", überfiel Constantin Hardenberg Lindberg und Maja ohne Begrüßung.

„Auch Ihnen einen wunderschönen guten Morgen, Herr Hardenberg", antwortete Lindberg freundlich, blieb aber demonstrativ sitzen.

„Was wollen Sie hier? Sie haben hier nichts zu suchen …"

„Herr Hardenberg, auch wenn Ihnen die derzeitige Lage unangenehm ist, sollten Sie den letzten Wunsch unseres Vaters respektieren." Maja hatte sich von dem ersten Schreck wegen seines forschen Auftritts schnell erholt. „Und Sie werden mir den Aufenthalt in meinen eigenen vier Wänden doch sicherlich nicht verwehren wollen."

Constantin Hardenberg holte mehrmals tief Luft. „Ich erteile Ihnen hiermit unwiderruflich Hausverbot", stieß er hervor. Sein Gesicht war vor Zorn rot angelaufen.

Lindberg stand abrupt auf. Der Sohn des toten Hoteliers wich erschrocken zurück. „Sie sollten sich mäßigen, Herr Hardenberg. Immerhin geht es um den guten Ruf Ihres Hauses. Oder wollen Sie hier in aller Öffentlichkeit völlig unangemessene und unberechtigte Familienstreitigkeiten ausfechten?"

Inzwischen hatte sich auch Maja erhoben. „Ich glaube, verehrter Bruder, es ist an der Zeit, der Wahrheit ins Auge zu sehen. Du solltest deine Koffer gepackt haben, wenn ich das nächste Mal ins Hotel komme. Und das wird sehr bald sein. Das Gleiche gilt übrigens auch für unsere gemeinsame Schwester. Guten Tag." Maja drehte sich um und steuerte dem Ausgang zu.

Lindberg war beeindruckt von Majas Auftritt. „Ein sehr klassischer und gelungener Abgang. Finden Sie nicht auch, Herr Hardenberg? Und wo sie recht hat, hat sie recht". Constantin Hardenberg blickte beiden sprachlos hinterher.

Anna sprang auf und ging in ihrem Wohnzimmer erregt auf und ab. „Lindberg, ich kann das einfach nicht glauben. Hast du kein Vertrauen mehr zu mir oder wie soll ich dein Verhalten werten? Was soll diese Geheimniskrämerei?"

„Anna, nun beruhige dich doch. Versuch mich auch einmal zu verstehen. Erst stolpere ich über einen Toten, dann hängt mir der völlig abgedrehte Oberstaatsanwalt einen Mord an und anschließend findet man auch noch eines der geklauten Bücher in meinem Haus. Da laufe ich doch nicht bei jedem aufkeimenden Verdacht zur Polizei."

„Ich bin nicht die Polizei, ich bin deine Freundin, Lindberg. Zumindest glaubte ich das bis heute."

Lindberg stand ebenfalls auf und ging auf Anna zu. Er stellte sich ihr bei ihren hektischen Wanderungen in den Weg und ergriff ihre Oberarme. Trotzig funkelte sie ihn an.

„Anna, ich bin der Letzte, der dir etwas Böses will. Aber ich erkenne auch dein Dilemma, wenn im Rahmen der Ermittlungen dein Freund Lindberg auftaucht und sogar noch auf dubiose Weise in Verdacht gerät. Du weißt genau, dass ich dich in der Vergangenheit bei deinen Nachforschungen sogar mehr als dir lieb war unterstützt habe. Daran wird sich auch in Zukunft nichts ändern. Und dieser blöde Russe, den ich nicht gleich erwähnt habe, kann doch unsere Freundschaft nicht gefährden."

Anna sah ihren Freund mit toternster Miene an, der sie immer noch festhielt und freundlich anlächelte. „Du bist

175

einfach unmöglich, Lindberg. Und das weißt du auch." Anna konnte diesem großen Lausbuben einfach nicht lange böse sein. Sie wusste, er meinte es nur gut, aber dass er ihr von dem bedrohlichen Auftritt des Russen in der Tiefgarage erst jetzt erzählt hatte, nachdem er durch Zufall im Hotel Hardenberg erneut über ihn gestolpert war, ärgerte sie. „Was hattest du überhaupt im Hotel Hardenberg zu suchen?"

Lindberg führte sie wieder zu ihrem Sessel. „Setzte dich lieber, denn jetzt werde ich dir noch etwas erzählen, dass dich möglicherweise umhauen könnte."

Anna sah Lindberg zweifelnd an. „Da bin ich aber gespannt."

„Ich will es kurz machen. Maja Wissmann ist eine Nachbarin von mir. Sie bat mich hinsichtlich eines Termins bei einem Rechtsanwalt um Hilfe und Begleitung. Bei diesem Termin wurde nichts anderes als das Testament von Alexander Hardenberg eröffnet, in dem er Maja Wissmann als Alleinerbin eigesetzt hat. Was sagst du nun?"

Anna blickte Lindberg ungläubig an. „Das ist ja nicht zu fassen. Was hatte denn deine Nachbarin mit Hardenberg zu tun?"

„Sie ist die uneheliche Tochter von ihm. Der Knaller war allerdings, dass weder Maja noch die Familie Hardenberg davon wussten."

„War denn die Familie bei dieser Testamentseröffnung auch dabei?", wollte Anna wissen.

„Natürlich. Und wie du dir vorstellen kannst, haben die gewütet wie verrückt. Rechtsanwalt Dabelstein musste sie nicht nur einmal zur Ordnung rufen. Er wurde von Hardenberg als Testamentsvollstrecker eingesetzt und wird Majas Interessen zügig umsetzen, wie er schon verkündet hat."

„Und wie hat deine Nachbarin diese Nachricht aufgenommen?"

„Die war vollkommen am Boden zerstört. Wir haben den ganzen Tag bis in den Abend hinein bei mir geredet. Wie es aussieht, braucht sie wohl gegenwärtig jemanden an ihrer Seite, der sie in dieser Ausnahmesituation berät und der eine Stütze für sie ist. Deswegen habe ich sie auch heute Morgen in das Hotel begleitet, weil sie das unbedingt sehen wollte."

Anna runzelte die Stirn und sah Lindberg skeptisch an. „Wie alt ist denn diese Maja?"

„Achtundzwanzig. Der alte Hardenberg hat ihren Werdegang genau verfolgt und nach Aussagen des Notars auch beeinflusst. Sie hat Tourismus und Hotelmanagement studiert und er hat in seinem Testament bestimmt, dass sie den Konzern führen soll, da er den anderen Familienmitgliedern die Fähigkeiten dafür abspricht. Einfacher ausgedrückt: Maja kann es, seine Frau und die anderen Kinder sind zu blöd dazu."

Anna kam die ganze Situation äußerst kurios vor. Auf irgendeine verworrene Weise hörte sich die Geschichte wie ein Drehbuch für einen kitschigen Film an. „Und deine Maja hat von alledem nichts gewusst?"

„Meine Maja? Was soll das denn heißen? Es ist nur eine Nachbarin, die Hilfe benötigt. Ja, die ist aus allen Wolken gefallen. Doch dann ist sie sehr bald auch stinksauer geworden. Sie und ihre Mutter, die erst vor kurzem an Krebs gestorben ist, haben in einfachen Verhältnissen gelebt. Und jetzt erfährt sie, dass ihr Vater ein reicher Mann war, der zwar ihr Leben aus der Ferne beobachtet hatte, aber es nicht für notwendig ansah, sie und ihre Mutter finanziell zu unterstützen."

Anna dachte nach und schwieg. Lindberg sah sie forschend

an. „Was grübelst du, Anna?"

„Ich versuche mich in die Situation der Maja zu versetzen. Einem solchen Vater gegenüber könnte ich durchaus Mordgedanken entwickeln."

„Das ist grundsätzlich wahr, nur mit dem kleinen Unterschied, dass Hardenberg schon einige Tage vorher ermordet wurde. Zu dem Zeitpunkt wusste Maja noch gar nicht, wer ihr Vater war. Die Nachricht hat sie doch wie ein Blitz getroffen. Der Notar als langjähriger Freund des alten Hardenberg hat doch das Treffen mit Maja und der Familie bewusst so arrangiert, wohl wissend, dass er dort eine Bombe platzen lassen würde", berichtete Lindberg engagiert.

„Und wie geht es jetzt weiter?"

„Im Detail weiß ich das natürlich auch nicht. Das wird sicherlich Dabelstein als Testamentsvollstrecker regeln. Aber wie es aussieht, wird Maja wohl den Hotelkonzern übernehmen und leiten."

„Das werden die Hardenbergs sich doch sicherlich nicht so ohne Weiteres gefallen lassen", meldete Anna ihre Bedenken an.

„Das sehe ich auch so. Doch wie ich den Notar verstanden habe, sind die rechtlichen Möglichkeiten begrenzt. Es sei denn, sie können nachweisen, dass Hardenberg beim Abfassen des Testaments nicht richtig im Kopf war oder dass ihn jemand unter Druck gesetzt hat. Doch das hat der Notar als vertrauensvoller Rechtsberater Hardenbergs bereits ausgeschlossen."

„Eine äußerst abenteuerliche Geschichte. Könnte ein Roman daraus werden", bemerkte Anna schmunzelnd.

„Ich arbeite daran", antwortete Lindberg verschmitzt, „aber wie gehen denn deine Ermittlungen voran?"

„Lindberg, du weißt doch …"

„Ja, ja, ich weiß", unterbrach Lindberg die Kommissarin und hob abwehrend die Hände, „du darfst nichts sagen. Aber eine heiße Spur habt ihr wohl noch nicht, oder?"

„Um es einfach auszudrücken, mein lieber Lindberg, „es lief schon besser."

Kapitel 14

Lindberg war bei der kurzen Fahrt von Annas Wohnung zu seinem Stellplatz in der Tiefgarage tief in Gedanken versunken. Waren in Annas Worten Ansätze von Eifersucht zu erkennen, als er von Maja und seinem Engagement erzählt hatte? Zugegeben, er mochte Maja und freute sich schon auf ihre nächste Begegnung. Irgendwie hatte er auch das Gefühl, dass sie sich selber in seiner Nähe sehr wohl fühlte. Aber zwischen Anna und ihm hatte es doch nie mehr als diese vertraute freundschaftliche Verbindung ähnlich wie zwischen Geschwistern gegeben. Oder hatte er in all den Jahren etwas übersehen? Vorstellen konnte er es sich kaum, denn auf seine Menschenkenntnis und sein Einfühlungsvermögen hatte er sich bisher verlassen können. Immer noch grübelnd fuhr er in die Tiefgarage, stellte seinen Wagen auf dem Stellplatz ab und stieg aus.

Lindberg wollte sich umdrehen, als er einen Luftzug hinter seinem Rücken spürte. Der Schlag auf den Kopf traf ihn wie der Blitz und schickte ihn in Bruchteilen von Sekunden in tiefe Bewusstlosigkeit. Von dem Sturz auf den harten Betonboden der Tiefgarage merkte er schon nichts mehr.

Das Stampfen der zentnerschweren Maschinen wurde unerträglich. Immer lauter und schmerzhafter dröhnten die Motoren. Ein lärmendes Inferno wie in einem Walzwerk und einer Fabrikhalle zugleich. Lindberg versuchte, seine Hände auf die Ohren zu pressen. Doch er konnte sie nicht bewegen. Sie waren hinter seinem Rücken gefesselt. Angestrengt bemühte er sich darum, das hämmernde Chaos aus seinem Kopf zu vertreiben, den alptraumhaften Nebel zu lichten. „Tiefgarage" war das Letzte, woran er sich noch erinnern konnte. Wer hatte ihn auf diese brutale Art in das Land der Träume geschickt? Wo war er? Mühsam öffnete er die Augen. In dem diffusen Licht erkannte er dicke Rohre, Leitungen und Armaturen. Er lag auf einer schmierigen Eisenplatte. Es roch nach altem Öl und Diesel. Aus dem anfänglichen Trommeln in seinem Kopf war jetzt ein gleichmäßiges Brummen geworden. Doch die Schmerzen waren geblieben. Er glaubte auch, dass die Eisenplatten unter ihm leicht vibrierten. Eine Fabrikhalle konnte es nicht sein. Lindberg versuchte sich aufzurichten. Vergeblich. Auch seine Füße waren gefesselt. Er sah sich trotz seiner unbequemen Lage weiter um. Jetzt wusste er es. Er war auf einem Schiff. Das Brummen hörte sich wie ein Generator an. Zu seiner Linken erkannte er ein Pult mit mehreren Hebeln und Armaturen. Daneben stand ein überdimensionaler Tank mit einer Tür, einem großen Drehrad und Sichtfenstern, der vom Boden bis zur Decke reichte.

Lindberg hörte Stimmen über sich und schloss wieder die Augen. Dann näherten sich Schritte. An den Geräuschen erkannte er, dass eine schwere Eisentür geöffnet wurde. Fremde Laute klangen an sein Ohr. Die Männer unterhielten sich. Russisch. Lindberg verstand nicht, was sie sagten. Ein Tritt in die Seite ließ ihn aufstöhnen. Grobe Hände rissen ihn hoch und schleuderten ihn auf einen Stuhl. Er biss die Zähne zusammen, als er sich dabei auf seine gefesselten Hände setzte.

Die beiden Grobiane grinsten ihn unverschämt an. Als einer von ihnen ein paar russische Worte sagte, lachte der andere nur abfällig. Ein weiterer Russe schob die beiden zur Seite und brachte sie mit kurzen Befehlen zum Schweigen. Lindberg traute seinen Augen nicht. Diesen Mann kannte er. Er trug einen hellen Trenchcoat, kurze schwarze Haare und einen ausrasierten Backenbart.

„Es tut mir leid, Herr Lindberg, dass Sie auf mein erstes Angebot nicht eingegangen sind. Sie haben sicherlich schon erkannt, dass die Offerte von einhunderttausend Dollar für das Büchlein gegenwärtig nicht mehr besteht." Der Russe sah Lindberg freundlich lächelnd an. Aufgrund seiner Mimik hätte man sogar annehmen könne, dass ihm diese Situation tatsächlich leid tat.

„Ich weiß immer noch nicht, was Sie von mir wollen?", antwortete Lindberg mit krächzender Stimme.

„Ich war bisher der Auffassung, dass mein Deutsch durchaus verständlich ist. Zumindest haben meine Lehrer mir das immer wieder bestätigt. Sie dagegen können mich offensichtlich nicht verstehen. Äußerst bedauerlich. Insbesondere für Sie. So sehe ich mich gezwungen, meiner Forderung Taten folgen zu lassen, was mir persönlich völlig missfällt. Gewalt ist nichts anderes als der Ausdruck menschlicher Schwäche und Dummheit. Davon bin ich fest überzeugt. Aber wenn alle guten Worte nicht ausreichen, ist es auch ein nützliches Instrument." Der Russe hob kurz sein Kinn. Einer seiner beiden Handlanger trat daraufhin hinter Lindberg und zog ihn vom Stuhl hoch. Im selben Augenblick schlug der zweite ihm mit voller Wucht mit der Faust in den Magen. Lindberg krümmte sich vor Schmerzen, doch er wurde immer noch von hinter festgehalten. Erst als ein zweiter Schlag ihn traf ließ der Russe ihn los. Lindberg fiel stöhnend auf den Stuhl zurück, konnte sich aufgrund der Fesselung an Händen und Füßen nicht halten und krachte seitwärts ungehemmt auf die Eisenplatten.

Der Trenchcoat beugte sich über ihn. „Herr Lindberg, ich gebe Ihnen jetzt ein wenig Zeit, nachzudenken. Ich würde Ihnen empfehlen, mir sehr bald zu verraten, wo Sie das Büchlein versteckt haben, das unsere russische Seele so sehr begehrt. Es würde mir sehr leid tun, wenn meine Freunde auf diese wenig erfreuliche Weise meine Wünsche einfordern müssten. Und glauben Sie mir, die beiden haben noch ganz andere Spielarten auf Lager." Lindberg reagierte nicht.

Kapitel 15

Anna blickte verwundert auf, als sie beim Studium der Akten durch ein Klopfen am Türrahmen gestört wurde.

„Herr Bartsch, Sie haben mir gerade noch gefehlt oder wollen Sie mir bei den Ermittlungen helfen?"

„Frau Severin, ich habe Sie doch nun wirklich in den letzten Tagen verschont und Sie nicht in Ihrer Arbeit gestört", antwortete der interne Ermittler, während er sich unaufgefordert an den Besprechungstisch setzte.

„Und dafür soll ich Ihnen offenbar jetzt dankbar sein?", bemerkte Anna schnippisch.

„Ich möchte genau so schnell wie Sie diese Angelegenheit zu einem Ende bringen. Doch dazu fehlen mir noch einige Fakten."

„Das klingt ja ganz versöhnlich. Das lässt mich hoffen." Anna stand auf und setzte sich ebenfalls an den Besprechungstisch.

„Ich habe mir in den vergangenen Tagen die Mühe gemacht und bin den Fall der Toten vom Friedhof noch einmal sehr akribisch durchgegangen. Mir wurde klar, dass Oberstaatsanwalt Reichenbach auf eine ganz merkwürdige Art mit der Familie des Opfers verbunden war. Aber eine Befragung seiner Person hat zu dieser engen Verbindung anscheinend nie stattgefunden. Zumindest befinden sich keine entsprechenden Protokolle in der Akte."

Anna lachte spöttisch auf. „Herr Bartsch, mit der Ermordung der Henriette von Bahrenfeld hat der Oberstaatanwalt unmittelbar auch nichts zu tun. Im Rahmen der Ermittlungen hat sich jedoch herausgestellt, dass er mit der Familie der Toten befreundet und auch vor Jahren bei einem vermeintlichen Jagdunfall in Schweden zugegen war. Ein Ereignis, über das er nur ungerne spricht."

Polizeioberrat Bartsch runzelte die Stirn. „Sie wollen damit sagen, dass er etwas zu verbergen hätte?"

„Ich hatte bei dem erwähnten Fall lediglich den Mord an der Toten vom Friedhof aufzuklären. Nachforschungen im Zusammenhang mit einem dubiosen Jagdunfall in Schweden, der zudem noch Jahrzehnte zurücklag, gehörten definitiv nicht dazu. Vielleicht wissen die schwedischen Kollegen mehr darüber. Aber Sie haben doch bei unserer ersten Begegnung bereits bemerkt, dass der Oberstaatsanwalt nicht mein Freund ist. Er versucht seit diesem Fall, mich in Misskredit zu bringen. Wohl in der Hoffnung, wie er so schön formuliert hat, dass ich möglichst bald wieder den Verkehr auf der Kreuzung regeln werde. Wenn sie so sorgfältig die Akte des Falls studiert haben, wie sie sagen, dann werden Sie auch festgestellt haben, dass unsere Ermittlungen absolut korrekt waren und alle Beweise stichhaltig und gerichtsverwertbar sind. Die einzigen Zweifel, die ich durchaus mit Ihnen teile, sind die im Verhalten des Oberstaatsanwalts. Vielleicht sollte dort mal jemand ermitteln."

Polizeioberrat Bartsch lächelte. „Das wäre dann aber nicht meine Baustelle, Frau Severin. Sie haben recht. Ich habe in den Akten wahrhaftig keinen Ansatz eines Fehlverhaltens Ihrer Person oder Ihrer Mitarbeiter finden können. Andererseits frage ich mich natürlich, weswegen sich Oberstaatsanwalt Reichenbach so weit aus dem Fenster hängt. Dadurch, dass er die Dienstaufsicht gerufen hat, besteht doch angesichts seiner undurchsichtigen Vergangenheit die Gefahr, schlafende Hunde zu wecken."

„Wie schon gesagt, ich stelle in seinen Augen wohl eine Gefahr für ihn dar, verbunden mit einem angekratzten Ego, war er wohl der Meinung, dass Angriff die beste Verteidigung wäre."

„Gut, Frau Severin. Ich werde meinen Bericht schreiben. Sie haben nichts zu befürchten." Polizeioberrat Bartsch packte seine Akte zusammen und erhob sich.

„Wenn Sie Ihren Bericht derart verfassen, wie sie eben angedeutet haben, wird das meine Freundschaft zu Oberstaatsanwalt Reichenbach nicht vertiefen, befürchte ich", bemerkte Anna lächelnd.

„Wenn es Ihnen hilft, können Sie mich gerne dafür verantwortlich machen", verabschiedete sich der Polizeioberrat ebenfalls lachend.

Kaum hatte der interne Ermittler die Büros der Mordkommission verlassen, standen Annas beiden Kommissare in der Tür.

„Was ist los, Chefin? Werden wir alle jetzt nach Helgoland zwangsversetzt?', fragte Clemens Korthals grinsend.

Noch bevor Anna antworten konnte, sah sie einen weiteren Kollegen herantreten. „Moin! Moin! Ich muss mal eure Kreise stören."

„Hinnerk, was treibt dich denn in unsere Gefilde?", fragte Anna ihren Kollegen. Hinnerk Osterholz war Kriminalhauptkommissar und leitete das Kommissariat 4 für Rauschgiftdelikte.

„Ich glaube ich habe da eine kleine aber nicht unbedeutende Nachricht für euren Fall mit dem Hotelbesitzer."

„Setzen wir uns doch", empfahl Anna. Gemeinsam nahmen sie am Besprechungstisch Platz.

„Leg los, was gibt es für Sensationen", forderte Anna ihren Kollegen auf.

„Vorab nur für mich zur Klarheit. Wann genau soll der

Hardenberg ermordet worden sein?"

„Wir gehen von der Tatzeit am 11. August um 22 Uhr aus", antwortet Clemens Korthals stirnrunzelnd.

„Das passt. Ich will euch nicht länger auf die Folter spannen. Wir haben am Skandinavienkai in Travemünde gestern einmal wieder eine Razzia durchgeführt und dabei ein paar Dealer hochgenommen. Einer von ihnen ist ein alter Bekannter, Hartmut Beckstein. Als wir ihm außer dem Dealen noch andere Delikte wie einen bewaffneten Raubüberfall auf eine Tankstelle und Ähnliches anhängen wollten, fing er an zu singen. Als Alibi nannte er uns den Namen eines Kunden. Und nun haltet euch fest, der lautet Constantin Hardenberg."

Hinnerk Osterholz blickte zufrieden in die Runde.

„Das ist allerdings eine Überraschung", bemerkte Anna anerkennend, „Constantin Hardenberg ein Junkie?"

„Ob es nur Eigenbedarf war, wissen wir noch nicht", fuhr der Leiter der Drogenfahndung fort, „denn die Mengen an Heroin, die er unserem Freund regelmäßig abgenommen hat, sind nicht ganz unerheblich. Ob er noch andere damit versorgt hat, ist ebenfalls noch nicht bekannt. Möglich wäre es. Aber nach Aussage von Beckstein soll Constantin Hardenberg auch am Abend des 11. August in Travemünde gewesen sein."

„Wenn das stimmt, platzt sein Alibi für die Mordzeit, die ihm seine treue Ehefrau gegeben hat", stellte Clemens Korthals fest.

„So ist es", bestätigte Anna und fuhr fort, „habt ihr eine Ahnung, wie viel Geld er für die Drogen monatlich ausgegeben hat?"

„Unser Singvogel Beckstein behauptet voll geschäftsmäßigem Stolz, dass das jeweils Deals in der Größenordnung von fünf- bis achttausend Euro gewesen sind. Und das mindestens zwei bis drei Mal im Monat."

„Das bezahlt man auch nicht nur mal so aus der Portokasse", war Clemens Korthals' lapidarer Kommentar.

„Dann wollen wir einmal den ehrenwerten Sohn des ermordeten Hoteliers zu uns bitten und ihm ein paar Fragen stellen. Ich nehme an, Hinnerk, dass du gerne bei der Vernehmung dabei sein möchtest."

„Das wäre hilfreich, Anna, vielen Dank. Wann wollen wir?"

„Wir sollten keine Zeit verstreichen lassen. Herr Bockmann, schnappen Sie sich einen Streifenwagen und zwei Kollegen und nehmen Constantin Hardenberg vorläufig fest", ordnete Anna an.

Keine Stunde später saßen sich Anna, Clemens Korthals, Hinnerk Osterholz und Constantin Hardenberg im Vernehmungsraum gegenüber.

„Was soll diese Schikane, Frau Severin?", fuhr der Sohn des toten Hoteliers Anna an, bevor sie mit der Befragung beginnen konnte, „reicht es nicht aus, dass wir den grausamen Tod meines Vaters verkraften müssen, nun zerren Sie mich auch noch wie einen Schwerverbrecher aus dem Hotel. Das ist geschäftsschädigend und wird Konsequenzen haben."

„Herr Hardenberg, seien Sie beruhigt, für alle unsere Taten gibt es immer auch einen Grund. Meinen Kollegen Korthals kennen Sie ja bereits. Das ist Kriminalhauptkommissar Osterholz, der sich um Rauschgiftdelikte kümmert. Und damit bin ich auch schon beim Thema. Sind Sie rauschgiftabhängig?"

Constantin Hardenberg starrte Anna völlig entgeistert an. „Das fragen Sie mich ernsthaft? Was kommt denn noch ...?"

„Ersparen Sie uns Ihr Entsetzen, Herr Hardenberg", unterbrach Anna ihr Gegenüber, „uns liegen unzweifelhafte Zeugenaussagen vor, die Ihren Drogenbedarf nachweisen. Konkret. Waren Sie am Abend des 11. August in Travemünde?"

„Was soll dieses ganze Theater? Ich habe Ihnen doch schon gesagt, ich war an diesem Abend zu Hause. Das hat Ihnen doch meine Frau bestätigt."

„Wir gehen davon aus, dass Ihre Frau Ihnen auch einen Aufenthalt auf dem Mond bestätigen würde. Also, beantworten Sie die Frage meiner Kollegin", schaltete sich Clemens Korthals ein.

„Ich muss mir diesen Unsinn nicht anhören ..."

„Ich glaube, das müssen Sie schon", fiel Anna ihm ins Wort, „denn Sie scheinen sich Ihrer derzeitigen Lage nicht ganz bewusst zu sein. Erstens, Sie haben uns zur Tatzeit des Mordes an Ihrem Vater ein falsches Alibi geliefert. Zweitens, Sie waren zu dieser Zeit in Travemünde und hatten so auch die Gelegenheit zu der Tat. Drittens, Sie haben nachweislich größere Mengen an Heroin erworben, für die Sie ebenso große Mengen an Bargeld aufbringen mussten. Soll ich fortfahren oder sind Sie jetzt bereit, unsere Fragen zu beantworten?"

„Das können Sie doch alles gar nicht beweisen ..."

„Kennen Sie einen Hartmut Beckstein?" unterbrach Hinnerk Osterholz den Hoteliersssohn.

„Ich sage ohne meinen Anwalt jetzt gar nichts mehr. Sie sind ja alle verrückt." Constantin Hardenberg setzte sich demonstrativ zurück und verschränkte die Arme vor seiner Brust.

„Wie Sie wünschen. Es wird Ihre Situation grundlegend nicht verbessern", verkündete Anna unbeeindruckt, „Constantin Hardenberg, ich nehme Sie vorläufig fest, wegen des

Verdachts, Ihren Vater Alexander Hardenberg am 11. August ermordet zu haben. Zugleich haben Sie sich für wiederholte Rauschgiftdelikte zu verantworten."

Kapitel 16

Ein ständiges Rauschen und Brummen war zu hören. Lindberg wusste nicht, ob es tatsächlich existierte oder nur in seinem Kopf dröhnte. Er hatte jedes Gefühl für die Zeit verloren. Irgendwann waren die Russen gekommen und hatten ihm die Fesseln abgenommen, ihn dann aber in den großen Tank gesperrt. Er konnte sich darin auf eine kleine Bank setzen, aber Raum, um sich hinzulegen, gab es nicht. Zu unregelmäßigen Zeiten öffneten die Russen die Tür, die von außen mit einem großen Rad verschlossen wurde und zerrten ihn heraus. Wieder und wieder fragten sie nach dem Buch, in dem sich die Korrespondenz zwischen Katharina der Großen und Voltaire befand. Wenn Lindberg beteuerte, dass er nicht wüsste, wo das Buch wäre, traktierten sie ihn mit Tritten und Schlägen. Der fließend Deutsch sprechende Russe im Trenchcoat trat nie wieder in Erscheinung. Lediglich seine Handlanger kümmerten sich um den Gefangenen. Mehr als „Wo ist Buch?" brachten sie nicht hervor. Russische Flüche und ihre Brutalität waren ihre einzige Sprache. Zwei Mal hatten Sie ihm eine Flasche Wasser und trockenes Weißbrot in sein Gefängnis geworfen.

Lindberg vermutete, dass er sich auf einem alten russischen Tauch- oder Forschungsschiff befand. In dem Dämmerlicht konnte er die Armaturen nur schemenhaft erkennen. Er glaubte aber hier und dort kyrillische Schriftzeichen auf den Schildern über den Hebeln gelesen zu haben. Der große Behälter, den er anfangs als Tank angesehen hatte, war offensichtlich eine Druckkammer, die zur Dekompression von Tauchern nach Tauchgängen in größerer Tiefe genutzt wurde.

Lindberg wusste nicht mehr, wie lange er schon auf diesem

Schrottdampfer gefangen war. Er nahm an, dass das Schiff in einem Hafen lag. Wo auch immer? Denn würden sie fahren, wären ganz andere Maschinengeräusche zu hören und Schiffsbewegungen zu spüren gewesen. Lindberg fiel immer wieder in einen traumlosen Halbschlaf. Jedes Geräusch innerhalb des Schiffes ließ ihn aufschrecken. Seine Nerven lagen blank. Wann kamen sie wieder, um nur die eine Frage zu stellen und ihre Wut an ihm auszulassen, wenn sie nicht die gewünschte Antwort bekamen? Er hatte sich bereits überlegt, auf welche Weise er eine andere Taktik anwenden könnte, um ihrer Brutalität zu entgehen. Sollte er ihn einfach ein imaginäres Versteck nennen? Doch er hatte diesen Gedanken sehr schnell wieder verworfen. Denn wenn sie feststellen würden, dass er sie auf eine falsche Fährte gelockt hatte, wäre ihre Rache garantiert gnadenlos. Er klammerte sich an die Hoffnung, dass sie ihn leben lassen würden, solange sie noch die Chance sahen, ihr Ziel zu erreichen und etwas aus ihm herauszubekommen. Doch die Aussichtslosigkeit seiner Lage wuchs Stunde um Stunde. Wer könnte ihn befreien? Wer wusste überhaupt, dass er in den Fängen der Russen war? Und wo? Wer würde ihn vermissen? Und wann?

Tobias raufte sich die Haare. „Rosi, deine Penetranz ist nervenaufreibend. Du gehst mir richtig auf den Wecker."

„Na super, Tobias. Auf deine liebenswürdigen Komplimente habe ich heute schon gewartet. Was ist denn so Verwerfliches daran, wenn du dir in deinem verkümmerten Gehirn einmal ein paar Gedanken darüber machst, wie man dem über alles geliebten Herrn Katzbach noch ein Bein stellen kann?"

„Rosi, unsere erste Aktion ist doch hervorragend gelaufen.

Die Zeitungen und der ganze hochglänzende Blätterwald hat doch mein Superfoto gebracht. Auf dem auch du eine traumhafte Figur abgegeben hast."

„Ach, Tobias, hör auf, herumzusülzen. Du weißt, das zieht nicht bei mir. Ich bin aber der Meinung, dass es an der Zeit ist, nachzulegen. Gerade auch weil der windige Anwalt von Katzbach erst gestern verkündet hat, dass sein Mandant gegen die öffentliche Hetzjagd Anzeige gegen Unbekannt erstatten will. Der ist doch auf dem besten Wege, sich als Opfer feiern zu lassen. Wenn der Schrauber ihm nicht die Nase verbogen hätte, würde der pressegeile Katzbach doch schon in allen Fernsehshows aufgetreten sein, um seine Unschuld zu beteuern. Nur seine deformierte Nase hält ihn doch gegenwärtig davon ab."

„Was ja auch gut ist." Tobias schüttelte nachdenklich den Kopf. „Grundsätzlich hast du ja recht, Rosi. Wenn dieser Widerling wieder Oberwasser bekommt, besteht wirklich die Gefahr, dass er sich als Opfer feiern lässt. Was sagt Sandra denn zu der ganzen Sache?"

„Die ist natürlich sehr zufrieden damit, dass dem verhassten Kerl jemand einmal die Grenzen aufgezeigt hat. Als ich ihr erzählt habe, dass der Schrauber ihm auch noch eine verpasst hat, konnte sie sogar wieder lachen. Allerdings denkt sie genauso wie ich. Solche Typen wie Katzbach, die winden sich immer wieder heraus. Nicht zuletzt, wenn sie Hilfe von so einem aalglatten Anwalt wie den Bauer haben."

Tobias legte nachdenklich den Finger an die Schläfe. „Was sollen wir tun? Hast du denn eine Idee, auf welche Weise wir ihm noch schaden können?"

„Nein, hab ich nicht", fuhr Rosi wieder heftig auf, „was meinst du denn, weshalb ich heute in deine verlauste Bude gekommen bin?"

Tobias lehnte sich in seinem Schreibtischstuhl zurück und verschränkte die Hände hinter dem Kopf. Nach einer Weile schürzte er die Lippen. „Wozu haben wir eigentlich unser schreibendes Genie? Fragen wir doch einmal Lindberg. Manchmal hat ja auch er in seinem wirren Autorenhirn ein paar Geistesblitze."

Tobias griff zum Telefon und drückte Lindbergs Kurzwahlnummer. Nach mehrmaligem Klingeln meldete sich der Anrufbeantworter.

„Lindberg, aufwachen! Rückruf! Aber zackig!"

Auch unter der Nummer seines Smartphones meldete sich Lindberg nicht.

„Hm, das ist schon eigenartig. Über irgendeinen seiner Kanäle ist er sonst immer zu erreichen", dachte Tobias laut.

„Hast du mir nicht erst kürzlich erzählt, Lindberg hätte eine neue Freundin?"

„Ja, er hat mir neulich etwas von seiner Nachbarin Maja vorgeschwärmt, verbunden mit einer verworrenen Geschichte über große Erbschaft und Hotels. Ich habe gar nicht so genau zugehört. Manchmal spinnt unser berühmter Autor ja auch etwas viel herum."

„Tobias, du bist ein richtig überheblicher Mistkerl. Ich denke, Lindberg ist dein bester Freund? Und mit diesem Mord an dem Hotelier hat er doch schon genügend Ärger. Die haben ihn doch sogar deswegen verhaftet, wie du mir erzählt hast. Von seiner verwüsteten Wohnung ganz zu schweigen." Rosie funkelte Tobias giftig an.

„Aus dieser misslichen Lage habe ich ihn ja auch ganz schnell wieder herausgehauen", entgegnete Tobias zu seiner Verteidigung.

„Und dafür willst du jetzt wohl auch noch einen Orden haben, oder?"

„Rosi, du bist einfach nur lästig. Und was machen wir nun?" Tobias klang wenig zuversichtlich und sah Rosie irritiert an, als sie ohne weitere Worte zu verlieren ihr Smartphone zückte und eine Nummer wählte.

„Hallo, Anna, hier ist Rosie. Eine kurze Frage nur. Weißt du zufällig, wo Lindberg sich gerade herumtreibt?" Rosie hörte eine Weile zu. „Komisch. Tobias hat auch schon alle Nummern versucht, aber ohne Erfolg. Ja, ich melde mich dann. Tschüss!"

Rosi sah Tobias ratlos an. „Anna weiß auch nichts."

„Letzter Versuch!" Tobias griff erneut zum Telefon. „Moin, Schrauber. Weißt du, wo Lindberg steckt?" Tobias lauschte einen Augenblick. „Schon komisch. Wenn du etwas hörst, melde dich, Schrauber."

„Rosi, da stimmt was nicht", wandte Tobias sich wieder seiner Freundin zu. „Ich fahre jetzt zu seinem Haus. Vielleicht wissen die Nachbar ja was. Kommst du mit?"

„Selbstverständlich. Was für eine dumme Frage überhaupt. Ich fahre. Nicht, dass deine alte Rostlaube auf der Hälfte der Strecke noch verreckt", protestierte Rosi.

Tobias wollte aufmucken, besann sich dann aber. „Nur wegen einer momentanen Notlage steige ich freiwillig in dein Schlaglochsuchgerät ein."

„Nichts gegen meinen Smart. Und deine Notlagen kenne ich nur zu gut. Du hast kein Benzin mehr im Tank. Gib es zu", stellte Rosi treffsicher fest.

Tobias hob resignierend die Hände.

Als sie wenig später bei Lindbergs Haus in der Hüxstraße klingelten, öffnete niemand.

Tobias drehte sich zu Rosi um. „Wir fragen mal den Goldschmied. Vielleicht weiß der ja was."

Goldschmied Mahrenholz sah seine beiden Kunden neugierig an und begrüßte sie freundlich, als er erkannte, wer ihn am Morgen besuchte. „Womit kann ich Ihnen dienen? Lindbergs Freunde sind auch meine Freunde. Was sich nicht zuletzt auch preislich bemerkbar machen würde."

„Das ist sehr aufmerksam von Ihnen, Herr Mahrenholz. Ginge es nach mir, würden meine Freundin Rosi und ich schon längst ein paar Ringe, gefertigt von Ihren begnadeten Händen, tragen …"

Ein kräftiger Ellenbogenhieb von Rosi in seine Seite ließ Tobias verstummen. „Er träumt einmal wieder, Herr Mahrenholz. Achten Sie einfach nicht auf ihn. Wir wollten Sie nur fragen, ob Sie wissen, wo Lindberg sein könnte? Wir können ihn seit geraumer Zeit nicht erreichen."

Der Goldschmied schüttelte den Kopf. „Das tut mir leid. Ich habe ihn auch eine Weile nicht gesehen. Aber in der letzten Zeit sind sich Maja und er doch ein wenig näher gekommen. Vielleicht weiß sie ja, wo er ist."

Tobias sah Rosi wissend an. „Wo könnten wir denn diese Maja finden?", wollte Rosi wissen.

„Maja Wissmann. Die wohnt ein paar Häuser weiter runter. Auf der rechten Seite. Noch hinter der Pizzeria von Francesco."

Tobias und Rosi bedankten sich bei dem alten Goldschmied und verabschiedeten sich. Als sie wieder auf die Straße traten, erblickten sie Francesco, wie er Tische und Stühle vor seiner Pizzeria zurechtrückte. Sie kannten sich schon viele Jahre, weil sie in der Vergangenheit mit Lindberg immer wieder einmal seinen italienischen Köstlichkeiten erlegen waren.

„Guten Morgen, Francesco, du alter Pizzabäcker", rief Tobias über die Straße.

Francesco schreckte hoch. Dann strahlte er über das ganze Gesicht, als er Lindbergs Freunde erkannte. „Buon giorno, Signorina Rosi, buon giorno Signor Avvocato. Come stai?

Tobias und Rosi traten näher. „Du musst uns helfen, Francesco. Du bist doch der bestinformierte Italiener in ganz Lübeck. Wir suchen Lindberg. Weißt du, wo er ist?"

„Tobias, willst du sagen, dass Francesco ist Plappermaul?" Francesco tat entrüstet. Tobias und Rosi sahen sich an und mussten unwillkürlich lachen. Dieses Wort aus dem Mund eines Italieners war mehr als ungewöhnlich.

„Auf diesen Gedanken würden wir nie im Leben kommen, lieber Francesco." Rosi legte ihm bei ihren Worten versöhnlich die Hand auf den Arm und lächelte ihn an. Francesco schmolz dahin. Er ergriff ihre Hand und küsste sie. „Bella Rosi. Wenn ich nicht schon hätte meine Ricarda, du wärst meine Favorita."

„Oh, nein, ich glaube es ja wohl nicht. Gleich fängt er auch noch an zu singen", jaulte Tobias auf und verdrehte die Augen.

Rosi und Francesco warfen ihm vorwurfsvolle Blicke zu. „Hör nicht auf ihn, Francesco. Er ist nur eifersüchtig, weil er vollkommen unromantisch ist und ihm die glühende Leidenschaft eines Sizilianers fehlt.

„Trotzdem würde ich gerne wissen, wo Lindberg ist", unterbrach Tobias das fröhliche Geplauder.

„Ich nicht wissen", antwortete Francesco, nachdem er Rosi noch einmal tief in die Augen gesehen und ihre Hand wieder losgelassen hatte, „er oft war mit Maja zusammen. Aber jetzt, ich weiß nicht."

Tobias runzelte die Stirn. „Könnte denn Maja wissen, wo er ist?"

„Possibile. Aber sie ist gegangen gerade fort. Ich habe gesehen." Francesco hob entschuldigend die Hände.

Tobias und Rosi verabschiedeten sich. Auch ein Blick in den Hof von Lindbergs Haus brachte sie nicht weiter. Durch ein Seitenfenster konnte Tobias sehen, dass das Motorrad in der Garage stand.

„Und jetzt?", fragte Rosi ratlos.

„Wir sehen nach, ob sein Auto in der Tiefgarage steht", erklärt Tobias seinen nächsten Plan. Mit zügigen Schritten verließen sie die Hüxstraße und eilten über die Königstraße dem Haerder-Center zu. Verwundert stellten sie fest, dass auch Lindbergs Volvo auf dem Platz in der Tiefgarage stand. Tobias warf ein Blick in das Wageninnere.

„Tobias, komm mal", hörte er Rosi von der anderen Seite. Er ging um den Volvo herum. „Was ist denn?"

„Guck mal hier die Tropfen." Rosi zeigt auf den Betonboden. Tobias kniete sich nieder. „Das sieht aus wie getrocknetes Blut." Tobias erhob sich wieder und sah Rosi an.

„Mir wird ganz mulmig im Magen." Rosi schien sich tatsächlich nicht ganz wohl zu fühlen, wie Tobias bemerkte. Sie hatte ihre Gesichtsfarbe völlig verloren.

„Warten wir erst einmal ab. Wir wollen nicht den Teufel an die Wand malen", versuchte Tobias seine Freundin zu beruhigen. Ein wenig ungeschickt nahm er sie in den Arm.

„Ist schon gut, Tobias. Ich hoffe nur, dass Lindberg nichts Ernsthaftes passiert ist." Energisch löste sie sich aus seiner Umklammerung. „Du musst Anna anrufen."

Tobias nickte nur und kramte sein Smartphone hervor.

Der Schrauber blickte verwundert auf, als Rosis Smart vor seinem Werkstattgebäude in Schlutup scharf bremsend zum Stehen kam. Er stellte die Kanne, mit der er gerade eine Motorradkette ölen wollte, auf die Werkbank und wischte sich die Hände an einem Lappen ab.

„Habt ihr Lindberg gefunden?", begrüßte er die beiden Freunde, nachdem sie ausgestiegen waren.

„Nee, kein Lindberg weit und breit", antwortete Tobias.

„Sein Motorrad und sein Auto sind da. Aber wir haben Blutspuren bei seinem Wagen in der Tiefgarage gefunden", ergänzte Rosi besorgt.

„Ach, du Scheiße", war die erste Reaktion des Schraubers, „und ihr meint, das sind die von Lindberg?"

„Genau wissen wir das natürlich nicht", klärte Tobias seinen Motorradkumpel auf, „aber Anna ist mit ihren Experten schon unterwegs und kümmert sich um die Sache."

Der Schrauber kratzte sich am Kopf. „Das hört sich alles nicht gut an. Und was habt ihr jetzt vor?"

„Ich weiß es noch nicht genau. Aber irgendetwas müssen wir unternehmen. Wir können hier nicht einfach nur so herumsitzen und hoffen, dass sich schon alles richten wird", stellte Tobias entschlossen fest. „Wir müssen erreichbar sein, falls er sich bei einem von seinen Freunden meldet. Rosi, mir wäre es lieb, wenn du in meinem Büro die Telefonwache übernimmst."

„Was? Ich soll mich stundenlang in deinem miefigen Loch aufhalten?", war Rosis erste Reaktion.

„Tobias hat recht. Wir brauche dich da, Rosi", schaltete sich der Schrauber ein. „Wenn Lindberg sich meldet, wird er als erstes Anna oder Tobias anrufen."

Rosi kniff die Lippen zusammen. Doch dann nickte sie. „Ist

gut. Ich fahr da direkt hin. Aber ihr informiert mich, wenn ihr etwas vorhabt."

„Du bist unsere Zentrale. Über dich laufen alle Fäden zusammen, ganz gleich, was wir unternehmen. Aber nun zisch los, der Schrauber und ich müssen überlegen, wo wir noch nach Lindberg suchen können."

Nachdem Rosi abgefahren war, setzten sich Tobias und der Schrauber in die Gartenstühle vor der Werkstatt unter den großen Indianerkopf an der Wand. Vorher hatte der Schrauber zwei Flaschen Bier auf den Tisch gestellt. „Mit Bölkstoff kann man besser denken."

„Ich bin ein bisschen ratlos, Schrauber", bemerkte Tobias, nachdem sie einen Schluck getrunken hatten, „hast du eine Idee, wo er sein könnte?"

Der Schrauber guckte gedankenverloren in seine Bierflasche. „Genau genommen hat Lindberg in den letzten Wochen ziemlich viel Mist um die Ohren gehabt, oder?"

„Du meinst mit dem Mord an Hardenberg und seiner Verhaftung. Das stimmt. Und dann noch die Sache mit Maja."

Der Schrauber sah Tobias verblüfft an. „Wer ist Maja?"

„Das weißt du noch gar nicht? Die hat den ganzen Hotelkonzern von dem alten Hardenberg geerbt, weil sie seine uneheliche Tochter ist."

„Und was hat Lindberg damit zu tun?"

„Sie wohnt in seiner Nachbarschaft und hat ihn um Hilfe gebeten. Und seitdem sind sie ein Herz und eine Seele, wie es scheint."

Der Schrauber wirkte noch immer irritiert. „Du meinst, er hat sich verknallt?"

Tobias hob die Schultern. „Wer weiß das schon so genau, wo die Liebe hinfällt?"

Der Schrauber nahm einen weiteren Schluck aus der Flasche. „Vielleicht ist er ja mit seiner neuen Flamme durchgebrannt."

Tobias schüttelte den Kopf. „Nein, das passt nicht zueinander, denn Francesco hat Rosi und mir heute Morgen erzählt, dass er die Maja noch gesehen hätte. Aber alleine."

„Denk mal nach, Tobias. Du bist doch sein bester Freund. Hat er irgendjemandem auf den Zeh getreten? Will ihm jemand an die Wäsche, weil er Schulden hat oder ein betrogener Ehemann nach Rache ruft? Nur, dass wir dem schmierigen Katzbach einen Denkzettel verpasst haben, kann ja für Lindberg nicht zum Bumerang geworden sein."

„Ich zermartere mir doch auch schon die ganze Zeit das Hirn, aber mir fällt partout nichts ein." Doch dann zögerte Tobias. „Da ist etwas, Schrauber. Dass ich darauf nicht gleich gekommen bin.

„Spuck es aus. Was ist dir eingefallen?"

„Lindberg hat Ärger mit einem Russen gehabt. Der hat ihm kürzlich einhunderttausend Dollar für ein historisches Buch geboten, was dem toten Hardenberg geklaut wurde. Mit dem entscheidenden Unterschied, dass Lindberg dieses Buch gar nicht hat. Dieser Russe muss sehr überzeugend aufgetreten sein. Anders ausgedrückt, Lindberg war der Meinung, er hätte ihn auch bedroht."

„Und du meinst, der Russe hat jetzt seine Drohung in die Tat umgesetzt?"

„Möglicherweise. Ich weiß es nicht. Aber, Schrauber, du kennst doch den einen oder anderen Russen hier in Lübeck."

Der Schrauber runzelte die Stirn. „Das ist ein bisschen zu viel gesagt. Ich spreche zwar Russisch und ab und zu bin ich auch bei unserem alten Kumpel Anton in der Kneipe, wo sich die Russen treffen, aber zu meinen Freunden gehören sie ganz bestimmt nicht."

Tobias kannte Anton. Ihm gehörte der „Knurrhahn". Eine Kneipe in Schlutup. Nicht weit vom Hafen entfernt. Anton Vollstedt war ebenfalls ein leidenschaftlicher Biker gewesen, bis er bei einem schweren Unfall ein Bein verloren hatte.

„Was meinst du, können wir denn Anton nicht einmal aushorchen? Der hört in seiner Kneipe doch auch allerhand. Vielleicht ja auch etwas über die Russen."

„Warum nicht? Aber vor heute Abend ist bei dem nichts los."

Kapitel 17

Es dämmerte bereits, als Tobias und der Schrauber die Kneipe „Knurrhahn" in Schlutup betraten. Es wäre kein Problem gewesen, in den Räumlichkeiten einen Film aus den fünfziger Jahren des vergangenen Jahrhunderts zu drehen. Das Mobiliar des Lokals vermittelte nicht nur den herben Charme jener spartanischen Nachkriegsjahre, sondern trug auch die Patina jahrzehntelanger Kneipenherrlichkeit. An den verräucherten Holzwänden hingen vergilbte Fotos, die feuchtfröhliche Saufrunden und bierernste Stammtischbrüder vergangener Tage zeigten. Lediglich zwischen den Flaschen hinter dem Tresen waren Bilder aus neuerer Zeit zu entdecken, auf denen Biker auf ihren Motorrädern in die Kamera lachten. Wer genau hinsah, konnte auf ihnen eine Ähnlichkeit mit jenem Mann erkennen, der hinter dem Tresen stand und die beiden Ankömmlinge neugierig musterte. Nur das er heute den doppelten Umfang präsentierte als auf den Fotos. Anton Vollstedt füllte den Zwischenraum zwischen Schanktheke und Rückwand problemlos aus. Sein kurzärmeliges Polohemd verlor aufgrund mehrfacher Wäsche bereits seine ursprüngliche tiefgrüne Farbe und war in ein zartes Lindgrün übergegangen. Es lag aber faltenlos an, da Muskeln und Bauchwölbung es voll ausfüllten. Ein grauer Vollbart und schulterlanges Haar ließen ihn wie einen gutmütigen Bären aussehen.

„Mein Gott! Der Advokat und der Schrauber. Dass ich das noch erleben darf", begrüßte Anton Vollstedt seine beiden neuen Gäste.

„Hallo, Anton, du altes Dampfross. Lange nicht gesehen. Du siehst gut aus. Hast du abgenommen?", antwortete der Schrauber lachend.

„Wie geht es dir, Anton?", erkundigte sich Tobias, nachdem

sie sich auf die Barhocker am Tresen gesetzt hatten.

„Alles gut, Tobias. Muss ja. Auf dem Bock würde es mir besser gehen. Doch was nützt das Jammern schon. Aber ihr beiden seid doch nicht gekommen, um mit einem einbeinigen Biker Trübsal zu blasen." Während er sich mit den beiden unterhielt, bediente er bereits den Zapfhahn, um für die nötige Runde Bölkstoff zu sorgen.

Aus den Augenwinkeln beobachtete Tobias die anderen Gäste des Lokals. Am Ende des Tresens hing ein alter Mann, der teilnahmslos in sein halb leeres Bierglas blinzelte. Zu ihrer Rechten saß ein Ehepaar, das sich angeregt unterhielt und angesichts ihrer Mimik nicht immer gleicher Meinung war. Doch Tobias Aufmerksamkeit galt fünf Männern in der hinteren Ecke des Schankraums. Lautstark prosteten sie sich immer wieder zu und lachten ausgelassen. Sie sprachen Russisch.

„Haben deine russischen Freunde einen Grund zum Feiern?", wollte der Schrauber wissen, nachdem auch er auf die Gruppe aufmerksam geworden war.

„Nenn sie nicht meine Freunde, Schrauber", reagierte der Wirt empfindlich, „sie saufen hier und mehr auch nicht. Die sind schon seit gestern ganz aufgekratzt. Fragt mich nicht, warum. Ich versteh kein Russisch. Wieso interessiert euch das?"

Tobias beugte sich vor. Auch Anton Vollstedt kam den beiden Bikerfreunden näher. „Wir suchen Lindberg. Er scheint wie vom Erdboden verschwunden zu sein."

Der Wirt blies die Wangen auf und ließ die Luft langsam wieder entweichen. „Hängt das noch mit dem Mord an dem Hotelier zusammen? Ich hab davon in der Zeitung gelesen, dass Lindberg irgendwie damit drinhängt."

„Wir wissen es nicht. Auf jeden Fall hat er mir erzählt, dass ein Russe ihn ziemlich fordernd angegangen ist, weil er von ihm ein wertvolles Buch haben wollte. Er hat ihm sogar einhunderttausend Dollar geboten. Bloß Lindberg hat das Buch gar nicht", klärte Tobias den Wirt auf.

Anton Vollstedt schüttelte den Kopf. „Drei von den Russen kommen regelmäßig zu mir. Einen von ihnen kennst du auch, Schrauber. Das ist Igor, der mit der schiefen Nase. Du hast dich letztens mit ihm darüber unterhalten, dass Kalaschnikow jetzt auch Motorräder produziert."

„Ja, ich erinnere mich. Das ist der, der jetzt dort die großen Reden führt", bestätigte der Schrauber.

„Was erzählen die denn gerade so lautstark?", wollte Tobias wissen. Der Schrauber spitzte die Ohren und hörte eine Weile zu. „Momentan erzählen sie sich versaute Witze. Ganz nüchtern scheinen sie alle nicht mehr zu sein."

„Die geben sich jeden Abend die volle Kante", berichtete der Wirt, „einige von ihnen müssen mit dem alten Rostdampfer gekommen sein, der seit einigen Tagen im Hafen liegt."

„Was für ein Rostdampfer denn?", hakte Tobias nach.

„Was weiß ich? So ein gammeliger Seelenverkäufer. Wie der heißt, weiß ich doch nicht. Kann ich Russisch? Außerdem kann die komische Schrift doch keiner lesen."

„Diese komische Schrift nennt man Kyrillisch, du Analphabet", stellte der Schrauber belehrend fest.

„Nun fang du auch noch an, klug zu scheißen, Schrauber. Von unserem studierten Rechtsverdreher kenne ich das ja schon", entrüstete sich der Bikerkumpel hinter dem Tresen. Anschließend widmete er sich wieder seinem Zapfhahn, da der alte Mann am anderen Ende der Theke nach weiterem Bier und Korn verlangt hatte.

Tobias und der Schrauber steckten die Köpfe zusammen. „Viel weiter sind wir noch nicht gekommen. Meinst du wirklich, dass die Russen mit dem Verschwinden von Lindberg etwas zu tun haben könnten?" Die Zweifel des Schraubers waren unüberhörbar. Noch bevor Tobias antworten konnte, wurde es hinter seinem Rücken laut. „Towarischtsch Schrauber!" und ein Schwall weiterer russischer Wörter prasselte auf sie beide nieder. Als sie sich umdrehten, stand Igor vor ihnen und strahlte sie aus seinen verquollenen Augen an. Der Schrauber rutschte vom Barhocker. Beide umarmten sich wie alte Freunde und klopften sich ununterbrochen auf die Schultern. Der Schrauber spielte mit und palaverte ebenso lautstark wie Igor auf Russisch mit ihm. Noch bevor er sich versah, zog Igor seinen deutschen Freund durch das Lokal zu den russischen Kumpeln an den Tisch, wo er freudig und ohrenbetäubend laut begrüßt wurde. Zeitgleich drückten sie ihm ein Wasserglas voll Wodka in die Hand und begossen die deutsch-russische Freundschaft mit schmetterndem „sa sdarowje".

Tobias und Anton Vollstedt beobachteten die Szene amüsiert. „Hoffentlich übersteht der Schrauber die intensive Völkerverständigung ohne größere Schäden", bemerkte Tobias schmunzelnd.

„Beim Schrauber habe ich keine Angst. Der ist in seinem Leben schon durch ganz anderes raues Gelände gefahren", wusste der Wirt zu berichten.

„Anton, eine ganz andere Frage. Gibt es bei deinen russischen Gästen auch einen Kerl, der immer etwas besser gekleidet auftritt und gepflegt aussieht? Beispielsweise mit Trenchcoat und so. Und der auch fließend Deutsch spricht?"

Anton Vollstedt überlegte eine Weile, dann schüttelte er

den Kopf. „Nee, so einen feinen Russen habe ich hier noch nie gesehen. Die, die bei mir einkehren, sehen alle aus, als ob sie direkt aus dem Schweinestall kommen. Gott sei Dank, stinken sie nicht auch noch so."

Eine knappe halbe Stunde später sah Tobias, dass der Schrauber sein Smartphone ans Ohr nahm und sich gleich darauf erhob. Er verabschiedete sich von seinen neuen russischen Freunden mit entschuldigenden Gesten. Was nicht ohne geräuschvollen Protest blieb.

„Lass uns gehen", zischte er Tobias zu, ohne sich wieder zu setzen. „Anton, ich melde mich später."

Tobias folgte dem Schrauber, der das Lokal bereits verlassen hatte. „Bist du auf der Flucht oder was ist los?"

Der Schrauber war erst hinter der nächsten Hausecke stehen geblieben, so dass man die beiden nicht mehr vom Eingang des „Knurrhahns" sehen konnte.

„Das war die einzige Möglichkeit, mich aus den Fängen des russischen Bären zu befreien. Ich hab einen dringenden Anruf wegen eines Motorradnotfalls vorgetäuscht. Sonst hätten die mich doch nie gehen lassen."

„Und hast du sonst noch etwas herausgefunden?"

„Da stimmt irgendetwas nicht, Tobias. Igor hat in seinem Suff immer wieder von paradiesischen Zeiten gelabert. In der Zukunft wird jetzt alles besser, weil er in Kürze zu Reichtum kommen wird. Ich frage mich natürlich, wodurch. Das hat er allerdings nicht verraten."

„Eigentümlich. Meinst du, der plant ein krummes Ding?"

„Das kann ich mir nicht vorstellen. Igor ist nicht die hellste Kerze auf der Geburtstagstorte. Anton hat mir erzählt, dass der nur Handlangerdienste in der Werft oder in der Fischfabrik leistet." Plötzlich ergriff der Schrauber Tobias am Arm und zog ihn weiter hinter die Hausecke. Aus der Kneipe waren zwei Personen getreten. Igor und einer seiner russischen Freunde. Beide blieben an einer Linde unweit des Eingangs stehen und öffneten ihre Hosen, um sich zu erleichtern. Dabei unterhielten sie sich. Als sie ihr Geschäft beendet hatten, verschwanden sie im Dunklen.

„Komm Tobias. Wir müssen hinterher. Sie haben eben etwas vom Schiff erzählt. Ich konnte nicht alles verstehen. Aber Igor will jetzt Nägel mit Köpfen machen oder so etwas Ähnliches hat er gefaselt. Was immer das auch bedeuten mag?"

Im Schatten der Hausmauern folgten sie den beiden Russen bis zum Hafen. An den Stegen der kleinen Werft angekommen, entdeckten sie auch den russischen Rostdampfer, von dem Anton gesprochen hatte. Ein unförmiges Gebilde mit schwarzem Rumpf und gelben Aufbauten, dessen einstiger Farbanstrich nur zu ahnen war.

Igor und sein Kumpel blieben an der kleinen Gangway stehen, die auf das Schiff führte und sprachen mit einem weiteren Russen, der auf dem Schiff stand und rauchte.

„Wir müssen dichter ran", murmelte der Schrauber. Vorsichtig näherten sie sich, verdeckt durch ein paar Abfallcontainer, dem Schiff.

„Kannst du verstehen, was sie sagen?", flüsterte Tobias.

Der Schrauber hob die Hand, als wollte er sagen, warte einen Augenblick.

Die Russen unterhielten sich aufgeregt. Inzwischen waren auch Igor und der zweite Mann an Bord gegangen. Aus ihren Gesten und der Heftigkeit ihrer Worte konnte Tobias entnehmen, dass sie sich nicht einig waren.

Der Schrauber duckte sich hinter den Container und zog

Tobias mit hinunter. „Die streiten sich, weil Igor und sein Macker irgendetwas vorhaben, was dem anderen nicht gefällt. Igor sagt, er weiß, wie er die Wahrheit herauslocken kann. Und Wladi würde ihn dafür belohnen. Wer immer auch Wladi sein mag."

Und du meinst, Lindberg ist hier an Bord und die wollen ihn in die Mangel nehmen?" Tobias hatte seine Zweifel.

„Ich weiß es nicht, Tobias. Aber angenommen, sie halten ihn hier gefangen, sollen wir dann Däumchen drehen und nichts unternehmen?"

„Was schlägst du vor?"

„Wir gehen an Bord und gucken nach. Ist er da, befreien wir ihn. Und wenn nicht, müssen wir zusehen, dass wir ohne blaue Augen schnell wieder von Bord kommen", schilderte der Schrauber seinen Plan.

„Und die Russen? Wir wissen doch gar nicht, wie viele Russen an Bord sind." Tobias war von dem Vorhaben überhaupt nicht begeistert.

„Wir haben aber auch keine Zeit, lange herum zu diskutieren. Komm jetzt!"

Der Schrauber schlenderte auf das Schiff zu, als würde er gerade seinen Abendspaziergang machen. Tobias musste ihm gezwungenermaßen folgen.

Der rauchende Russe beäugte die beiden misstrauisch. Von Igor und seinem Kumpel war nichts mehr zu sehen.

Der Schrauber sprach mit dem Russen. Tobias vermutete, dass er ihn nach Feuer für seine Zigarette gefragt hatte, denn der Russe fummelte ein Feuerzeug aus seiner Jackentasche hervor, während der Schrauber mit wenigen Schritten die Gangway überquerte. Kaum hatte er das Deck betreten, verpasste er dem ahnungslosen Russen einen Faustschlag an die

Schläfe, so dass dieser auf der Stelle wie ein gefällter Baum umfiel.

„Komm, Tobias. Wir müssen ihn fesseln. Nicht, dass er uns noch die Tour vermasselt", zischte der Schrauber, während er nach einem schmierigen Tau griff, dass neben der Gangway lag.

Tobias eilte auch an Deck. Gemeinsam schnürten sie dem besinnungslosen Russen Hände und Beine zusammen. Anschließend zerrten sie ihn hinter einen Decksaufbau, so dass er von der Kaimauer aus nicht zu sehen war.

Aus dem Schiffinnern erklang plötzlich ein brummendes Geräusch. Irgendjemand hatte einen Motor oder einen Generator angeworfen. Die beiden Freunde blickten sich fragend an. Die von ihnen am nächsten gelegene Tür stand offen. Der Schrauber verschwand in dem Niedergang und stolperte die Stufen nach unten. Tobias folgte ihm. Sie landeten in einem Raum mit Tischen und Stühlen, der vermutlich als Messe für die Besatzung genutzt wurde. Ein bärtiger Mann lag mit dem Oberkörper auf der Tischplatte und schnarchte. Vor ihm stand ein Glas und eine fast leere Wodkaflasche.

Der Schrauber guckte sich hastig um. „Wo sind die anderen?" Dann hob er die Hand und lauschte. Weiter vorn im Schiff waren Stimmen zu hören. Vorsichtig öffnete er eine Tür zu seiner Linken, die zu einem Gang führte, der am Ende von einer Tür mit einem Fenster verschlossen war. Das Brummen des Motors wurde lauter. Der Schrauber setzte vorsichtig einen Fuß vor den anderen. Nach einem kurzen Blick durch das Fenster, bückte er sich blitzschnell und zog Tobias am Ärmel mit hinunter.

„Ich glaub, hier ist die Kacke richtig am dampfen", stieß der Schrauber hervor, „die pumpen Wasser in einen mannshohen Behälter. Und wenn mich meine Augen nicht verlassen haben, dann ist da jemand drin. Guck du nochmal, aber vorsichtig." Tobias schob sich ganz langsam hoch. Auf der rechten Seite sah er Igor und den anderen Russen, die an einem Schaltpult standen und an Ventilen drehten. Unmittelbar vor ihm erkannte er den großen Behälter. Tobias blieb fast das Herz stehen. Durch die Sichtfenster konnte er eine Person erkennen, der bereits das Wasser bis zum Hals stand und die verzweifelt nach Luft schnappte. Es war Lindberg.

Tobias ging wieder in die Knie. „Die wollen Lindberg ersäufen", brach es aus ihm heraus. Bevor er sich versah, schoss sein Freund hoch und stieß die Tür auf. Die Russen drehten sich erschrocken um. In Bruchteilen von Sekunden flog der Schrauber ihnen entgegen und streckte Igor mit einem Faustschlag ins Gesicht nieder. Der andere Russe reagierte schnell, drehte sich zur Seite und versuchte seinen Angreifer mit einem Ellenbogencheck aus dem Gleichgewicht zu bringen. Doch der Schrauber hatte damit gerechnet, wich ihm aus und verpasste ihm eine volle Rechte in den Bauch.

„Tobias, stell das Wasser ab", schrie er über den Lärm der Motorpumpe hinweg. Der Russe schien von dem Faustschlag auf den Magen wenig beeindruckt zu sein und stürzte sich auf seinen Gegner, während Tobias verzweifelt an verschiedenen Ventilen an der Schalttafel drehte. Die Pumpe lief weiter. Hilflos sah er, wie Lindberg nur noch eine kleine Luftblase zum Atmen blieb. Panisch stürzte er auf die Tür des Druckbehälters zu und versuchte am Rad zu drehen. Ohne Erfolg. Der Schrauber musste sich derweil der wilden Attacken des Russen erwehren, konnte zwar deutliche Treffer an Kopf und Körper landen, den urgewaltigen Schläger aber nur mit Mühe bremsen. Erst ein kräftiger Tritt mit seinen Motoradstiefeln zwischen die Beine, ließ den Russen zusammenklappen und ein platzierter Aufwärtshaken unter das Kinn brachte ihn endlich in das Land der Träume. Der Schrauber stürzte auf das Pult zu und ergriff zielgerichtet ein Ventil. Der Motor der Pumpe erstarb. Entsetzt sah Tobias, dass Lindberg im Wasser des Druckbehälters zusammengesunken war. Der Schrauber drückte auf weitere Knöpfe am Schaltpult. Ein lautes Zischen ertönte. Schon war er am Rad des Behälters. „Pass auf. Jetzt wird`s nass", stieß er hervor und drehte am Rad. Mit einem laut schmatzenden Geräusch sprang die Tür auf und überschüttete die Männer mit einem Wasserschwall. Lindberg rutschte in sich zusammen und blieb am Boden des Behälters regungslos liegen. Das Wasser floss innerhalb von Sekunden durch die Gitter in den Bodenblechen ab.

„Wir müssen nach oben, Tobias. Riegle die Tür hinter uns ab, damit die Mistkerle nicht abhauen können", ordnete der Schrauber an. Gleichzeitig ergriff er Lindberg, zerrte ihn aus dem Druckbehälter heraus und legt sich den bewusstlosen Freund über die Schulter. Behutsam ging er den Gang entlang und die Stufen zum Deck hinauf, peinlich darauf bedacht, mit seiner kostbaren Fracht nirgendwo anzustoßen. Der Säufer in der Messe schnarchte noch immer und auch der gefesselte Russe an Deck rührte sich nicht.

Der Schrauber legte Lindberg auf die Decksplanken und drehte ihn auf den Rücken. Dann schlug er ihm links und rechts auf die Wangen, doch Lindberg reagierte nicht.

„Ist er tot?" Tobias stand hinter ihm und starrte Lindberg fassungslos an.

„Noch nicht ganz", hörte er ein kaum vernehmbares Brummen als Antwort. Routiniert legte der Mann, der sonst Motorräder wieder zum Leben erweckte, seine Hände auf

Lindbergs Brust und begann rhythmisch mit der Herzdruckmassage. Kurz darauf ergriff er die Nase des Bewusstlosen, hielt sie zu und blies ihm seinen Atem in den Mund. Trotz mehrfacher Wiederholungen regte sich Lindberg immer noch nicht. Entsetzt beobachtete Tobias seinen Motorradfreund, als er sah, wie er mit der Faust auf Lindbergs Brust schlug und lautstark fluchte. „Mach jetzt keinen Scheiß, du alter Bock." Unermüdlich setzte er seine Wiedebelebungsversuche fort. Urplötzlich ging ein Ruck durch Lindbergs Körper. Hustend hob er mehrfach den Kopf und spuckte Wasser aus.

„Das wurde auch Zeit, du störrischer Esel", war der einzige Kommentar des Schraubers, während ihm Tobias freudig auf die Schulter klopfte. „Mensch, alte Ölkanne, das vergesse ich dir nie."

„Los, Tobias, ruf alle an, die wir brauchen. Rettungswagen, Polizei, Anna, Rosi und guck mal, ob du auf diesem versifften Kahn ein paar Decken findest."

Tobias drückte aufgeregt auf seinem Smartphone herum, während der Schrauber Lindbergs Kopf auf seinen Oberschenkel gelegt hatte. „Was war das denn für ein Spektakel, Schrauber, das du da mit mir veranstaltet hast", krächzte Lindberg.

„Das werden wir irgendwann später diskutieren, mein Freund, wenn du wieder alle deine Sinne beisammen hast", bemerkte der Schrauber grinsend.

„Ich hab nur diese Lumpen gefunden, aber fürs Erste genügen die wohl auch", meinte Tobias kurze Zeit später. Behutsam deckten sie Lindberg zu, der in seiner nassen Kleidung zu zittern begann. „Wie geht es dir, Lindberg? Du hast uns einen ganz schönen Schrecken eingejagt."

„Das war nicht meine Absicht, Tobias. Ich werde mich bessern", wisperte Lindberg. Ihm war seine Erschöpfung anzumerken. Aus der Ferne erklangen Martinshörner. Wenig später erhellte das Blaulicht von zwei Streifen- und einem Rettungswagen das Hafenufer in Schlutup.

Der Notarzt eilte mit Riesenschritten über die Gangway und kniete sich neben Lindberg nieder. „Was ist passiert?", fragte er den Schrauber, der ihm bereitwillig Platz gemacht hatte.

„Er war für eine Weile weggetreten", erklärte der Schrauber knapp.

„Was heißt das genau?", fragte der Notarzt nach.

„Die Russen hätten Lindberg beinahe ersäuft, aber der Schrauber hat ihn wiederbelebt", schaltet sich Tobias ein.

„Ich bin Doktor Samuel, wie fühlen Sie sich, Herr Lindberg", wandte sich der Notarzt jetzt seinem Patienten zu.

„Es ging schon mal besser", antwortete Lindberg heiser.

„Haben Sie Schmerzen?" Der Notarzt tastete Lindberg mit geübten Griffen ab. Ein Stöhnen war die Antwort, als er den Brustbereich erfasste. Tobias sah, wie die Rettungssanitäter Lindberg einen Zugang an der Hand legten und einen Tropf befestigten.

Der Schrauber trat neben ihn. „Wir sollten die Russen nicht vergessen."

„Ach, du meine Güte." Tobias winkte den Polizeibeamten zu, die noch auf der Kaimauer standen. Sie konnten das Schiff nicht betreten, da der Notarzt mit seinem Team den Zugang blockierte.

„Wir haben hier noch vier Kandidaten für Sie, die sehnsüchtig auf eine Zelle warten", rief Tobias ihnen zu.

Inzwischen waren die Sanitäter dabei, Lindberg auf eine Trage zu legen. Mit Unterstützung durch den Schrauber trugen sie Lindberg über die Gangway zum Rettungswagen.

Die vier Polizeibeamten kamen an Bord. „Moin, ich bin Mike Behrens vom örtlichen Revier. Können Sie uns Genaueres sagen?"

Tobias stellte sich ebenfalls vor. „Die Russen haben Karl-Magnus Lindberg gefangen gehalten und fast ertränkt. Mein Freund und ich konnten ihn befreien. Ihre Kundschaft sind vier Russen. Einer liegt verschnürt hier an Deck. Zwei weitere finden Sie unten im Maschinenraum und einer liegt besoffen am Ende des Niedergangs."

„Na, dann wollen wir erst einmal", ordnete der Polizeibeamte an, „um Ihre Aussage kümmern wir uns später."

„Ach, bevor ich es vergesse", erinnerte sich Tobias, „in der Kneipe ´Knurrhahn´ sitzen noch drei Russen zusammen. In wie weit die mit der ganzen Chose hier etwas zu tun haben, weiß ich nicht. Aber möglich wäre es schon."

„Ist gut, wie kümmern uns auch darum."

Mit Erleichterung registrierte Tobias einen silbergrauen Zivilwagen mit Blaulicht, der herangerauscht und kurz hinter dem Notarztwagen schlitternd zum Stehen kam.

„Mein Gott, Tobias. Was ist das denn wieder für eine Show, die ihr hier veranstaltet habt?", begrüßte Anna den Rechtsanwalt, als er ihr über die Gangway entgegen gelaufen kam und die Wagentür öffnete, „was ist mit Lindberg? Wie geht es ihm?"

„Wie es aussieht, hat er ganz schön etwas abgekriegt. Der Notarzt ist gerade bei ihm …"

„Die kriegen ihn schon wieder hin." Anna drehte sich um. Der Schrauber war zu ihnen getreten.

„Er hat ihm das Leben gerettet, Anna. Ich dachte, dass Lindberg schon ertrunken wäre, aber der Schrauber hat ihn wieder zum Leben erweckt. Sagenhafte Leistung …"

„Nun erzähl nicht so viel Mist", unterbrach ihn der Schrauber grummelnd.

„Ihr könnt mir ganz in Ruhe alles später erzählen, erst einmal muss ich nach Lindberg sehen." Anna drehte sich um und eilte auf den Rettungswagen zu. Die Sanitäter wollten gerade die Türen schließen.

„Einen Augenblick, bitte. Ich bin Anna Severin von der Kripo Lübeck", beantwortete Anna den fragenden Blick des Notarztes.

„Aber nur kurz. Er muss ins Krankenhaus".

Anna stieg in den Wagen und legte ihre Hand auf Lindbergs Arm. „Dich kann man auch keinen Augenblick alleine lassen."

„Jetzt bist du ja da", kam Lindbergs schwache Antwort. Er versuchte zu lächeln, was ihm aber nicht gelang.

„Wo bringen Sie ihn hin?", fragte Anna den Notarzt.

„In die Universitätsklinik", kam die knappe Bemerkung des Mediziners.

„Ich muss nicht ins Krankenhaus. Mir geht es gut." Der Notarzt tat Lindbergs Protest mit einem mitleidigen Lächeln ab.

Kapitel 18

Anna hatte eine unruhige Nacht hinter sich. Die Gedanken an den Anschlag auf Lindbergs Leben und seine knappe Rettung hielt sie Stunde um Stunde wach. Ebenso beschäftigte sie die dürftigen Ermittlungsergebnisse in der Mordsache Hardenberg. Zu allem Übel wollte sie an diesem Morgen auch noch Kriminaldirektor Mertens sprechen.

„Frau Severin, guten Morgen. Sie sehen ein wenig müde aus oder täusche ich mich da?", begrüßte der Chef der Lübecker Kriminalpolizei seine Leiterin der Mordkommission.

Annas Lächeln blieb verhalten. „Es war eine unruhige Nacht."

„Es klang ja geradezu abenteuerlich, was ich nur ansatzweise gehört habe. Was war denn los heute Nacht?"

„Allzu viel kann ich auch noch nicht sagen. Fest steht, dass Karl-Magnus Lindberg entführt und gefangen gehalten wurde. So wie es aussieht, hat man ihn auch misshandelt und beinahe sogar umgebracht, wenn seine Freunde ihn nicht rechtzeitig gerettet hätten. Ich bin im Prinzip auf dem Weg ins Krankenhaus, um Lindberg zu befragen. Gestern Abend war er nicht ansprechbar. Auf jeden Fall habe ich ihn noch unter Polizeischutz gestellt", berichtete Anna ihrem Vorgesetzten.

Kriminaldirektor Mertens schüttelte ungläubig den Kopf. „Und wer steckt hinter dieser Attacke?"

„Festgenommen haben wir sieben Russen. Sie müssen alle noch vernommen werden. Das kann bekanntlich dauern. Wir benötigen zuverlässige Dolmetscher. Ich gehe davon aus, dass unsere Kandidaten nicht viel ausplaudern werden. Es sind nach meiner Einschätzung ohnehin nur Handlanger gewesen.

Ob wir die wahren Täter erwischen werden, ist fraglich."

„Und die Motivlage? Warum dieses ganze Theater?"

Anna fuhr mit ihrem Bericht fort. „Lindberg ist vor einigen Tagen bereits bedrängt worden, ein wertvolles Buch herauszugeben, das bei dem Mord an Hardenberg gestohlen wurde. Es handelt sich um eine Kostbarkeit und enthält die Korrespondenz zwischen Katharina der Großen und Voltaire. Lindberg vermutet, dass entweder russische Patrioten oder auch ein fanatischer Sammler hinter der ganzen Aktion stecken könnte."

Der Kriminaldirektor sah Anna voller Unverständnis an.

„Und wie kommen die Russen darauf, dass gerade Lindberg dieses Buch haben soll?"

„Ich könnte mir denken, dass wir das unserem übereifrigen Oberstaatsanwalt und der Presse zu verdanken haben. Immerhin hat er Lindberg vorläufig festnehmen lassen und auch in einer Presseerklärung verkündet, dass der Verdacht naheliegt, dass Lindberg der Mörder von Hardenberg und auch der Räuber der Bücher wäre."

Kriminaldirektor Mertens seufzte laut vernehmlich. „Womit wir bei einem weiteren Thema wären. Oberstaatsanwalt Reichenbach hat bei einem Telefonanruf sein Unverständnis darüber geäußert, dass die Dienstaufsicht ihre Untersuchung bezüglich Ihrer Person eingestellt hat und zu einem für ihn äußerst unzufriedenen Ergebnis gekommen ist. Damit hatte er mir natürlich nichts Neues erzählt. Trotz allem werden Sie aus dieser Ecke auch weiterhin Giftpfeile erwarten können. Den ersten schoss er bereits ab, indem er sich bei mir bitterlich beklagte, dass der Fall Hardenberg noch nicht aufgeklärt sei. Ich muss Ihnen gegenüber nicht betonen, dass in seiner Wortwahl Begriffe wie Inkompetenz, falsches Personal und

Ähnliches fielen. Sie können ganz beruhigt sein, Frau Severin, ich habe ihn in seine Schranken gewiesen. Aber nun konkret. Wie weit sind Sie im Fall Hardenberg?"

„Dem Oberstaatsanwalt gegenüber würde ich so etwas ja nie zugeben, aber wir trampeln gegenwärtig tatsächlich etwas auf der Stelle. Es ist unbefriedigend, aber wahr", erklärte Anna aufrichtig, „wir haben Constantin Hardenberg nach wie vor in Haft. Sein Alibi ist geplatzt und er war nachweislich zur Tatzeit in Travemünde. Außerdem haben unsere Drogenfahnder großes Interesse an ihm. Ebenfalls sitzt der Geschäftsführer des Hotelkonzerns, Jean-Pierre Carmouflage, noch im Gewahrsam. Auch sein Alibi ist wackelig, da nach seinem Freund, dem Antiquitätenhändler Liliencron aus Hamburg, gegenwärtig gefahndet wird. Wie es scheint, haben beide zudem noch in großem Stil den Hardenbergkonzern beim Handel mit Antiquitäten betrogen. Da Alexander Hardenberg, der Tote, nicht zu den liebenswerten Menschen auf Gottes Erdboden gehört hat, ist die Zahl derer, die ihm nicht wohl gesonnen waren, kaum überschaubar."

„Gut, Frau Severin. Ich weiß, Sie und Ihre Leute tun ihr Bestes. Ich will Sie nicht länger aufhalten. Richten Sie bitte Herrn Lindberg meine Grüße und gute Genesungswünsche aus", verabschiedete Kriminaldirektor Mertens Anna.

Das Gelände der Universitätsklinik in Lübeck war eine kleine Welt für sich. Wer sich nicht auskannte, konnte sich ohne Mühe schnell verlaufen. Anna hatte allerdings in ihrer Dienstzeit oft genug Personen vernehmen müssen, die auf irgendeine Weise zu Schaden gekommen waren und in der Klinik behandelt werden mussten. So fiel es ihr auch an diesem Morgen nicht schwer, vom Parkhaus an der Ratzeburger

Allee den Weg in das Zentralklinikum zu finden. Am Abend zuvor hatte sie Lindberg bis zur Notaufnahme begleitet, aber ihn dann sehr bald verlassen, als sie gesehen hatte, dass er gut versorgt wurde.

„Schwester, ich bin Anna Severin von der Lübecker Kriminalpolizei", sprach sie eine Krankenschwester auf dem Weg zu Lindbergs Krankenzimmer an, „ich würde ganz gerne den behandelnden Arzt von Karl-Magnus Lindberg sprechen. Können Sie mir sagen, wo ich ihn finde?"

„Das ist Doktor Balewa …"

„Und der steht genau hinter Ihnen." Anna drehte sich um und blickte in das lachende Gesicht eines dunkelhäutigen Mannes. Seine strahlend weißen Zähne und der weiße Kittel bildeten einen interessanten Kontrast zu seiner tiefbraunen Hautfarbe.

„Welch ein Zufall", wandte sich Anna dem Arzt zu, „ich bin Anna Severin von Lübecker Polizei. Kann ich Sie einen Augenblick sprechen?"

„Geht es um unseren streng bewachten Patienten?"

„Ja, um Karl-Magnus Lindberg."

„Kommen Sie, wir gehen in das Ärztezimmer. Da können wir uns ungestört unterhalten", schlug Doktor Balewa vor.

Anna folgte ihm den Gang entlang.

„Ich würde Ihnen gerne einen Kaffee anbieten, aber da ich nicht weiß, wie lange der schon in der Thermokanne ist, würde ich Ihnen allein schon aus medizinischer Sicht dringend davon abraten", erklärte der Arzt lächelnd, nachdem sie sich im Ärztezimmer gesetzt hatten. Anna rief sich selber zu Ordnung, als ihr die Frage in den Sinn kam, wieso dieser dunkelhäutige Arzt so fließend Deutsch sprach.

„Es geht auch ohne Kaffee", bedankte sich Anna, „können

Sie mir verraten, wie stark die Verletzungen von Herrn Lindberg sind?"

Doktor Balewa runzelte die Stirn. „Ich nehme an, Sie benötigen diese Informationen für Ihre weiteren Ermittlungen. Sie kennen das ja. Ärztliche Schweigepflicht. Also, Herr Lindberg hat eine Gehirnerschütterung verursacht durch einen nicht unerheblichen Schlag auf den Kopf. Dieser hat auch zu einer Platzwunde geführt, die wir mit mehreren Stichen nähen mussten. Sein Körper ist übersät mit Hämatomen, ausgelöst durch stumpfe Gewalt. Sein linker Ringfinger ist gebrochen, ebenso wie zwei Rippen. Das wäre es im Großen und Ganzen."

Anna sah den Arzt erschüttert an. „Mein Gott. Es ist nicht zu fassen."

„Ein Hinweis noch. Es gibt einen kleinen Unterschied. Während die Hämatome Herrn Lindberg bereits vor ein paar Tagen zu geführt wurden, sind die gebrochenen Rippen neueren Datums. Wie ich gehört habe, ist er reanimiert worden."

„Sie meinen, die gebrochenen Rippen sind erst durch die Wiederbelebungsmaßnahmen verursacht worden?", fragte Anna verblüfft nach.

„So ist es. Das ist kein Beinbruch. Für einen Laien ist die richtige Dosierung nicht immer leicht zu finden. Für den Patienten ist es jedoch eine schmerzhafte Angelegenheit. Unterm Strich zählt nur der Erfolg. Herr Lindberg lebt und wird in überschaubarem Zeitraum auch wieder der Alte sein. Für die nächsten Tage sollten wir ihm allerdings absolute Ruhe gönnen."

„Herzlichen Dank, Herr Doktor." Anna erhob sich. „Spricht etwas dagegen, wenn ich ihm jetzt ein paar Fragen stelle?"

„Natürlich nicht. Belasten Sie ihn bitte nicht zu lange. Zumal er gegenwärtig schon Besuch von seiner Verlobten hat."

„Von wem?" Anna sah den Arzt vollkommen irritiert an.

„Von seiner Verlobten. Was verwundert Sie daran?"

Anna fing sich schnell wieder und verabschiedete sich. „Es ist alles gut, Herr Doktor. Nochmals vielen Dank."

Anna glaubte immer noch, nicht richtig gehört zu haben, als sie aus dem Ärztezimmer wieder auf den Gang trat. Sie hatte keinen Zweifel daran, wer sich hinter der Verlobten von Lindberg verbarg. Wohl wissend, dass das medizinische Personal keine Personen zu den Patienten lassen würde, die nicht in einem Verwandtschaftsverhältnis zu ihnen standen. Sich selber zur Verlobten zu erklären, um dieses Hindernis zu umschiffen, zeugte schon von einer gewissen Schlitzohrigkeit.

Vor Lindbergs Krankenzimmer saß ein Polizeibeamter in Uniform und las eine Illustrierte. Als er die Person sah, die auf ihn zu ging, blickte er auf und sah sie fragend an. Anna begrüßte ihn und zeigte ihm ihren Dienstausweis.

Als Anna das Krankenzimmer betrat, glaubte sie, in die Filmszene einer Nachmittagssoap gestolpert zu sein. In dem Krankenbett lag ein hohläugiger unrasierter Mann mit einem Kopfverband. Auf der Bettkante saß eine junge Frau, die seine Hand hielt und streichelte. Mit geneigtem Kopf blickte sie mitleidig auf den Patienten hinab und auf dem Nachttisch stand zur Krönung dieser kitschigen Szene auch noch ein Strauß mit Gladiolen.

Das Paar wandte seine Köpfe zur Tür, als Anna eintrat.

„Welch ein trautes Glück. Dann steht der baldigen Genesung ja nichts mehr im Wege."

„Anna. Schön, dass du da bist", begrüßte Lindberg seine Freundin verlegen lächelnd. „Das ist übrigens Maja, von der ich dir ja schon erzählt habe."

Maja Wissmann ließ Lindbergs Hand los, stand auf und kam Anna entgegen. Die beiden begrüßten sich per Handschlag.

„Ich gratuliere zur Verlobung", konnte sich Anna nicht verkneifen, als sie Lindberg mit einem hauchenden Kuss auf die stoppelige Wange begrüßte.

„Verlobung? Was soll der Unfug denn?" Lindberg wusste nicht, worum es ging.

„Ich glaube, da muss ich etwas erklären …", startete Maja Wissmann einen Versuch, wurde aber gleich von Anna unterbrochen. „Ich denke, das müssen Sie nicht. Ich wäre Ihnen aber sehr dankbar, wenn Sie uns einen Augenblick alleine lassen könnten. Ich muss Lindberg kurz dienstlich befragen."

Maja zögerte einen Augenblick, ergriff dann ihre Handtasche und verließ das Krankenzimmer, nicht ohne sich mit einem Kuss von Lindberg zu verabschieden und einen weiteren Besuch für den Nachmittag anzukündigen.

Anna rückte einen Stuhl in die Nähe des Bettes und setzte sich. „Nun Lindberg, wie geht es dir?"

„Anna, das mit Maja musst du verstehen. Sie macht sich Sorgen um mich. Und ich bin ganz froh, dass sie sich um mich kümmert."

„Du musst dich nicht entschuldigen, Lindberg. Es ist dein Leben. Aber nur zur Erinnerung, du hast auch noch andere Freunde, die sich um dich sorgen. Ohne sie könnten wir uns beide vermutlich nicht so schön unterhalten wie augenblicklich."

Lindberg holte tief Luft. „Das ist wohl wahr. Tobias und der Schrauber sind tatsächlich auf den letzten Drücker aufgetaucht."

„Fangen wir einmal von ganz vorne an. Ich weiß, dass die Russen dich in der Tiefgarage überfallen und niedergeschlagen haben. Wir haben Blutspuren von dir an deinem Auto gefunden. Nun erzähle mal, wie es weiter ging."

„Wie lange ich bewusstlos war, weiß ich nicht. Irgendwann bin ich gefesselt auf diesem komischen Schiff aufgewacht."

„Wie wir jetzt erfahren haben, ist es ein ausgemustertes Tauchschiff der russischen Marine", warf Anna ein.

„Auf jeden Fall dauerte es nicht lange, als dieser Edelrusse im Trenchcoat auftauchte, von dem ich dir schon berichtet habe. Im Schlepptau zwei seiner Haudegen. In süffisantem Ton stellte er meine mangelnde Kooperationsbereitschaft fest und wollte erneut von mir wissen, wo das Büchlein wäre. Als ich ihm wieder sagte, dass ich das nicht wüsste und dass ich das Buch nicht habe, jagte er seine beiden Handlanger auf mich. Den Edelrussen habe ich danach nie wieder gesehen. Doch diese Nummer wiederholte sich in unregelmäßigen Abständen. ´Wo ist Buch?`, fragten die russischen Schlichtköpfe immer nur. Da ich nicht in ihrem Sinne antwortete, tobten sie ihren Frust an mir aus und sperrten mich anschließend in der Druckkammer ein."

Anna sah Lindberg mitfühlend an. „Es tut mir wirklich leid, Lindberg. Solche Torturen wünscht man seinem ärgsten Feind nicht. Und warum haben die Idioten die Druckkammer gestern mit Wasser befüllt?"

„Ich weiß es nicht. Aber ich vermute einmal, dass sie der Meinung waren, dass ich bei Todesangst etwas verraten würde", versuchte Lindberg eine Erklärung zu finden.

„Das reicht erst einmal für heute. Der Doktor sagt, du brauchst Ruhe."

„Eines wollte ich von dir noch wissen, Anna. Wie haben Tobias und der Schrauber mich überhaupt gefunden?"

Anna stand von ihrem Stuhl auf und strich Lindberg sanft über die Wange. „Das können die beiden dir später selber erzählen. Jetzt ist Ruhe die erste Bürgerpflicht."

Als Anna Lindbergs Krankenzimmer verließ, stutzte sie. Am Ende des Ganges erblickte sie Doktor Balewa im Gespräch mit Frau Doktor Matthiesen.

„Sie im Reich der lebenden Patienten, welche Überraschung", begrüßte Anna die Rechtsmedizinerin herzlich.

„Frau Severin, was machen Sie denn hier? Sie sehen eigentlich sehr gesund aus?", kam schmunzelnd die Retourkutsche der jungen Ärztin.

„Wie ich sehe, verstehen sich die beiden Damen bestens", bemerkte Doktor Balewa amüsiert, „ich muss dann wieder. Kim, wir treffen uns wie besprochen morgen Abend. Bis dann." Der Arzt wandte sich einer Schwester zu, die bereits in gebührendem Abstand mit einem Krankenblatt in der Hand auf ihn wartete.

„Doktor Balewa und ich kennen uns schon seit Jahren. Wir haben zusammen studiert, und wenn ich im Hause bin, sag ich immer schnell einmal Hallo bei ihm", erklärte Doktor Matthiesen den Grund ihrer Anwesenheit, „und Sie, was treibt Sie ins Krankenhaus?"

„Ein Patient. Sie kennen ihn übrigens. Es ist Karl-Magnus Lindberg", klärte Anna die Rechtsmedizinerin auf.

„Lindberg? Das müssen Sie mir erzählen. Haben Sie ein wenig Zeit? Wir wollten doch ohnehin irgendwann einmal einen Kaffee zusammen trinken. Im Erdgeschoss gibt es eine ganz annehmbare Cafeteria."

„So viel Zeit muss sein. Und einen Kaffee könnte ich zurzeit ganz gut vertragen", erklärte sich Anna bereit.

Nachdem die beiden sich ihren Kaffee vom Tresen geholt hatten, setzten sie sich an einen runden Tisch in die äußerste Ecke der Cafeteria, um sich ungestört unterhalten zu können.

„Wieso spricht Doktor Balewa eigentlich so gut Deutsch", konnte Anna ihre Neugier nicht länger zurückhalten.

Kim Matthiesen lachte. „Ganz einfach, weil er Deutscher ist."

„Es tut mir leic. Irgendwie scheinen wir Menschen aus dem hohen Norden etwas komisch programmiert zu sein, wenn nach unserer klischeehaften Vorstellung Wort und Bild nicht ganz zusammenpassen." Anna rührte verlegen in ihrem Kaffee.

„Sie müssen sich deswegen nicht entschuldigen. Das geht vielen so. Doktor Balewa hat es oft genug erlebt und er macht sich selber einen Spaß daraus. Würden Sie ihn direkt darauf ansprechen, hätte er vermutlich geantwortet 'Oh, das wollte ich Sie auch gerade fragen'. Er ist wirklich ein interessanter Mann. Aber eine ganz andere Frage. Was ist denn nun mit Lindberg?"

„Ich will Sie nicht mit der ganzen Geschichte langweilen, aber er ist überfallen und gefangen gehalten worden. Dabei hat man ihn übel zugerichtet. Gehirnerschütterung, Rippenbrüche, Hämatome, gebrochener Finger", berichtete Anna in Kürze.

„Und wissen Sie schon, wer die Übeltäter waren?"

„Ja. Russen. Wir haben sie auch festgenommen. Aber die wahren Anstifter agieren im Hintergrund. Die zu erwischen, ist fast aussichtslos."

„Herr Lindberg hat wohl gegenwärtig keine Glückssträhne, wenn ich an die Ereignisse der vergangenen Tage denke", bemerkte Kim Matthiesen nachdenklich.

„Da mögen Sie recht haben", antwortete Anna gedankenversunken und wirkt für kurze Zeit abwesend.

Die Rechtsmedizinerin legte ihre Hand auf Annas Arm und sah ihr direkt ins Gesicht. Anna schrak zusammen.

„Was beunruhigt Sie noch? Es sind doch nicht nur Lindbergs Blessuren. So wie Sie sie mir beschrieben haben, wird er daran garantiert nicht sterben."

Anna wandte ihren Kopf der Ärztin zu. „Ach, Frau Doktor Matthiesen, lassen Sie nur. Es ist nicht immer ganz leicht, die wirren Gedankengänge einer Kriminalistin nachzuvollziehen."

„Zunächst vergessen wir einmal die Frau Doktor. Ich heiße Kim. Hier geht es ja auch nicht um Psychologie und Seelenmassage sondern einfach nur um einen rein informativen Erfahrungsaustausch unter Frauen, die mit beiden Füssen auf der Erde stehen. Verstanden, Anna?"

Annas ernstes Gesicht veränderte sich zu einem verständnisvollen Lächeln. „Das hört sich gut an, Kim. Vielen Dank. Du hast recht, der Gesundheitszustand von Lindberg beunruhigt mich nicht grundsätzlich. Der wird schon wieder. Aber seine Verlobte gibt mir zu denken."

„Seine Verlobte? Von der höre ich ja das erste Mal", reagierte Kim Matthiesen überrascht.

„Genau das ist es. Zu seiner Verlobten hat sie sich wohl selber ernannt, um sich einen Zugang zu Lindbergs Krankenzimmer zu verschaffen. Aber was mich verwundert und zugeben auch ein wenig beunruhigt, ist Lindbergs Verhalten ihr gegenüber."

„Was meinst du konkret?", hakte die Ärztin nach.

„Maja Wissmann, so heißt sie übrigens, wohnt in der Nähe von Lindberg. Vor wenigen Tagen ist sie bei ihm aufgekreuzt und hat ihn um Hilfe gebeten. Er sollte sie zu einer Testamentseröffnung begleiten. Dort hat sie erfahren, dass sie die uneheliche Tochter von Hardenberg ist und alles erben soll."

Die Rechtsmedizinerin hielt die Hand vor ihren Mund und starrte Anna ungläubig an. „Das glaube ich jetzt nicht. Tatsächlich?"

„So ist es. Und seitdem weicht sie Lindberg nicht mehr von der Seite", ergänzte Anna. „Zugeben Lindberg ist ein vertrauenswürdiger und hilfsbereiter Mann. Aber naiv und gutgläubig war er nie."

Kim Matthiesen überlegte. „Was beunruhigt dich denn an dieser Sache so?"

„Es ist nicht mehr der Lindberg, wie ich ihn kenne", kam Annas schnell Antwort. „Du hättest das Bild vorhin einmal sehen sollen. Der hilflose Patient im Bett mit der schmachtenden Geliebten Händchen haltend, mitleidig und gütig lächelnd an seiner Seite."

Kim Matthiesen prustete los und konnte sich kaum halten vor Lachen. Anna sah sie verwundert an. „Ich finde das gar nicht so zum Lachen."

„Anna, du hättest dich selber einmal hören müssen", antwortete Kim Matthiesen, nachdem sie sich wieder beruhigt hatte, „kann es sein, dass du ein bisschen eifersüchtig bist?"

Anna blickt überrascht, schwieg aber eine Weile. „Ich hab ja gesagt, meinen verworrenen Gedanken kann man nicht immer logisch folgen."

„Ich verstehe ja, dass man in deinem Job nicht immer nur geradeaus denken darf. Aber nicht hinter jeder Ecke lauert auch Gefahr, liebe Anna."

Kapitel 19

Unwillig warf Lindberg sein Tablett auf die Bettdecke. Er guckte aus dem Fenster. Die Sonne schien. Man hatte ihn zur Untätigkeit verdammt. Eingesperrt in einem Krankenzimmer. Unbarmherzige Wärter in Personen von Ärzten und Krankenschwestern hielten ihn gefangen. Versorgten ihn mit dem Notwendigsten. Das Fernsehprogramm, seine E-Books, Telefonate mit Freunden, selbst die fürsorglichen Besuche von Maja konnten seine Langeweile nicht durchbrechen. Und zu allem Übel saß auch noch ein Aufpasser vor der Tür, der ihn sogar bei seinen ersten Spaziergängen auf dem Flur nicht aus den Augen ließ. Seit drei Tagen hing er jetzt hier herum. Verflucht zum Müßiggang. Gehirnerschütterung und Rippenbrüche hin oder her, er musste raus aus dieser Gefängniszelle. Stöhnend setzte er sich auf die Bettkante. Seine Blessuren peinigten ihn nach wie vor mehr, als ihm lieb war. Aber faul auf der Haut liegen und seine Wunden lecken, konnte er auch zu Hause.

Lindberg stand auf, ging zum Schrank und zog Hose, Hemd und Jacke an, die Maja ihm mitgebracht hatte. Es ging nur langsam voran, da er immer wieder innehielt, wenn sich bei den Bewegungen seine Verletzungen unangenehm bemerkbar machten. Er griff gerade nach seiner Tasche, als sich die Tür öffnete und Doktor Balewa zusammen mit einer Schwester eintrat.

„Nanu, Herr Lindberg, haben Sie einen größeren Ausflug vor?", fragte der Arzt verwundert, als er Lindbergs Outfit registriert hatte.

„Doktor, ich werde hier verrückt. Ihre verordnete Passivität in Ehren, aber sie geht mir auf den Geist. Ich verlasse Ihre gastliche Stätte und werde es mir zu Hause gut gehen lassen", erklärte Lindberg entschlossen.

Der Arzt schüttelte den Kopf. „Herr Lindberg, davon kann ich nur dringend abraten. Aus medizinischer Sicht benötigen Sie Ruhe. Ob Sie die zu Hause finden werden, wage ich zu bezweifeln. Mit Ihren Verletzungen ist nicht zu spaßen. Doch wir können Sie nicht aufhalten. Unsere Klinik ist kein Gefängnis."

Lindberg verzog das Gesicht. „Aber genau das Gefühl habe ich, Doktor. Ihre Fürsorge in Ehren, aber ich habe die Nase voll. Ich gehe."

„Ihre Entscheidung, Herr Lindberg. Auf Ihr eigene Verantwortung." Der Arzt wandte sich der Schwester zu. „Sorgen Sie bitte dafür, dass die Entlassungspapiere für Herrn Lindberg fertiggestellt werden. Bevor er geht, muss er die Erklärung, dass er auf eigenes Risiko das Krankenhaus verlässt, unterschreiben."

Die Schwester nickte und verließ das Krankenzimmer.

„Ihnen rate ich, Herr Lindberg, sich unverzüglich bei Ihrem Hausarzt vorzustellen. Ich wünsche Ihnen alles Gute."

„Ich danke Ihnen, Doktor. Ich hoffe, Sie haben Verständnis für meinen Unmut."

Doktor Balewa lächelte Lindberg an. „Jetzt spricht nicht der Mediziner aus mir. Aber ich bin mir nicht sicher, ob ich in Ihrer Lage nicht ähnlich handeln würde. Nochmals, machen Sie es gut!"

Der Polizeibeamte vor der Tür sprang auf, als Lindberg eine halbe Stunde später, nachdem alles Bürokratische mit der Klinik erledigt war, das Krankenzimmer mit seiner Tasche in der Hand verließ. „Wo wollen Sie denn hin, Herr Lindberg?"

„Nach Hause, wie Sie sehen. Ihre Dienste sind nicht mehr nötig", stellte Lindberg lapidar fest und ging weiter.

Der Polizeibeamte lief hinterher. „Das können Sie doch nicht machen."

Als er sah, dass Lindberg sich nicht aufhalten ließ, griff er zu seinem Smartphone.

Das Taxi hielt unmittelbar vor seinem Haus in der Hüxstraße. Nur mit Mühe quälte Lindberg sich aus dem Wagen, nachdem er den Fahrer bezahlt hatte. Eine aufgeregte Stimme von der anderen Straßenseite stoppte ihn auf seinem Weg zur Eingangstür.

„Lindberg. Lindberg. Du wieder da?" Francesco kam von seiner Pizzeria herüber gelaufen. „Come stai, amico mio?"

„Francesco, alter Freund. Es ging mir schon besser. Noch ein paar Tage, dann bin ich wieder der Alte", beruhigte Lindberg den aufgeregten Italiener.

„Maja mir hat jeden Tag erzählt von dir und deine situazione catastrofica", wusste Francesco zu berichten, „das ist Schicksal, Lindberg, und jeder hat Freude auf seine Weise. Wenn wir feiern Geburt von Bambino Luigi und kleiner Mensch tritt in unser Leben, am selben Tag bei dir kommt große Liebe mit Maja."

Francescos temperamentvoller Redeschwall wollte nicht enden. Lindberg bedankte sich bei dem Italiener für die herzliche Begrüßung und schritt beschwerlich auf seine Haustür zu.

„Wenn du brauchst Pizza oder Vino, nur telefonieren", rief Francesco ihm hinterher, als Lindberg schon in der Tür stand.

Nach einem mühsamen Aufstieg ließ sich Lindberg in seinen Lieblingssessel fallen. Er fühlte sich wie nach einem Marathonlauf. Vielleicht war seine Flucht aus dem Krankenhaus doch nicht eine so gute Idee gewesen. Bevor er weiter darüber nachgrübeln konnte, erklang seine Türglocke.

„Oh nein!", stöhnte er auf. „Wenn Francesco das ist, bringe ich ihn um." Mühsam erhob er sich.

„Lindberg, was machst du denn für Sachen?" Maja stürmte herein, sah ihn verzweifelt an und umarmte ihn überschwänglich. Lindberg holte mit schmerzverzerrtem Gesicht tief Luft.

„So etwas kannst du doch nicht machen. Du musst dich sofort hinlegen", sprudelte Maja voller Fürsorge los.

„Es ist ja alles gut." Lindberg bewegte sich in Zeitlupe wieder zu seinem Sessel und setzte sich.

Maja schien entsetzt zu sein. „Was haben denn die Ärzte gesagt? Die waren doch sicherlich nicht damit einverstanden, dass du viel zu früh das Krankenhaus verlassen hast."

„Maja, nun mach doch bitte nicht so eine große Welle. Mir fiel in dem Klinikgefängnis einfach die Decke auf den Kopf. Ausruhen kann ich mich auch hier. Und zwar weitaus komfortabler. Und außerdem habe ich ja eine ganz persönliche Betreuerin, die mir liebevoll zur Hand geht."

Maja schien versöhnt zu sein. Sie ging auf Lindberg zu und drückte ihm einen Kuss auf die Stirn. „Das scheint auch dringend nötig zu sein …"

Es klingelte erneut an der Haustür. „Bleib sitzen. Das mache ich schon", befahl Maja.

Grinsend empfing Lindberg Anna, als sie aufgebracht ins Wohnzimmer gestürmt kam. „Lindberg, du bist wohl von allen guten Geistern verlassen".

„Auch dir einen guten Tag, liebe Anna", empfing er seine Freundin, als sie mit den Händen in den Hüften vor seinem Sessel stehen blieb und auf ihn herunterblickte.

„Du kannst dich doch nicht sang- und klanglos aus dem Krankenhaus verabschieden, ohne uns zu informieren. Wer gibt dir denn die Sicherheit, dass hinter der nächsten Straßenecke nicht wieder irgendwelche verwirrten Russen lauern, die dir ans Leder wollen?"

„Und ganz gesund ist er schließlich ja auch noch nicht", meldete sich Maja zu Wort. Erst jetzt schien Anna ihre Anwesenheit bewusst zur Kenntnis zu nehmen. „Entschuldigung, Frau Wissmann, aber ich war so wütend über diesen starrsinnigen Dickkopf."

„Hauptsache ihr beide seid euch einig und könnt weiter auf einem waidwunden Autoren herumschlagen."

„Jetzt kommen mir aber gleich die Tränen." Anna wandte sich Maja Wissmann zu. „Haben Sie von dieser wahnsinnigen Aktion gewusst oder war das wieder eine seiner einsamen Entscheidungen?" Lindberg hatte den Eindruck, dass Anna den Umstand, dass sie auch Maja in seiner Wohnung angetroffen hatte, nicht gefiel. Ihre hoch gezogene linke Augenbraue war ein eindeutiges Zeichen dafür. Zumal als sie sah, wie Maja sich hinter Lindbergs Sessel stellte und besitzergreifend ihre Hand auf seine Schulter legte. Eine Geste, die auch ihm missfiel.

„Maja, ich glaube, eine Tasse Kaffee täte uns allen ganz gut. Wärst du so lieb?", versuchte Lindberg die unglückliche Situation zu bereinigen. Maja zögerte im ersten Augenblick, begab sich dann aber in die Küche, um Lindbergs Wunsch zu erfüllen. Anna setzte sich neben ihren Freund.

„Lindberg, Lindberg, du bist einfach unmöglich."

„Ich wollte dir das Leben nicht schwer machen. Anna, das weißt du."

„Ist ja schon gut, du alter Dickkopf. Ich habe übrigens eine gute und eine schlechte Nachricht für dich.“

„Bitte die gute zuerst.“

„Wir haben die Identität des Edelrussen mit dem Trenchcoat gelüftet …“

„Tatsächlich?“ Lindberg versuchte, sich in seinem Sessel nach vorne zu beugen. Ließ es dann aber stöhnend.

„Sein Name ist Wladimir Barissow. Die Videokamera in der Tiefgarage hat uns ein Bild von ihm geliefert. Und die Hotelangestellten im Hardenberg Lubeca haben ihn identifiziert.“ Anna griff in die Innentasche ihrer Jacke und holte ein Foto hervor. „Ist er das?“

Lindberg warf einen Blick darauf und nickte. „Ja, das ist der Drecksack mit den gepflegten Manieren. Was ist nun die schlechte Nachricht?“

„Wir können ihn nicht belangen. Er ist Mitglied des russischen Konsulats in Hamburg und genießt Diplomatenstatus.“

Lindberg stöhnte auf. „Das kann doch wohl nicht wahr sein. Dieser aalglatte Schuft kommt straffrei davon?“

„So, wie es aussieht schon. Aber wir bleiben am Ball, denn in diesem Zusammenhang gibt es noch eine kleine Besonderheit, die wir nicht aus den Augen verlieren dürfen. Was meinst du, wer mit dem Edelrussen liiert ist?“ Anna sah Lindberg herausfordernd an.

„Spann mich nicht so lange auf die Folter, Anna, sag schon, wer ist es?“

„Ob du es glaubst oder nicht, er ist der Liebhaber von Mareike Hardenberg.“

„Nein, wahrhaftig? Und du meinst, die hängt da möglicherweise mit drin?“

„Das wissen wir noch nicht. Ausschließen können wir es grundsätzlich nicht.“

Lindberg überlegte eine Weile. „Vielleicht hat Barissow auch nur aus dem Grunde die Nähe zu Mareike Hardenberg gesucht, um so leichter an das begehrte Büchlein zu kommen."

„So gesehen, hat der Mord an Hardenberg seinen ursprünglichen Plan gestört und er musste davon ausgehen, dass andere ihm zuvor gekommen sind." Anna schürzte die Lippen. „Das würde auch die Attacken gegen deine Person erklären."

Lindberg nickte bestätigend.

Maja kam mit einem Tablett und dem Kaffee herein. „Was gibt es für Neuigkeiten, die euch so begeistern?"

„Anna hat gerade berichtet, dass der Russe, der hinter der ganzen hinterhältigen Aktion steckt, ein Mitglied des russischen Konsulats ist und zugleich der Freund von Mareike Hardenberg", erklärte Lindberg immer noch erstaunt.

„Mein Gott, was für ein Durcheinander. Ist denn schon klar, wer Alexander Hardenberg umgebracht hat?", wollte Maja wissen. Lindberg fiel auf, dass sie bei ihrer Frage nicht das Wort „Vater" benutzte.

„Wir arbeiten daran, aber mehr kann und darf ich leider dazu nicht sagen", kam Annas obligatorische Antwort.

„Aber Constantin Hardenberg und der Geschäftsführer sind doch immer noch verhaftet, oder?" Maja ließ nicht locker.

„Das ist richtig. Sie sind nach wie vor verdächtig. Außerdem haben sie sich auch noch für andere Straftaten zu verantworten."

„Was denn noch? Das hört sich ja an, als ob die Polizei bei den Hardenbergs in ein Wespennest gestochen hat." Maja wollte partout mehr wissen, doch Anna hob nur entschuldigend die Hände.

Es klingelte an der Haustür.

„Mein Gott!", entfuhr es Lindberg. „Das geht hier ja zu, wie in einem Taubenschlag." Maja öffnete.

„Lindberg, du verrücktes Huhn. Ich wollte dich im Krankenhaus besuchen und komme in ein leeres Zimmer. Ich hab mich vielleicht erschrocken", fiel Tobias mit der Tür ins Haus. Doch er war nicht allein. Auch Rosi und der Schrauber polterten herein und begrüßten Lindberg überschwänglich, bis er abwehrend die Hände hob. „Nun ist aber gut. Anna, du bist die Polizei. Kannst du die Landplage nicht einmal zur Ordnung rufen? Immerhin bin ich ein leidendes Opfer und muss beschützt werden."

Ein großes wortreiches Bedauern seiner Freunde war im sicher. Nach und nach setzten sie sich.

„Nun erzähl schon, Lindberg. Warum bist du einfach so abgehauen?", wollte Rosi wissen.

„Oh, nein, nicht schon wieder. Anna und Maja haben mich schon genug gelöchert. Ich hatte einfach Sehnsucht nach euch. Das ist doch wohl ein ausreichender Grund." Lindberg grinste seine Freunde an.

Allgemeines Murren war die Antwort.

„Gibt es denn in deiner Absteige nichts Anständiges zu trinken?", meldete sich der Schrauber zu Wort.

„Maja, kannst du bitte einmal nachsehen, was wir noch im Haus haben. Bölkstoff für den Schrauber ist auf jeden Fall noch da", bat Lindberg, „ich würde ja gerne selber nachsehen, aber manche Dinge funktionieren noch nicht so gut." Etwas widerstrebend stand Maja auf, ging dann aber ohne ein weiteres Wort in die Küche.

„Wohl dem, der eine Verlobte hat", konnte Anna sich nicht verkneifen. Ruckartig wandten sich alle Köpfe Lindberg zu.

„Du bist verlobt?"

„Seit wann das denn?"

„Das hast du uns ja gar nicht erzählt."

Die Fragen prasselten nur so auf Lindberg nieder. Anna konnte sich angesichts Lindbergs hilfloser Reaktion ein Schmunzeln nicht verkneifen.

„Anna, erzähl doch nicht so einen Schwachsinn", stieß Lindberg hervor, nachdem seine Freunde sich wieder beruhigt hatten, „das hat Maja doch den Schwestern nur erzählt, damit sie zu mir ins Krankenzimmer konnte."

„Entschuldige, Lindberg, da habe ich wohl etwas missverstanden." Anna wirkte immer noch amüsiert. „Ich hätte noch eine ganz andere Frage. Hat dir eigentlich im Krankenhaus jemand erzählt, woher du deine Rippenbrüche hast?"

Lindberg sah Anna verständnislos an. „Wie du weißt, haben die Russen mich nicht verschont, sondern auf sehr spezielle Weise ihre Wut an mir ausgelassen. Warum fragst du?"

„Nun, Doktor Balewa hat mir gegenüber geäußert, dass die Rippenbrüche im Vergleich zu den anderen Hämatomen relativ frisch waren. Er ging davon aus, dass sie dir erst am Abend deiner Rettung zugeführt worden sind."

Tobias und Rosi fingen zeitgleich an zu lachen. Lindberg sah Anna entgeistert an, bis auch ihm ein Licht aufging. Alle wandten sich dem Schrauber zu, der seine Freunde mit unbewegter Miene musterte.

„Anna, willst du uns damit sagen, dass der Schrauber Lindberg bei seiner Rettungsaktion die Rippen gebrochen hat?", prustete Tobias los.

„Es sieht so aus", bemerkte Anna lächelnd.

„Mein Gott, was hab ich bloß für Freunde?", war Lindbergs lapidarer Kommentar.

„Schrauber, was sagst du denn dazu?", schaltete sich jetzt Rosi ein.

Der Schrauber hob nur die Schultern. „Ich weiß gar nicht was ihr habt? Lebt Lindberg oder nicht? Und was sind da schon zwei angeknackste Rippen. Er hat ja noch mehr davon."

Maja kehrte mit den Getränken aus der Küche zurück und setzte sich, nachdem Lindberg sie über das allgemeine Gelächter aufgeklärt hatte.

Es war eine gelöste Stimmung um diese Zeit in der Hüxstraße. Ausführlich mussten Tobias und der Schrauber von der Suche nach Lindberg und ihrer spektakulären Rettungstat berichten. Dazu gehörte ihr Auftritt im „Knurrhahn" ebenso dazu wie auch das Entern des russischen Seelenverkäufers. Tobias ließ kein Detail aus und auch beschwichtigende Einwände vom Schrauber nicht gelten.

„Wohl dem, der Freunde hat", war Lindbergs nachdenklicher Kommentar, nachdem Anna daran erinnerte, wie knapp er dem Tod von der Schippe gesprungen war.

Rosi setzte sich auf und blickte in die Runde. „Bevor wir nun in Trübsal verfallen, eine Frage nur. Habt ihr die Zeitung von heute schon gelesen?" Alle verneinten, bis auf Tobias, der zufrieden grinste.

„Hast du die noch irgendwo?", fragte Rosi Lindberg.

„Ja, die muss vorne auf dem Haufen mit der Post liegen."

Rosi war bereits aufgesprungen und kam kurz darauf, das Blatt schwenkend, zurück.

Rosi setzte sich wieder und blätterte hektisch in der Zeitung herum. „Wenn ihr erlaubt, werde ich euch einen Artikel vorlesen. Nur das Wesentliche." Rosi blickte fragend in die Runde, erwartete aber keine Antwort. „Überschrift, Leiter der

Hilfsorganisation Tutela verhaftet."

„Warum das denn?" Lindberg schüttelte ungläubig den Kopf.

„Gemach, gemach. Jetzt kommt es ja", fuhr Rosi fort, „am gestrigen Abend wurde der Leiter der Hilfsorganisation Tutela, Dietmar K. in seinem Haus im Lübecker Stadtteil St. Jürgen verhaftet. Nach Aussage der Staatsanwaltschaft wird ihm der Umgang mit Kinderpornografie vorgeworfen. Sein Computer und andere Unterlagen wurden beschlagnahmt. Aus einschlägigen Kreisen ist zu erfahren, dass Dietmar K. auch mit ausländischen Kinderpornoringen in Verbindung gestanden haben soll. Der Leiter der Hilfsorganisation Tutela war erst kürzlich in die Schlagzeilen geraten, als er wegen sexueller Übergriffe auf eine Mitarbeiterin vor Gericht stand. Soviel dazu. Was sagt ihr nun?" Rosi faltete die Zeitung wieder zusammen und blickte beifallsheischend in die Runde.

„Das ist ja ein Hammer", stieß Lindberg hervor. „hat er also doch Dreck am Stecken."

„Hab ich doch gleich gesagt", erklärte Tobias gutgelaunt.

Anna runzelte die Stirn. „Ich frage mich gerade, wie meine Kollegen denn dahintergekommen sind, dass auf Katzbachs Computer solche Schweinerein zu finden sind."

„Stand in dem Artikel nicht, dass die Polizei Hinweise bekommen hätte?", wandte sich Tobias an Rosi.

„Ja, ja, das stand da auch. Ich hab es nur nicht vorgelesen", antwortete Rosi ein wenig hastig.

Lindberg sah Tobias und Rosi abwechselnd an. Ihre Zufriedenheit, die sich in ihren Gesichtern widerspiegelte, kam ihm äußerst verdächtig vor. Hatten die beiden während seines Aufenthalts im Krankenhaus etwa an der Katzbachsache gedreht? Lindberg wusste nur zu gut, welche unbegrenzten

Fähigkeiten sein Freund Tobias im Umgang mit dem Computer besaß. Ihm traute er sogar zu, dass er sich in das System des Verteidigungsministeriums hacken könnte. Einem ungeliebten Katzbach ein paar Kinderpornobilder in den PC zu schmuggeln, wäre für Tobias eine seiner leichtesten Übungen. Kein IT-Experte hätte nur den Funken einer Chance, seine Spur zurück verfolgen zu können. Da Anna und auch Maja nichts von ihrem Robin-Hood-Trip für Rosis Freundin Sandra wussten und auch nicht wissen sollten, behielt Lindberg seine Gedanken und seinen Verdacht für sich.

„Gut zu wissen, dass es irgendwo auf der Welt noch eine kleine Portion Gerechtigkeit gibt", stellte Lindberg lakonisch fest.

Kapitel 20

Lindberg griff zum Telefon. Er war nach dem aufregenden Besuch seiner Freunde fast komatös in sein Bett gefallen und hatte wie ein Murmeltier geschlafen.

„Tobias, du hinterlistiger Kerl, haben mich meine Sinne getäuscht oder hast du dem fiesen Katzbach das faule Ei in den Computer gelegt?", begrüßte er seinen Freund.

„Guten Morgen, Lindberg. Ich freue mich, dass es dir gutgeht." Lindberg konnte das schelmische Grinsen von Tobias förmlich durch das Telefon sehen.

„Nun sag schon, was hast du da wieder ausgeheckt?"

„Eigentlich bin ich völlig unschuldig. Rosi war diejenige, die mich ständig bedrängt hat, noch etwas gegen Katzbach zu unternehmen. Als uns nicht so recht etwas einfiel, wollten wir dich befragen. Aber du warst ja nicht auffindbar. Genaugenommen kannst du Rosi indirekt deine Rettung verdanken, denn wenn sie nicht so penetrant gewesen wäre, hätten wir gar nicht so schnell gemerkt, dass du verlorenen gegangen warst."

„Ich werde mich bei Gelegenheit bei Rosi bedanken, aber nun lenk nicht ab. Was hast du gemacht? Runter mit den Hosen!", bedrängte Lindberg seinen Freund weiter.

„Ach, das musst du gar nicht alles wissen. Außerdem verstehst du doch von Computersachen gar nichts. Entscheidend ist doch, der Erfolg gibt uns recht."

„Aber Kinderporno ist schon ganz schön hart. Wenn er deswegen verurteilt wird, hat er im Knast nichts zu lachen", gab Lindberg zu bedenken.

„Ich habe mit solchen Typen keine Mitleid, Lindberg. Du hast ja gesehen, auf welche widerliche Art der Katzbach mit Hilfe meines durchtriebenen Kollegen Bauer sich aus der

Sache mit Sandra herausgewunden hat. Sie haben Rosis Freundin noch Prostitution unterstellt. Die gehen über Leichen. Denen ist vollkommen egal, ob sie unschuldige Menschen an den Pranger stellen und vernichten, nur um sich selber reinzuwaschen." Tobias hatte sich in Rage geredet.

„Du hast ja recht, mein Freund. Ich war nur etwas überrascht, als Rosi gestern den Artikel vorgelesen hat."

„Auf jeden Fall haben wir unser Ziel erreicht. Nachdem Katzbach aus dem Verkehr gezogen wurde, hat Sandra jetzt bei Tutela auch wieder ihren Job zurückerhalten. Aber viel wichtiger ist, was deine Knochen machen, Lindberg. Was meinst du, wann können wir wieder auf den Bock?"

Lindberg gab einen gequälten Ton von sich. „Erzähl nicht so 'n Mist. Du weißt doch, ich kann nicht lachen. Ein bisschen gedulden musst du dich wohl noch. Ich hab ja schon Probleme, geschmeidig aus dem Bett zu kommen. Wie soll ich mich dann erst aufs Moped schwingen können?"

Lindberg hatte nicht vor, sich wegen seiner Verletzungen auf die faule Haut zu legen. Auch wenn es hier und da bei bestimmten Bewegungen noch zwickte, unternahm er regelmäßig kleine Besorgungen und Ausflüge. Er besuchte auch den Professor im Antiquariat und berichtete über seine Entführung. Zwischendurch setzte er sich an seinen Schreibtisch und versuchte, aus den vielen Puzzleteilen über den Mord an dem Hotelier Hardenberg und sein Wissen darüber ein Gesamtbild zu schaffen. Doch es gab einfach noch zu viele Lücken.

Maja kam jeden Tag und stellte sicher, dass er gut versorgt war. Gleichzeitig berichtete sie von ihren täglichen Besprechungen mit Rechtsanwalt Dabelstein. Dort ging es in erster Linie um das zukünftige Führungspersonal des Hotelkonzerns. Der Geschäftsführer Jean-Pierre Carmouflage und auch Constantin Hardenberg saßen nach wie vor im Gefängnis. Beide standen weiterhin unter Mordverdacht und mussten sich zudem noch für andere Straftaten verantworten. Dass sie je wieder ins Hotel zurückkehren würden, war kaum vorstellbar.

„Lindberg, ich habe eine Bitte an dich. Rechtsanwalt Dabelstein will mir heute die Schlüssel für das Haus in Travemünde übergeben. Könntest du mich morgen dahin begleiten?" Maja war am frühen Morgen auf dem Weg in die Anwaltskanzlei bei Lindberg herein gesprungen, um ihren Wunsch zu äußern. „Ich habe ein bisschen Schiss, alleine da hinzufahren. Du weißt schon, wegen des Mordes im Haus. Das ist mir irgendwie unheimlich."

Lindberg hatte sich bereit erklärt, Maja am kommenden Nachmittag zu begleiten.

Der Sommer zeigte sich in diesem Jahr auch in seinen letzten Tagen von seiner besten Seite. Maja stellte ihr Auto vor dem stattlichen weißen Haus am Helldahl in Travemünde ab. Durch die Bäume hindurch über die Segelschule Mövenstein hinweg waren die Wellen der Ostsee zu sehen. Ein funkelndes sonnenbeschienenes Blau.

Lindberg und Maja gingen die Stufen zum Eingang hinauf. Etwas zögerlich schloss Maja die Haustür auf. Beide traten ein. Es roch nach abgestandener Luft.

„Kannst du mir zeigen, wo du Hardenberg gefunden hast?", fragte Maja, als sie noch im Foyer standen.

„Natürlich", antwortete Lindberg, ging an ihr vorbei und betrat das Wohnzimmer. Er wandte sich nach links und schritt auf den Schreibtisch zu. Unmittelbar davor drehte er sich um und trat zur Seite.

Maja erstarrte wie vom Blitz getroffen. Panik flackerte in ihren Augen. „Nein!", schrie sie auf, „nein, das kann nicht sein! Das kann nicht sein!" Wie eine Furie schoss sie auf den Schreibtisch zu, um das, was sie sah, zu vernichten. Doch Lindberg hielt sie fest.

Auf dem Schreibtisch stand eine Tänzerin aus Bronze auf einem weißen Marmorsockel. Daneben lagen drei alte ledergebundene Bücher mit Goldschnitt.

Maja versuchte sich von Lindberg zu befreien, doch der ließ sie nicht los, sondern führte sie zu einem Sessel in den angrenzenden Wohnraum.

Maja zitterte am ganzen Körper. Bereitwillig ließ sie sich in den Sessel drücken und fing hemmungslos an zu weinen. Lindberg setzte sich ihr gegenüber und wartete.

„Du kennst das Haus sehr gut, nicht wahr?" fragte Lindberg behutsam, nachdem Majas Schluchzen ein wenig nachließ. Sie sah ihn aus tränenverschleierten Augen an.

„Ich wollte das nicht. Ich wollte das gar nicht", stieß sie wimmernd hervor.

„Das glaube ich dir, aber nun erzähl mal, wie es denn dazu kommen konnte", forderte Lindberg Maja auf.

Maja holte ein Taschentuch hervor und schnäuzte sich. „Meine Mutter hat mir auf dem Sterbebett verraten, wer mein Vater ist", begann Maja stockend, „ich wollte es gar nicht glauben. In den folgenden Tagen nach ihrem Tod wuchs in mir eine derartige Wut auf ihn, weil er sich nie um uns gekümmert hat. Meine Mutter hat für andere Leute geputzt, um sich und mich über die Runden zu bringen, und er hat derweil Millionen gescheffelt."

Lindberg nickte ihr auffordernd zu. „Und dann hast du ihn eines Tages aufgesucht."

„Ja, ich wollte diesem Unmenschen in die Augen sehen. Als er mir an dem Abend die Haustür geöffnete hat, war er nicht überrascht, sondern behauptete sogar, er hätte mich schon viel früher erwartet. Ich habe ihm alle die Vorwürfe, die sich in mir aufgestaut hatten, an den Kopf geworfen."

„Und wie hat Hardenberg reagiert?"

„Anfangs hat er nur mit versteinerter Miene zugehört, aber irgendwann ist er zornig geworden. Er hat mich eine aufgeblasene Pute genannt. Aber was viel schlimmer war, er hat behauptet, dass meine Mutter eine leichtfertige Person gewesen wäre und es nicht nur mit ihm getrieben hätte." Maja schluchzte empört auf. „Als er sich dann mit der Bemerkung ich sollte verschwinden, umgedreht hat, habe ich die Skulptur ergriffen und ihm auf den Kopf geschlagen."

Lindberg hatte den Eindruck, dass Maja eine Last von der Schulter gefallen war. Sie wirkte immer noch aufgewühlt und knetete ihre Hände in ihrem Schoß, doch gleichzeitig glaubte er, eine gewisse Erleichterung in ihrem Gesicht entdecken zu können.

Erschrocken fuhr sie jedoch hoch, als sie ein Geräusch an der Tür zum Wohnzimmer vernahm.

„Bleiben Sie ruhig sitzen, Frau Wissmann. Wir haben alles mitgehört." In der Tür standen Anna Severin und Clemens Korthals. „Wir haben noch ein paar Fragen an Sie".

Maja starrte die beiden Kommissare entsetzt an. „Was soll das Ganze hier? Lindberg, du hast davon gewusst?"

Lindberg nickte bedächtig. „Es ist die Stunde der Wahrheit, Maja. Für dich gibt es kein zurück mehr. Du hast einen Menschen umgebracht."

„Wir gehen davon aus, dass Sie die Tatwaffe mitgenommen haben? Ist das richtig?" fragte Anna, nachdem sie sich auch gesetzt hatten. Maja warf einen Blick zur Skulptur auf den Schreibtisch.

„Das ist nur eine Kopie", erklärte Lindberg schulterzuckend, „nur so war es möglich, dich aus der Reserve zu locken."

„Das hätte ich nicht von dir gedacht." Maja senkte den Kopf. „Ja, ich habe sie mitgenommen und in die Ostsee geworfen."

„Wo genau?", hakte Anna nach.

„Am Ende der Promenade am Mövenstein."

„Clemens, informiere bitte die KTU", richtete sich Anna an ihren Kollegen, der sofort aufstand und zum Telefonieren das Zimmer verließ.

„Was war mit den Büchern?", setzte Anna die Befragung fort.

„Die habe ich auch mitgenommen." Majas Stimme war kaum mehr zu hören.

„Warum?"

„Ich glaubte, dann würde die Polizei denken, dass es ein Raubüberfall gewesen sein muss."

Clemens Korthals kehrte zurück und nickte Anna bestätigend zu.

„Ich gehe davon aus, dass Sie auch für den Einbruch im Haus von Herrn Lindberg verantwortlich sind", fragte Anna.

„Nachdem ich in der Zeitung gelesen hatte, dass Lindberg zu den Verdächtigen gezählt wurde, habe ich das Buch in seiner Wohnung deponiert, um diesen Verdacht noch zu erhärten."

„Das hat ja dann Gott sei Dank nicht ganz geklappt", kam Lindbergs süffisante Bemerkung.

„Wo sind die anderen beiden Bücher jetzt?", schaltete sich Clemens Korthals ein.

„Bei mir zu Hause, unter einem losen Dielenbrett."

„Mich interessiert nur noch eine Sache. Warum haben Sie die Nähe zu Lindberg gesucht? War das ernsthafte Zuneigung?" Bei Annas Fragen klangen deutliche Zweifel mit.

Maja druckste herum und wagte Lindberg kaum anzusehen. „Ich mag Lindberg sehr. Ich weiß gar nicht, wie ich meine Gefühle für ihn erklären soll. Aber ich habe mir auch gedacht, dass es nicht verkehrt sein kann, seine Nähe zu suchen, weil er doch in diesem Mordfall verwickelt und dadurch auch immer gut informiert ist."

Lindberg atmete tief durch und ließ die Luft ab. Er sah Maja durchdringend an.

„Soviel für den Augenblick", stellte Anna fest und stand auf, „Maja Wissmann, Sie sind wegen des Mordverdachts an Alexander Hardenberg festgenommen. Clemens, sorge bitte dafür, dass Frau Wissmann umfassend über ihre Rechte belehrt wird und sicher nach Lübeck kommt."

Maja erhob sich und sah Lindberg traurig an. Es schien, als würde sie ihre prekäre Situation noch gar nicht erfasst haben. Erst als Clemens Korthals auf sie zutrat, ihr Handschellen anlegte und sie über ihre Rechte belehrte, weiteten sich ihre Augen voller Entsetzen.

„Welch ein Drama", stöhnte Lindberg auf und ließ sich wieder in den Sessel fallen. Anna setzte sich ebenfalls wieder, nachdem der Oberkommissar Maja abgeführt hatte.

„Das kann man wohl sagen. Lindberg, nun aber für mich noch einmal im Detail. Wie bist du darauf gekommen, dass Maja Wissmann die Mörderin sein könnte?"

„Als ich aus der Klinik wieder zu Hause war, habe ich mich

hingesetzt und versucht, alle Puzzleteile zusammenzufügen. Da passte natürlich Einiges nicht zusammen. Aber dann kam mir die eigenartige Bemerkung von Francesco in den Sinn, von der ich dir schon berichtet habe."

„Genau, das war ja der Grund, weshalb ich überhaupt bereit war, Maja diese Falle hier zu stellen. Auch wenn deine Argumente nicht sehr überzeugend waren", warf Anna ein.

„Und weil ihr ohnehin keinen konkreten Verdächtigen hattet. Gib es zu!"

„Ist ja gut, Lindberg. Erzähle weiter."

„Ich habe daraufhin Francesco noch einmal befragt, was er denn mit seiner Bemerkung im Nebensatz gemeint hatte, als er sagte, dass Maja am selben Tag in mein Leben getreten wäre, als wir Bambino Luigis Geburt in seiner Pizzeria gefeiert haben. Das war der Tag des Einbruchs bei mir. Francesco hatte dann beim Leben seiner Mutter geschworen, dass er bereits an diesem Tag Maja an meinem Fenster gesehen hätte und nicht erst Tage später."

„Und das allein hat deinen Verdacht begründet?" Anna war skeptisch.

„In erste Linie schon. Aber je mehr ich über Majas Anhänglichkeit und Neugier nachdachte, wuchs auch mein Verdacht."

„Was wäre denn gewesen, wenn wir sie nicht mit der falschen Statue und den Büchern überführt hätten?" rätselte Anna.

„Ich weiß es nicht. Wäre sie nicht die Mörderin gewesen, hätte sie ja auf unsere List nicht reagiert und wir hätten keinen Schaden angerichtet. Und hätte sie als Mörderin die Finte erkannt und nicht reagiert, dann könnten wir ihr zumindest ein starkes Nervenkostüm und große schauspielerische Leistung attestieren."

„Die hat sie all die Zeit schon bewiesen. Können wir davon ausgehen, dass sie vor ihrer Tat nichts von dem Testament zu ihren Gunsten gewusst hat?"

„Du meinst, sie könnte Hardenberg getötet haben, um schnell an das Erbe heranzukommen? Nein, das glaube ich absolut nicht. Sie ist bei der Testamentseröffnung vollkommen aus den Wolken gefallen. Davon hat sie nichts gewusst."

„Das denke ich auch. Woher sollte sie auch vorher von dem Testament erfahren haben?", überlegte Anna laut.

„Was meinst du, wie lange wird Maja sitzen müssen?", wechselte Lindberg das Thema.

„Das ist schwer zu sagen. Totschlag im Affekt kommt hier wohl zum Tragen. Folgt das Gericht ihrer Version und bewertet die Beleidigung ihrer Mutter entsprechend, könnte sogar minder schwerer Totschlag dabei herauskommen. Dann ist das Strafmaß ein bis zehn Jahre."

„Bei ihrer finanziellen Lage könnte sie sich zudem den besten Strafverteidiger leisten", spekulierte Lindberg weiter.

„Vergessen wir aber nicht, sie hat immerhin einen Menschen umgebracht. Unser Mitleid sollte sich in Grenzen halten." Anna machte eine kleine Pause. „Lindberg, hast du sie eigentlich geliebt?"

Lindberg sah Anna überrascht an. Diese Frage hatte er nicht erwartet. „Ich kann es dir nicht beantworten, Anna. Liebe? Was ist Liebe? Ich mag sie. Ihre unbekümmerte Art. Ich habe mich wohl gefühlt in ihrer Nähe. Und auf irgendeine Weise tut sie mir leid. Sie erfährt von ihrer sterbenden Mutter, wer ihr Vater ist. Erschlägt ihn in ihrem Zorn und erfährt wenige Tage später, dass der Mann, den sie ermordet hat, ihr sein ganzes Vermögen vererben wollte. Aus solchen Geschichten haben frühere Dichterfürsten umfangreiche Dramen und Tragödien verfasst."

„Das ist wohl wahr. Außerdem hat deine Spürnase nicht zum ersten Mal zur Aufklärung des Falls geführt. Eines steht fest, Lindberg. Ich bin tief in deiner Schuld."

„Gräm dich nicht, Anna. Bisher hast du diese Schuld stets mit vortrefflichen kulinarischen und freundschaftlich erbauenden Abenden auf deiner Dachterrasse begleichen können."

„Wohl dem, dessen Schuld sich auf diese leichte Art begleichen lässt", stellte Anna lächelnd fest. „Aber ein ganz andere Frage. Fühlst du dich in der Lage, mich zum Mövenstein zu begleiten? Ich will einmal nachsehen, ob die KTU bei der Suche nach der Tatwaffe bereits erfolgreich war."

„Ich komme gerne mit, Anna, wenn es ein gemütlicher Spaziergang wird."

Lindberg und Anna verließen das weiße Haus am Helldahl, gingen den Berg hinunter und über den Parkplatz auf das Ende der Promenade zu. Auf Höhe des Spielplatzes kam ihnen bereits Clemens Korthals entgegen. In der Hand hielt er eine durchsichtige Plastiktüte, in der eine Bronzeskulptur mit einem weißen Marmorsockel steckte.

„Die Jungs der Spurensuche waren schon erfolgreich. Hier ist sie, die Tatwaffe." Lindberg sah, dass sich die Männer der KTU an ihrem Fahrzeug bereits ihrer weißen Overalls und der Wathosen entledigten.

„Was wollen wir mehr?", antwortete Anna, „Geständnis und Tatwaffe innerhalb einer Stunde. Das geschieht auch nicht alle Tage. Vielen Dank, Clemens. Wir sehen uns im Büro."

„Was hältst du von einem Kaffee mit Blick auf das Meer, lieber Lindberg", schlug Anna vor, nach dem Clemens Korthals gegangen war. Gemeinsam schlenderten sie die Promenade entlang und setzten sich am Ende des Grünstrands in das kleine Bistro. Nachdem sie sich jeder einen Milchkaffee bestellt hatten, sah Anna Lindberg eine Weile schweigend an.

„Was brütest du aus, Anna?", fragte er sie.

„Gar nichts. Mir kam nur der Gedanke, dass du für deinen neuen Kriminalroman dieses Mal genügend Material haben müsstest. Wobei du in deinem Engagement bei der Recherche für meine Begriffe etwas übertrieben hast." Annas ironischer Blick war für Lindberg kaum zu übersehen.

„Spott ist nun der Dank für meinen Einsatz mit Leib und Leben. Undank ist der Welten Lohn. Und das aus deinem Mund, Anna. Ich bin bestürzt." Lindbergs gespielte Entrüstung brachte beide zum Lachen.

„Eine kleine Wiedergutmachung hätte ich möglicherweise für dich. Weißt du schon, wie dein neuer Roman heißen soll?"

Lindberg schüttelte den Kopf.

„Was hältst du von ´Tödlicher Zorn´"?

Kriminelles von Jürgen Vogler

Verhängnisvoller Schatten
(Lindbergs 1. Buch)
Jürgen Vogler
ISBN 978-3-8042-1492-7
10,95 Euro   248 Seiten

Schwarzer Nebel
Jürgen Vogler
ISBN 978-3-7528-1521-4
12,90 Euro   244 Seiten

Kopflos im Strandkorb
Jürgen Vogler
ISBN 978-3-8042-1506-1
12,90 Euro   232 Seiten

Historisches von Jürgen Vogler

Der Marquis von Lübeck
Jürgen Vogler
ISBN 978-3-7528-1512-2
14,90 Euro 448 Seiten

Der Mohr von Plön
Jürgen Vogler
ISBN 978-3-7460-9597-4
14,90 Euro 484 Seiten

Der Narr von Eutin
Jürgen Vogler
ISBN 978-3-7528-1508-5
14,90 Euro 488 Seiten

Ostholstein gestern
Jürgen Vogler
ISBN 978-3-7386-5274-1
17,90 Euro   296Seiten